李骏虎作品集

母系氏家

李骏虎 著

中国书籍出版社
China Book Press

图书在版编目（CIP）数据

母系氏家 / 李骏虎著 .—北京 : 中国书籍出版社，2020.1

ISBN 978-7-5068-7544-8

Ⅰ . ①母… Ⅱ . ①李… Ⅲ . ①长篇小说—中国—当代 Ⅳ . ① I247.5

中国版本图书馆 CIP 数据核字（2019）第 269365 号

母系氏家

李骏虎　著

图书策划	戎　骞　崔付建
责任编辑	戎　骞
责任印制	孙马飞　马　芝
出版发行	中国书籍出版社
地　　址	北京市丰台区三路居路 97 号（邮编：100073）
电　　话	（010）52257143（总编室）　（010）52257140（发行部）
电子邮箱	eo@chinabp.com.cn
经　　销	全国新华书店
印　　刷	三河市华东印刷有限公司
开　　本	650 毫米 ×940 毫米　1/16
字　　数	240 千字
印　　张	19
版　　次	2020 年 1 月第 1 版　2020 年 1 月第 1 次印刷
书　　号	ISBN 978-7-5068-7544-8
定　　价	76.00 元

版权所有　翻印必究

自　序

我生长在那个全民"文学热"的时代。20世纪80年代，"改革开放""思想大解放"带来全国性的写作阅读高潮，从城市到广大的农村、矿山，有点文化的人们都拿起笔来写小说、散文、诗歌、报告文学、文艺评论，抒发情怀，记录时代。在晋南的一个小村庄，也有两个做着狂热的文学梦的年轻农民，其中一个就是我的父亲，这使我在刚刚能够开始阅读的时候，随手就能够拿到《人民文学》《小说月报》《作品》《青春》《汾水》（后改为《山西文学》）这样的文学杂志，对于一个偏远的乡村里的孩子来说，的确是得天独厚的精神资源。就是在父亲的熏陶和指导下，我开始写作和投稿，小学没毕业就开始发表作品。

有人说，那个时候的全民文学热是不正常的，也有人因此而慨叹后来的文学被边缘化，我也曾这样想。但我现在不这样认为了，我现在知道，全民都想当作家的确是不切实际的，但人人都应该养成写作和阅读的习惯，尤其在我们解决了生存问题，开始追求生命质量的时代；我同时理解到，文学作为社会主流的时代的确是一种特殊现象，但文学应该对社会发展和时代进步产生深远影响却是不容置疑的，时下文学越来越圈子化，越来越丧失对社会大众的影响力，越来越跟时代发展没有关系，这才是不正常的。仅仅是文学圈里的繁荣，是虚假的繁荣。这也是当下文学为大众所敬而远之的原因。狄更斯、托尔斯泰、雨果，都曾为人类社会的进步做出历史性的贡献，我们看到，真正的文学大师是为人类写作的，他们从不曾把文学学术化、圈子化。为什么要写作，从事文学的终极目的是什么，这是作家们应该思考的永恒课题。跳出圈子，为人民写作，这是我大概从十四年前形成的文学观念。我后来的文学道路，就是在这个观念的指导下往前走的。

每一个作家的文学生涯中，都有自己阶段性、标志性的作品和文学事件，我也是如此。我真正意义上的小说写作，开始于中专时代完成的第一部短篇小说《清早的阳光》。那个时候，没有读过几本文学名著，也几乎没有任何的文学观念，就是靠着农村生活的积累和一点天分创作的，我对自己想象力的确信，也来自这篇纯粹的作品。每一个作家都有自己的软肋，我也有，我在文学素养上的欠缺就是没有接受过必要的写作训练，当时，也没有完成与经典的对话，我就是个"野狐禅"。这个短篇之后，我回到故乡小城谋生，很多年不能超越自己，后来因为一个机会又回到了太原，有三年时间学着用王小波的风格写小说，数量不下三十万字。这其中有一个中篇、三个短篇被文学杂志《大家》2000年的同一期刊发，还配发了整页的作者艺术照，这是我文学生涯中的第一个作品小辑，从此我开始浮出水面，成为我这一代作家里较早的出道者，这要感谢

《大家》主编李巍老师的错爱，他还曾想把我打造成男版的J.K.罗琳，可惜我才力不逮。

在我读过小仲马的《茶花女》和陀思妥耶夫斯基的《被侮辱与被损害的》后，在卢梭的《忏悔录》里找到了思想指导（我其实并没有读完这本书，但哲学家强大的思想力量通过开头的几页书就主导了我），开始写作第一部长篇小说《奋斗期的爱情》。那是20世纪末的事情，我在山西日报社工作，每天晚饭后打上一盆热水放到办公桌下泡脚，铺开稿纸写两三千字，保持了一个良好的写作进度。我在子报工作的弟弟陪着我，他也写点东西。那个时候生活条件异常艰苦，我们兄弟俩租住在一个倒闭的工厂的小楼单间里，房子里没有水管也没有厕所，需要用矿泉水瓶子从报社灌水带回去用。晚上十点多，完成当天的写作进度，我俩骑着从街上四十块钱买来的旧自行车赶夜路回住处。如果在夏天，经常一个霹雳大雨倾盆，根本来不及躲避就被浇成了落汤鸡；如果在冬天，融化的大雪在马路上冻成纵横的冰棱，车轮压上去，一摔就是十几米远。但我们心里都有一团火，就是永不熄灭的文学火焰，能够在窒息的大雨中和摔懵的马路上哈哈大笑。《奋斗期的爱情》被文学杂志《黄河》以头条的位置发表后，很快被收入长江文艺出版社"九头鸟长篇小说文库"，这在当时是个特例，因为文库里的作者除了我，都是很有名的前辈作家。要感谢《黄河》主编张发老师和长江文艺出版社的李新华老师，正是《奋斗期的爱情》使我开始有了"粉丝"，其中包括不少跟我年龄相仿的现在很知名的青年作家，当时他们刚开始尝试写作。

我开始不满足于圈子，而从大众的欢迎中得到自信，源自于我的第一部畅销作品《婚姻之痒》。2002年到2005年之间，我开始了自己第一个完整的创作阶段，创作了一系列以心理描写见长的都市情感和婚姻家庭题材小说，并整理成长篇小说借助于各大门户网站的读书频道贴出来。磨铁文化老总、诗人沈浩波的弟弟沈笑，当时在新浪网读书频道做版主，他把《婚姻之痒》加精置顶，后来得到了四千多万的点击量，数千读者跟读并试图提供思路参与创作。在读者意识到我有把女主角庄丽写死的企图时，很多人对我发出了威胁。那年的情人节，读者们把《婚姻之痒》打印出来，用精美的礼品纸包装好，作为情人节礼物互赠。有人留言说看了这部作品与爱人达成了谅解，有人说决定奉行独身主义，这使我对文学的社会功能产生了自觉的思考，也开始与逐渐向圈子和学术坍缩的文学背道而驰。现任人民文学出版社社长臧永清，其时担任春风文艺出版社的副总编辑，他策划的"布老虎"丛书风靡一时，他跟我签下了首印四万册的出版合同，可惜的是，他后来去了中信出版做副社长。他也因此专程打来电话表达了对我这本小说的遗憾。然而很快，创业阶段的沈浩波就闻讯来到太原，通过朋友联系到我，在电话里诚恳地做了半个小时的洽谈。沈浩波的策划和营销能力是非常超前和强大的，在他的策划下，我一下子"火"了起来，不断接受全国各城市晚报和都市报的采访，《婚姻之痒》也进入新华书店系统公布的2005年文学类畅销书前五名，接着又拍成了电视连续剧，由著名影星潘虹和李修贤主演。

是作家都有代表作，有被自己认可的，有被读者认可的，还有被圈子认可的，我截至目前被这三个领域基本认同的代表作，是长篇小说《母系氏家》，这也是我第二个完整的创作阶段的主要作品。这部小说也是对"山药蛋派"老一辈作家谆谆教导的"生活是创作的唯一源泉"的致敬和实践，她的创作，完全是非功利性的、自发的、水到渠成的。2005年元月，我被选派到故乡洪洞挂职体验生活，报到后，县政府让我先回太原，等待通知再正式上班，这一等就是两个多月，于是，从毕业后就为了生存和理想打拼的上班生活突然停止了，生活节奏出现了巨大的断档和真空。文学创作是闲人的职业，人心里越安静思想越活跃，忘记了是什么触发了灵感和回忆，我开始写作我生长的那个小村庄的女人们的个性和人生故事，写到六七万字的时候，县政府通知我报到上班，我给她起了个题目《炊烟散了》，作为一个大中篇发给约稿的杂志。这就是《母系氏家》的蓝本，她并不是按照时间轴写的，而是把两代女人的人生历程交叉辉映着写。两年半后，我在鲁迅文学院第七届中青年作家高研班学习，从繁忙的政府工作中脱身出来，文学的机能重新复活，一个晚上，我想到《炊烟散了》里面有一个人物可以再写一个中篇，就围绕这个叫秀娟的美丽、善良的老姑娘写了一个晋南农村麦收之前的故事，起名为《前面就是麦季》。跟以生活为背景的小说不同，《前面就是麦季》是以《炊烟散了》为背景的，这种以另一部小说的世界为背景的小说写作，弥补了我的作品虚构程度小的弱点。稿子完成后，恰好《芳草》杂志主编、著名作家刘醒龙老师来鲁院物色刊物"年度精锐"的专栏作家，我有幸蒙他慧眼相加，《前面就是麦季》就成为开年《芳草》杂志的头题作品，后来获得了第五届鲁迅文学奖的优秀中篇小说奖。

  每个作家都有自己的特质，有些作家艺术感强，善于写中短篇，有些作家命运感、历史感强，擅长写长篇，我是以长篇为主要创作形式的作家，中篇产量最少，却阴差阳错获得了中篇小说的最高荣誉，这正是命运的耐人寻味之处啊。也还是在鲁院时，《十月》杂志主编王占君老师来约稿，嘱我写个长篇给他，我以《炊烟散了》和《前面就是麦季》为基础，用时间顺序把故事展开讲述了一遍，完成了长篇小说《母系氏家》的第一稿，发在《十月》长篇小说的头题。在陕西人民出版社出版单行本之前，我又用两个月的时间改了第二稿,增加了几万字,后来获得了首届陕西图书奖,同时获奖的长篇小说有贾平凹的《秦腔》,陈忠实老师是文艺奖评委会的组长,他用浓重的陕西话跟我开玩笑说:写得比老贾好!

《母系氏家》也获得了赵树理文学奖,几年后我又写了她的姊妹篇《众生之路》。著名评论家胡平老师认为,《众生之路》的"呈现"比《母系氏家》的"表现",在艺术上更高一个层次。能超越自己,我觉得比超越别人更值得高兴。

人的心理倾向是受生理影响的,换句话说,我们的身体变化某种程度上决定着精神走向,四十岁左右的时候,我开始喜欢读历史了,历史事件的神秘感和对历史人物探究欲望,使我的写作转向第三个完整的阶段:抗战史的研究和书写。无论写历史还是现实,作家都是以发生在自己脚下的这块土地上的故事为富矿的。我发现红军东征山西有着改变中国革命进程、促成抗日民族统一战线形成的伟大意义,于是,经过两三年的打通史料和实地考察准备,完成了全面展现这一历史阶段的国际国内政治形势和战争过程的长篇小说《中国战场之共赴国难》。这是我目前为止体量最大的一部作品,有四十万字,也是第一部完全以长篇的艺术结构从零创作的作品,她并未得到文学评论界多少的关注,却产生了很大的社会影响,成为当年中国新闻出版报公布的年度文学类优秀畅销书前十名。跟我的第一本畅销书《婚姻之痒》主要以读者个体为购买对象不同,《中国战场之共赴国难》不是一本一本地卖的,她被省内外很多机关单位、企业、学校多则几百本,少则几十本的团购,作为读书活动的主题书。《文艺报》以整版的篇幅发表了我的创作谈《今天怎样写救亡史》。《中国战场之共赴国难》使我彻底背向文坛、面向大众,赵树理曾经说过他的文学创作理念是:"老百姓看得懂,政治上起作用。"山西作家中的前辈张平、柯云路是这个理念的杰出实践者，我是他们的追随者。

我并不是文学性、艺术性的反对者，我热爱并且探究小说的艺术性，但我反对文学学术化、圈子化，我不愿意搞"纯文学"创作，我希望我的作品像狄更斯一样受到普通人的欢迎。我也醉心于福克纳、博尔赫斯、卡夫卡的作品，但我向往着托尔斯泰、雨果那样超越作家的思想情怀，我逐渐开始了自己的第四个完整创作阶段，我希望自己能够像巴尔扎克那样把同时代的人们变为我笔下的艺术形象，展开一副包罗万象的时代画卷。

感谢中国书籍出版社和策划人戎骞小兄的美意，要给我出一套比较完整的作品集，由于我的一再坚持精减，还有近几年出的新书的原出版社都不愿出让版权，成为目前这八本的规模，留待随后陆续补进。

目前，我出版了18种、25本书，其中一半左右是长篇小说，戎骞要求我写的这篇自序里，我未提及散文、诗歌和评论的创作情况，是因为我想以主要创作形式来梳理自己的文学历程，今后这仍然是我的主要方向。一个作家只要不丧失对长篇小说的兴趣和能力，其他的体裁就有一个强大的思想本源。

2019年8月17日　于太原

序
女性精神世界的深刻再现

杜学文

李骏虎的长篇小说新作《母系氏家》出版后,获得了很多好评。之前,这部小说的一部分已在有关的文学杂志刊发,引起了关注。普遍的反映是,这是一部非常好看的小说。一些论者甚至说是"一口气"读完的。这些评价应该说还是非常中肯的。首先是小说的语言,读之似行云流水,简洁明快,没有过多繁复的描写。其次是作者对人物心理的刻画,细致而准确。再次,是人物形象的塑造,十分生动,可以说个性非常鲜明,是活脱脱地生活在我们日常生活中的"那一个"。当然,这种"好看"还有一个非常重要的因素,即描写了一群"女性"的个人命运和她们的精神追求。但是,万不可以为这是一部好看的"通俗小说"。这样的话,就大大贬损了小说的价值。事实上,这是一部非常严肃的作品,是一部透露着深刻的思想内涵与价值追求的小说。

仅仅从书名来看，我们就会知道，这是一部关于"女性"的作品。之所以如此，并不是为了用"女性"这样的具备"通俗"色彩的要素来吸引读者，而是包含了作者的深意的。正如小说的《楔》中所言，"人一往年纪上走，都有些中性化了，女人腰身变粗，男人嗓音变细。但也有大的方向，就是女人还像女人，男人也开始像了女人，当爷和爹的越来越婆婆妈妈，当家的就更加应该是祖母或者母亲或者儿媳妇了。至此，没了姓氏，没了先人，没了时光，没了男人，只有些还可说说的女人的传奇，欲说还休。"从这段话中，我们可以看到，作者是把女性置于非常重要的地位的。这种重要性不在于女性是社会构成中相对于男性的"另一半"，而是作者认为，女性是人类精神文化的核心载体。在人类的漫长发展进程中，母系社会中的女性是维系社会稳定与正常运行的核心。在母系社会终结后，男性虽然走上前台，成为社会生活的组织者，但是，人类的精神内核仍然保持在女性之中。男性是行动者、实施者，而女性，则是行动与实施的精神寄托。衡量社会文明与进步的尺度，并不是以男性的自由程度为准的，而是以女性的解放程度为标志的。即使在所谓的发达国家，直到今天，还不能说女性已经取得了与男性同样的权利、义务和地位。女性实际上仍处于挣脱各种束缚与羁绊，平等进入社会生活领域的阶段。也就是说，今天的女性，从总体来看，仍然在为自己与男性的平等地位与权力而努力。虽然从外在的表现形式来看，对女性的束缚已经大大地减少了。但是，从社会结构和价值选择的层面来看，女性的解放仍然是一个艰难与漫长的过程。女性，比一般的男性除了要承受君权、父权、神权的制约外，还要承受夫权的制约。这是问题的一个方面。问题的另一个方面是，一种价值观如果成为一定地区人群或民族的心理积淀之后，其最终的改变要看女性的选择。这是因为，这种深藏在人类内心深处的价值标准，其变化经过了一个漫长的渐进的过程。男性因为其相对于女性的社会优势，可以更多地与其他文化形态接触。而出于改变生活的实际利益，男性比女性更容易进行实用性的价值选择。相对来说，女性比男性接触外在文化形态的机会与可能性要少，同时，女性由于在社会结构中，特别是在封建社会中，处于最内在的层面，也就是说，处于与社会生活联系较薄弱的层面，因而，其接受别一种文化就要比男性更加漫长。一种价值观一旦生成，其最后的改变要看女性是否改变了。比如，男女授受不亲，其最后的改变要看女性是否也放弃了这种选择。因此，我们要了解一个地区、一个民族的文化，最深刻的了解是要看女性的行为与价值选择。如此看来，我们就可能明白李骏虎之所以为自己的新作命名为"母系氏家"的原因。也就是说，作者认为对女性精神生活的揭示才能触摸到我们民族内心最深刻、最隐秘的世界。

简单地说，《母系氏家》描写了两代三位女性，分别是母亲"兰英"、儿媳"红芳"与女儿"秀娟"。同时，小说又分别以她们三个人为主分为三卷。这三卷各自独立，但是在情节上又一以贯之，构成一个整体。说各自独立，并不是说对每个人的叙述都回到时间的原点，从头说起，只是在情节的选择中更侧重于某一个人。在对某一人物故事的交代中，自然也同时叙说了其他人的故事。因此，这种所谓的独立，只是一种相对的独立。说一以贯之，是说，整部小说的时间进程是一致的，没有因为叙述主角的改变而使故事情节的时间断裂、重复，或者超前延伸。它随着故事情节的自然进程延续下来，成为一个统一的情节线。这种统一之下的独立，或者说把人物的独立与情节的统一融为一体的结构方式，应该说还是比较少见的。但是，在这里，我们强调的还不是这部小说在结构上的创新，而是说，作者之所以把人物与情节置于这样的结构中，是有自己在内容与思想上的考虑的。我以为主要体现在这样几个方面。一是时间的连贯性寓意了一种时间的恒久性。也就是说，在相对长的时间内，女性，不论是谁，其所体现出来的价值观都是一样的。因此，当作者为我们揭示了某一女性的精神世界时，实际上就代表了在某种衡定的文化形态下形成的社会价值观。二是以某一人物为主结构了独立的篇幅，只是要在更加丰富的人物场景中来展示女性的精神世界。或者说，不论在不同的章节中描写的是什么样的女性，她们都从自己的人生中印证了相应的价值选择。这就使小说的深度大大加强。总起来说，就是这样的结构可以比较生动地表现不同的女性精神世界在相当长的历史时期内的一致性。

　　小说中的三位女性性格各异，个性鲜明，但也有其内在的一致性。这种一致性主要表现在她们自身人生的缺憾中。婆婆兰英，年轻时是方圆多少村子里挑不出第二个好模样的闺女，可是命运弄人，偏偏嫁给了比土疙瘩多口气的矮子七星。在经过了痛苦的思索后，兰英认定，嫁了个武大郎，是命，不能改变。但是老了以后还得靠儿孙撑脸面。只要把生什么样的娃娃，生什么人的种把握在自己手里，就把握了后半生，就不愁扬眉吐气的那一天，不愁翻不过身来的那一天。因此，兰英背着人与乡秘书生了女儿秀娟，与土匪长盛生了儿子福元。这里需要我们特别注意的是，兰英的这种"出墙"，不是为了生理意义上的"性"，也不是为了情感意义上的"爱"，更不是婚姻不如意时的破罐破摔，而是为了更好地传宗接代。用她自己的话来说，不能与"武大郎"生一窝蛤蟆老鼠，这辈子惹人笑，在人前抬不起头来。所以，兰英的一生，都与她这种思想紧紧地联系在一起。也就是说，生什么样的后代，与女人的地位、荣誉、命运是一致的。她是这样对自己的，也是这样对自己的儿女的。福元的媳妇红芳，泼辣、大方、吃苦、爱干活，少心计，但让兰英不满意的就是一直没有与儿子福元生下孩子。这成了她的一块心病。因为不生育，红芳在兰英眼里就没地位，她对红芳的态度也特别恶劣。在知道了红芳不生育的原因是儿子有病后，兰英的态度也发生了转变。"自从福元查出问题，她就替儿子在红芳面前矮了一截"。而红芳在家里逐渐也有了当家的意思。有时红芳"脸色不好看"，兰英还要送上个笑脸，甚至想与红芳交交心，说说自己的过去，启发启发她。但终于碍着婆媳关系，说不出口，只好怪红芳"傻""不开窍"。因为，"抱上孙子才是真本事"啊！红芳人生的缺憾不在自己，而在自己的丈夫。她在家中的地位不是由她自己决定的，而是由能否生儿子决定的。尽管就红芳而言，能否生育自己并没有主导权，但在她的精神世界里，也因此而感到苦恼。女儿秀娟是村里最具有爱心的人。她爱干活，能容人，乐于助人。虽然并不多言，但内心透亮，明白大是大非。但是，秀娟又是一个有心理障碍的人。因幼时撞见了自己母亲与土匪长盛的交往，从此一块心结一辈子也解不开。她有过短暂的朦胧的爱情，却因了一件意外的事使这美好的爱终结。情感上的波折使她对婚姻失去了信心。而这使她成为南无村的一个怪人，一个老姑娘。自己的母亲也心生怨恨，常口出恶言，认为秀娟不嫁人就是让自己活着不如死了。而其中潜在的内容是，秀娟不嫁人就不能生育，就不是一个"完整"的女人。尽管不论从长相、人品各个方面来看，秀娟都是很优秀的。但是，秀娟还没有跳出"生育"的限制，在精神上仍然要遭受不生育的痛苦。总之，在这三位女性的身上，我们发现了她们一致的东西，那就是关于生儿育女与传宗接代方面的遗憾，以及由此而决定的她们的人生历程、内心世界。

　　小说在叙述的过程中尽力淡化了时代。作者没有直接去描写人物生存的社会环境、社会事件。甚至可以说，小说有意地使自己的故事与大的社会背景保持一种或有或无的距离。说有，是指我们可以从人物的言谈、行动中隐约感到具体的社会背景。说无，是作者没有从社会背景出发来描写人物，而是让人物的言行折射社会生活。大致来看，《母系氏家》描写的是二十世纪五十年代初至二十一世纪第一个十年的"现在"，大约五六十年的时间。对于中国来说，这一时间段尤为重要，正处于一个从农业文明向工业文明、现代文明赶超的关键的历史阶段，取得了举世瞩目的历史性成就。经济快速发展，已经使其成为世界上最大的经济体之一。物质生活发生了巨大的变化，社会结构的改变也异常深刻。传统意义上的农民、工人与现实生活中的工人、农民也完全不同。在这样一个大变革、大发展、大进步的历史时刻，人们的精神世界也发生了同样的大变化。但是，这并不等于所有的东西都变了。特别是在人们的精神世界、价值构成领域表现得更加复杂。新的思想元素不断生成，而既有的价值选择并没有完全丢弃。这种所谓既有的思想观念，其中一些是需要我们继承、发扬和光大的，一些是需要我们改变、舍弃和升华的。而这种关于精神世界与思想深处价值观的转变，最核心、最根本的也许是女性的自觉，她们的改变才是整个社会最彻底的改变。而《母系氏家》似乎在这方面进行了不自觉的表现。我们仔细分析三位不同的女性，就会发现，对传宗接代这样的历史使命，女性虽然在现实生活中仍被其左右，但人们的观念已经发生了悄悄的变化。兰英式的人物在小说中虽然占有最重要的位置，她是传统价值观最重要的体现者。从兰英，到红芳，到秀娟，对传宗接代这一女性的历史使命已经渐渐地发生了变化，甚至不再那样"执着"。她们表现出不同方式的超越。兰英为了生出不让人小看的娃娃，采用了"出轨"的方式，并想把这一方式教授给自己的儿媳。但事实是，她用自己的一生终结了七星家族的传宗接代，她的所谓传宗接代是一种异化了的，或者说"伪化"了的传宗接代，因为她并没有为七星家族生出一儿半女。红芳因没有传宗接代而受尽了兰英等人的屈辱，但她自己并没有固执地把这作为自己的"使命"，她对能否生育并没有很执着的追求。而秀娟则是传宗接代的反叛者，她用自己的大爱证明了自己的人生。这样看来，李骏虎在小说的结构上是煞费苦心的。在同一故事同一人物的时间流程中，他着意安排了兰英——传统思想观念的继承者、红芳——传统思想观念的无谓者、秀娟——传统思想观念的反叛者这样三个部分，是否想告诉我们，在我们的所处的变革时代，一些过去曾经执着地追求、遵循的东西，正随着时代的变化发生着默默的改变。而从这种改变中，我们感到了历史的进步。

（作者为著名评论家、山西省作家协会主席）

母系氏家

目录

自　序 / 001
序　女性精神世界的深刻再现 / 001

楔 / 001

第一卷　兰　英

第一章 / 006
第二章 / 015
第三章 / 028
第四章 / 034
第五章 / 040
第六章 / 050

第七章 / 060

第八章 / 073

第九章 / 081

第二卷 红 芳

第十章 / 092

第十一章 / 102

第十二章 / 109

第十三章 / 117

第十四章 / 125

第十五章 / 132

第十六章 / 143

第十七章 / 150

第三卷 秀 娟

第十八章 / 160

第十九章 / 172

第二十章 / 181

第二十一章 / 189

第二十二章 / 199

第二十三章 / 209

第二十四章 / 219

第二十五章 / 227

跋 / 234

后　记 《母系氏家》艺术论 / 238

创作年表（要目） / 263

楔

  一个外面来的人，恐怕永远体会不到那个村庄的丢失之美，那种混沌的恹恹迷醉。

  从大的地理上来看，这里属于北中国的黄土高原，山西省的南部；小而言之，正处在霍山的断裂带，东西北三面环山，远古洪荒时期，浩大的汾河水流经这里，不舍昼夜，冲积出向南倾斜的广袤平原，从而具有典型的汾河谷地气候特征：南部平原海拔不过四百米，四季分明，灿烂的阳光像温暖的乳房哺育着大地上嗷嗷待哺的生灵；三面环绕的高山却壁立三千米开外，属高寒地区，山顶积雪终年不化，盛产白皮松、五色花、双头蛇、万年灯。有足够的遗址可以证明，尧舜禹的部落都是以这片河谷盆地为国中之国，一直在这片丰饶的平原上日出而作日落而息，直到二三十年前，现代的耕作方式和外来文明还没对这里产生多少影响。

那个村庄，数十年前由汾河的一条支流的势力范围往东方迁移，只是为了躲避不可预期的洪水。初具规模时只有三五家人，其实还是一大家子，一个姓氏。并且最初，还有一家迟迟不肯迁移到东方的高地，可以相望的新的聚居地，在此之前是祖先安息的风水宝地，这造成了这家短期的迟疑，自然，后来他们也跟了过去。五十个年头过去了，这里已经有三二百户人家，近千口的人丁。然而除了不同的年代收留的零落的几家外姓人，其实都还是一大家子。因为是一大家子，都只按辈分称呼，下对上尊称，上对下爱称，同辈称小名的多，大名只在少数在外面上过学的和上过班的人那里被外人记得。也有几位被喊了一辈子大名的，那当然是村里为数不多的有身份的人，需要大家知书达理地去尊敬。一个村庄其实就是那一个家族，于是渐渐都不是很去记那个共同的姓氏了，那个姓和陌生的大名组合在一起的情形，只被书写在身份证上，给外人看，使外人不至于把一村子人搞混。

族谱也是没有的，三代以上的祖先躺在更东方的高地，等待着清明时节的祭扫，再远古些的先人，就不知道在谁家的耕地下成了庄稼的营养，滋养了后辈的生命。活着跑的那些人，最初还是辈分分明的，长胡子的认真地称呼穿开裆裤的爷爷，只怨上辈子人生育不节制不规划。族谱是没有的，中堂挂的是寿星托桃或者猛虎下山图，辈分都在人心里记着，不会乱，也不能乱。往后就不行了，观念新了之后，辈分低的人就开始找机会"提辈儿"，本来是侄子的，和你称兄道弟了，你须装个糊涂，放人家一马，这样才是同龄伙伴"应该"有的态度。三代之后呢，一个姓氏的也不能说是一家人了，有了生疏，有了仇恨，甚至，有了姻缘。因此姓氏不能不忘，祖先不能不忘，族谱当然不能修，修了就是"倒行逆施"。

没了姓氏，没了祖先，容易丢失的还有时光。只记得农时，只记得冷了穿热了扒，春夏不分，夏秋不明，秋冬不解，冬春不知。公元纪年最不必去记，星期更加没用，农历倒是能派些用场：孩子结婚要看八字定黄道吉日；亡故了亲人，也要看看阴阳。最要紧的是一天里的时间：每晚八点中央一套的连续剧怎么能不看？播什么看什么，好坏都入迷；孩子放学的时间更要牢记，得做饭给学生吃么。最怕的是阴天下雨，一天里昏昏欲睡，时间都挡在乌云之外，——赶上那秋天的淫雨，无边无际地打在翠绿的树叶上，看看对面发呆的人，开口就问：下了半月了吗？

生活只在家的单位里存活，只要还没死，时间就在记忆里存在，——记忆是属于一家子的记忆，事情只是院墙里的事情，——只要分了家，上面承认有爹妈，下面承认有儿女，其他统统不必放在心上。还有什么可丢失的呢？那就是最后可丢失的东西了：性。人一往年纪上走，都有些中性化了，女人腰身变粗，男人嗓音变细。但也有大的方向，就是女人还像女人，男人也开始像了女人，当爷和爹的越来越婆婆妈妈，当家的就更加"应该"是祖母或者母亲或者儿媳妇了。

至此，没了姓氏，没了先人，没了时光，没了男人，只有些还可说说的女人的传奇，欲说还休。明明，村庄还在那里长着，烟火浓重，鸡犬相闻，孩子哭大人骂，走进去，却有茫然四顾无人之感。此消失的村庄，有个名字叫南无。

第一卷 兰 英
· MU XI SHI JIA ·

第一章

四月末的一个上午,晶莹的光线中流淌着甜丝丝的槐花香气,在南无村唯一的那条南北大街上,七匹好马拉着大车飞奔,胶皮轮腾起的烟尘笼罩了半个村子的屋和树,缰绳如两条飞舞的银蛇,丈余长的鞭子甩出"啪啪"的枪响。车辕上有红漆写的字,右辕杆上书"日行千里路",左辕杆写着"夜走八百程"。兰英拉着梅子躲到墙根里,眼望着车把式嘉成腾云驾雾地远了,翻翻眼,嗔怪地说:"看跟坦克有什么两样!"梅子调笑道:"你看那两条缰绳不像耍蛇?鞭子甩得像打枪。"兰英看出她眼底那点意味,心领神会地笑了,眼角看着她说:"汉子家就该这样,会开坦克会耍蛇。"梅子逗她:"你可不敢耍嘉成的'蛇',小心他打你一枪美死你!"兰英佯怒,骂她:"把你这个婆娘的嘴撕不烂!"

站在路边的人张着嘴看过了大车,拍着身上的尘星星,调过脸笑着望两个叽叽嘎嘎的新媳妇。兰英就拉上梅子往自家的巷子里急走，心里并不怯，脸上也不羞，怕的是听见人议论自己的男人。梅子不情愿地甩脱兰英，急躁地说："跑什么哩，有人要吃你？"兰英嗔怒道："你一个人浪吧！"丢下伴儿跑了，绣花裤子"噌噌"地发出好听的声音，拐过巷子口老支书家的茅房，头顶上，老槐树直吊下千万绿莹莹的小"吊死鬼"，头尾曲在一处，悬在一条条透明的银丝上打转转。

隔着两户人家，自家门口正走出一个挑担桶的人，平地上就像在那沟里走，只露出半截儿身子，把两只桶在地上拖着，是兰英的男人七星。都说，"好汉无好妻，孬汉娶仙女。"月下老人也有打瞌睡的时候，把个方圆多少村子挑不出第二个好模样儿的兰英，偏偏嫁给了比土疙瘩多口气儿的矮子七星。"好一块羊肉，倒落在狗嘴里！"说《水浒》的瞎子嘴里这句白话，让南无村的人想起戏台上演的那些风情的古话儿，认定那戏里演的肯定都是过去的真事情。

矮子七星家里成分好，就被村里送去当兵，复员前跟兰英订了婚。矮子个子虽然小，穿上军装还算精神，兰英家是富农成分，能攀上军婚是天大的好事，她爹娘就没太计较女婿的长相，由着媒婆摆布，替女儿把婚事定下了。结婚前，矮子没见过兰英，兰英也没见过矮子。矮子光荣复员后的第三天就敲锣打鼓把喜事办了。两人入了洞房，兰英偷眼从红盖头下打量矮子的脚，看到一双白底黑帮的大脚板，认定是个魁梧的男子汉，羞得坐在炕上不敢动。矮子关键时刻没少聪明，吹了灯爬上炕去才掀盖头，黑灯瞎火把生米做成了熟饭。第二天兰英羞羞答答把公婆的尿盆倒了，又给二老端了碗红糖水喝了，回到自个儿屋里，矮子已经穿戴一新下了床，兰英猛一看，那人个子不及那双脚板子长！做闺女多少年来对如意郎君的憧憬瞬间成了泡影，叫了一声苦："妈呀，怎么是个武大郎！"心里发急，眼前一黑，就不省人事了。

悠悠转醒，兰英躺在炕上两眼望着房梁，一门心思要寻死，不吃不喝，只是哭她爹娘瞎了眼。矮子自知配不上她，忍气吞声地伺候着，生怕闹出人命。兰英哭了几天，到底是争气惯了的人，心底透亮，竟然想开了，觉得不能把这如花似玉的身子让"武大郎"糟践了，更不能跟他生出一窝蛤蟆老鼠，这辈子都惹人笑，在人前抬不起这张脸。不吃不喝这些天，兰英脑子没闲着，她反复想过了，既然老天爷对她不公平，爹娘不为她做主，她就得做自己的主：身子是自个儿的，好肉不能让狗吃了，要让人吃，让像模像样的人吃，让自己甘愿让吃的人吃，那人必得是人里面的尖子，这样自个儿心里才熨帖，才会觉得没有白活一世。嫁了个武大郎，这是命，是不能改变的命，注定了要让别人看低，让别人取笑，可嫁人只是半辈子的事，还有半辈子是从生娃娃开始算起，——男男女女在一起快活，也就是二三十年，老了还得靠儿孙撑脸面——"武大郎"最多能算半个男人，跟了他也就搭了前半辈子，真要生下跟他一个模子刻出来的一窝崽子，这辈子就全完了。兰英惊恐地预见到了自己把脸装到裤子里的一生，——她不能接受，她必须抗争，嫁的人是脚腕子上坠秤砣也抻不了二寸长了，娃娃还没生啊，只要把生什么样的娃娃，生什么人的种把握在自己手里，就把握了后半生，就不愁扬眉吐气的那一天，不愁翻不过身来的那一天。打定了主意，兰英仿佛已经看到自己人才出众的儿女们在南无村村街上昂着头走路，比别人都要高出一头、俊上三分，自己走在儿女身前，迎受着村里人热羡的目光、讨好的招呼，矮子尾随在儿女屁股后面被遮住了，看不见个人。兰英还看到了人高马大的儿子们娶回了如花似玉的媳妇子，生下了壮得像牛犊子一样的胖孙子，没人再叫她矮子媳妇，她被人尊称为高个子的妈，胖小子的奶奶，她把前半辈子的命攒到了后半辈子，风光而奢侈地享受着自己亲手栽培的后福。

兰英从床上坐起来了，她对着镜子梳头，叫矮子打盆水来洗脸。洗完脸，兰英又变得头面光鲜，冷冷地对胆怯地望着她的矮子说："我打小有病，身子经常不好受，以后我不叫你，你再别碰我了。"矮子哪里懂她的心思，犹豫着点了头，矮子也有自己的盘算：只要她不寻短见，肯安生跟自己过一辈子，肉到了碗里，生米已经做成了熟饭，什么时候吃不是个吃？

兰英嫁了个"武大郎"，满心的委屈，把亲爹娘恨下了，自此娘家也不回。她打定了主意，只说有病，地里也不去，坐在家里当少奶奶，让矮子和公婆伺候她。矮子在部队上学了点文化，退伍后当了小队的会计，大小算个村干部，日子也不愁过，爹娘见他娶了个"潘金莲"，正怕媳妇子出去招蜂引蝶，索性养在家里正好替儿子看着，也不逼她下地去。其实兰英长得并不是十分俊俏，只是胸高腰细腿长，发髻浓密乌黑，脸蛋子像粉团——俗话说一白遮三丑，何况兰英的一对眼睛生得就活泛，看人从眼角看，眼风就很招人。刚过门的新人身上都罩着个把月的风光神采，穿得又鲜亮，就显得人才出众，招惹得男人女人都来家里借东西、串门子、瞧人哩。兰英有自己的主张，大大方方待客，有说有笑，暗地里早把那些年轻小伙打量了个遍，发现都是些二愣子，没一个能入了她的眼。好在矮子那一晚播的种子并没有在她肚子里发芽，还有挽回的余地和时间，她就不急，渐渐地也学会了串门子，留意着那些已经成了家的汉子。她像一只色彩艳丽的蜘蛛，耐心地结着自己的网，等待那些不安分的蝴蝶撞上来，成为自己的猎物。

兰英在娘家的时候就是有名的巧手，绣花炒菜都是一流，嫁过来没有下地劳动过，专在家里洗衣做饭，更是练就了一手的好厨艺，东家西家来个像样的客人，都请她帮厨，她愁的是打发时间，也难安分，就很爽快，一叫即到，别人哪里知道她的心思，都说这个媳妇子是个直肠子的热心人。前后过门的媳妇子梅子和兰英厮混得很好，梅子公公是村里的支书，公社里的人下来村里，就在支书家吃饭。一回公社又来了人，梅子怀上娃身子笨了，梅子的婆婆金菊就来喊兰英帮厨。兰英听说是公社里的干部，多少有些紧张，对金菊说："婶子你先回去洗菜备料，我用不惯别人家的炒瓢，你等我把瓢里的菜倒到个碗里就过去。"金菊走后，兰英把自己拾掇了一番，她皮肤好得像煮熟剥开的鸡蛋，也不用搽脂抹粉，用清水洗过，把头发重新盘过，就很光鲜照人了。

兰英提着炊具来到梅子家，门口停着辆绿色的吉普车，院子里公社的干部们正蹲在地上洗手，有三个人：两个中年人，一个年轻人，年轻的瘦高个儿，面庞白净，看上去像是司机。兰英进门时，那个年轻的刚洗过手，没有接金菊递过来的毛巾，把两只手端在胸前甩，兰英知道人家那是嫌金菊的黑毛巾脏，不肯用，宁肯把手上的水甩干净，就掩着嘴笑了。年轻人听见笑声，转过脸来看，见一个新媳妇用黑亮的眼睛打量着自己，赶紧也对人家笑笑，面皮倒先红了。兰英赶紧的进了厨房，忙活的时候眼前老是晃着那个年轻的面孔，一个男人家也不知咋长的，唇红齿白，两道眉毛快插进了鬓角，跟唱戏的小生似的，心里就乱乱的，像是做了贼。炒着菜，忍不住地问金菊公社的干部都是什么官，金菊说那个黑瘦的是主任，那个络腮胡的大胖子是司机，年轻的小伙是秘书。兰英就说，哦，是主任啊。心里想的却是，原来那个小生不是司机，还是个文才子。

吃完饭，主任和支书坐着吉普车去河里检查筑坝的情况了，叫秘书留下来写材料。秘书到厨房找火点烟，金菊婆媳跟他惯熟，就说起了话，兰英心里像揣了只兔子，低着头收拾，不敢看人家。拾掇完了，兰英说回呀，七星和他爸参加修坝去了，还得回去帮婆婆给他们做好饭送去。金菊说："赶紧的，你也不用回去做了，这里剩下这么多吃的，不吃也放坏了，你就不用做了，端上几碗送到河里去吧。"兰英推辞了几下，到底是帮了忙的，就拿个篮子装了几碗，又去拿她的炒瓢和箅子，东西多了就显得吃力，金菊要帮她送，兰英笑着说："算了吧婶子，你小脚不方便，你要摔倒我还得扶你，你还是洗锅吧。"金菊说："那也得个人帮你送家去，一个人拿不了。"那个秘书看看兰英，笑着说："要不，我帮这位嫂子送一趟吧。"口音轻轻的，没有底气，却让兰英感到耳鸣。金菊看看大着肚子的梅子，只好说："那就辛苦你了，耽搁你写文章吗？"秘书说："不耽搁，不耽搁。"弯腰提起了炒瓢和箅子。兰英嘴上说："不用了，不用了。"一个人先出了门，走得飞快。

秘书出了大门，兰英已经走出去老远，走到自家门口，又站下来等着他。秘书走进兰英家大门，兰英已经进了厨房，看见婆婆不在，知道已经做好饭送到坝上去了，就有些老天成全的感觉。从窗子里看到那小伙进了院子，想喊他把东西拿进来，转转念头，走了出去，接过他手里的一样东西说："帮我放到屋里去吧。"说完直盯盯地看着他的眼睛，小伙手里还提着一样，问："不是往厨房……"看到兰英的眼神，慌了，不会说话了，跟着兰英进了屋。老屋里光线很暗，兰英把他手里的东西接过去老半天了，小伙才看清屋里的摆设，见家具不多，还都是旧的，却收拾得井井有条，忍不住夸赞道："嫂子可真是个利落的人。"兰英羞红了脸说："什么利落不利落，凑合着过吧。"不知为什么，鼻子就有点酸，把一碗炒好的南瓜子端到桌子上说："你坐下吃吧，昨天刚炒好的。"

小伙子说："不坐了，还得回去写材料。"见兰英已经给他搬了把凳子，只好坐下了。坐下来没话说，只会嗑瓜子。兰英过去把门槛绊住的门帘放好，回头坐到他对面问："看你的样子，还没结婚吧？"秘书说："刚中学毕业参加工作，还没顾上找呢。"兰英说："你是国供（城市户口），还能不找国供？"秘书说："那倒也不一定，人好就行。"说完看看兰英，目光被她的雪白圆润的脖颈吸引着绕不开。兰英眼波流转，露出雪白的碎米牙齿冲他笑着，试探着问："什么样的算好的，你说说，我给你操个心。"秘书开玩笑说："行啊，能找下像嫂子这样的吗？"兰英的脸就红了，头也不抬地说："我好什么，比我好的多呢。你别一口一个嫂子，我未必就比你大。"秘书问："那你属什么的？"兰英说我属蛇的，你呢？秘书说："那我比你大两岁，我属兔的。"他皱皱眉头说："你们这里人结婚早啊，你这么小就结婚了？"兰英飞他一眼说："我这算是迟的，可有比我小就嫁人的呢。"秘书惊讶地问："你还算年纪大的？你也就十九啊，她们十六七就结婚？"兰英说："可不是吗，村乡里都这样。后面巷子里红平妈，十三岁就嫁给红平爸的。"秘书就瞪大了眼睛表示不敢相信。

　　停了停秘书问："那你怎么耽搁到现在才结婚啊？"兰英红了脸说："不能跟你说。"秘书说："有什么不能说，无非是封建迷信那一套吧。"兰英脸更红了，说："跟那没关系，是我自己把自己耽搁了。"秘书来了兴趣，问："哦，我倒想听听。"兰英看他一眼，又低下头去，声音细细地说："你要听，我就给你说说，你别笑我脸皮厚。"秘书尽量口气老道地说："你说，我是看看有没有什么代表性，将来写文章也许能用上。"兰英就说："其实我十四五的时候就长成大姑娘了，爹娘就张罗着给我找人家，可是，可是我那个一直没来过，没来过就不能算长成……"秘书不解地问:"谁没来?"兰英扭扭身子说:"就是,女人每月要来的麻烦事。"说完,抬起眼睫毛亮亮地看了小伙一眼。小伙的脸都红到脖子根了,胸口开始起伏。兰英说:"我一直以为自己不正常,见了别的女子总要偷偷跟人家比比,可是什么也不比别人差啊,身子就是不来。"秘书故作镇定,声音粗哑地问:"后来呢?""后来直到十八岁上,身上才第一次来,我爹娘直叫阿弥陀佛,赶紧给我找人家。可是已经十八了,就不好挑人家,最后嫁了个武大郎。"秘书是读过《水浒传》的,听她抱怨自己男人是个武大郎,又见她眉目含情,就有点气不匀。兰英见他迟疑,勾起了心里的怨,低低地说:"守了十八九年的身子,让一个算不上男人的糟蹋了。"撩起衣角,开始抹脸上的泪,露出衣襟下大红的兜肚。秘书看在眼里,鬼使神差就站起来走过去,一把抱住了她,那手就伸进了兰英的怀里。兰英一下就软了,贴在他身上,哼哼唧唧,脸色像桃花一样红。秘书是个黄毛小伙,哪里受得了这个,一把就扯开了她的衣服。兰英眯缝着眼睛说:"我的屋在里间,把我抱到里间。"小伙抱她到里间,没头没脑一阵乱拱,兰英突然笑了,嗔道:"真是个力巴(生手)!"就引导着他一步一步地来,秘书一头大汗地问:"这会儿没人来吧?"兰英说:"看你那点胆子,还是公社干部呢!"秘书就发了狠,要让她看看自己的男子汉本色,都说力巴出活,年轻人力不亏,凭着蛮劲,把个兰英折腾成了一团软面。

街巷里传来谁家娃娃的哭声,大人们都到河里修坝了,村子里一派空旷安闲。兰英躺在炕上,觉得自己已经化成了水,郁结在心里的疙瘩,也被一点点解开理顺了,感受到快乐像自己在河边洗衣服时,被太阳晒暖的河水一波一波涌来冲刷着河岸上的青草,——能活在这世上真美!

事毕,秘书冷静下来,第一个念头是赶紧穿衣服逃跑,兰英搂住不让他走，问他好不好。秘书这会儿想到了前程，求她不要说出去，兰英骂道："看那点出息，敢做不敢当！蛇盘兔必定福，咱们属相配，真要成了两口子，倒是最合适不过的。"秘书吓得冷汗都出来了，兰英咯咯笑道："吓死你了！我不害你，不过你要应承我一件事。"秘书脸白白地说："你说，只要你保密，什么事情我都答应。"兰英说："要是我怀上娃娃就算了，怀不上，你来一回村里找我一回，直到我怀上。你要不来，我就去公社找你！"秘书疑惑地望着她，兰英明说了："我不想怀那个半截子人的种，看你人牌面好，就借你的种子了，只要我怀上，咱们两不相干。"秘书松了一口气，穿上衣服，又跟兰英温存了片刻，匆匆回梅子家写材料了。

当月，兰英身上就没来，过些日子就吐酸水，吐得面色发黄，心里却在笑：种子和种子就是不一样，撒上一回就发芽了。

十月怀胎，一朝分娩，生了个女子，矮子欢天喜地给取名叫秀娟。

第二章

　　兰英第一眼看到"土匪"长盛时,秀娟已经过了周岁了。生娃娃之前,兰英只是苗条,是胸高腰细屁股大,走起路来很爽利,让人觉得好看;生过孩子后的兰英,就成了另一个样子,人整个胖了一圈,变成了一块发过的面,白了许多,鼓了许多,走起路来老像在琢磨什么事情,琢磨什么,她自己也不知道,只觉得身子跟以前不一样了,人变得很酥,仿佛肉里全是眼儿,是会收缩的眼儿,需要什么来填充,是干燥的眼儿,需要水的滋润;她更不知道自己看人的眼神变了,以前是疯看,是大胆的看,眼神像刀子一样爽利,现在刀子钝了,目光变成了一只手掌,会在人的脸上、在裸露的皮肤上抚摩。矮子没有注意到这些,矮子当了爸,小胸脯挺得像鸡胸,人前说话也大声了,很像个村干部的样子。矮子每天就盼着下工,下了工就能跑回家抱自己的闺女,他把脸用香皂洗了,把手在温水里泡软了，才从兰英怀里接过吃饱了奶的闺女，亲个没够，看个没够，总是能从闺女身上发现一些变化，比如小手儿会挠挠了，小嘴儿会嘟嘟了，都把矮子乐得满脸是花。矮子光留心闺女身上的变化了，没察觉发生在婆娘身上的变化，看不出兰英由一块生面变成了一块发面，发面是需要人好好揉搓，然后蒸出好吃的馒头的，不然就会放酸了。矮子还以为兰英只是因为生孩子后发了福，嘱咐爹娘把几颗鸡蛋，几穗青玉米，几斤黄豆都在半夜悄悄煮了让兰英吃，为的是保证闺女的奶水充足。矮子是个实诚人，实诚人不会风情，就算他会风情，也没有那风情的本钱，兰英看他不上眼，他的风情也会变成小丑作怪。

　　公社的秘书也是个青皮后生，那个书生也不懂风情，他胆子很小，那次以后再没敢在兰英跟前露过面。好在兰英知道自己生的是个闺女的那一刻，就打算换人了，看那个小秘书没有骨气的样子，也不像个能生出带把儿的来的人。兰英一心要让自己这块好面蒸出像样的馒头，她又开始思谋找哪个好手艺的蒸馒头的人，只是这回有点不一样了，那个人不但要能蒸出好馒头，还要会揉搓，只有揉搓得好了，面才会筋道，馒头才会香甜。这样的人不好找，拆房挖到宝，可遇不可求，但兰英还是遇到了，第一眼看到他，兰英就知道他就是自己要找的那个人。这个人就是土匪长盛。

　　土匪长盛不是本地人，他是倒插门到村里来落了户的外乡手艺人。土匪长盛从很远的地方挑着担子一路吆喝着"修盆修锅"出现在南无村村街上时，兰英正在家里坐月子，她第一眼见到他的时候，他已经是对过巷子西头桂香的倒插门女婿了。土匪长盛身躯长大，面相活像戏里的武生，眉头那里老是有一道竖纹，不怒而威，显得威风凛凛，他不但是好人才，还是好嘴子，坐在十字路口的井台上，一边叮叮咣咣地修补着烂盆烂锅，一边给人讲他早些年当土匪的传奇故事。村里那些小年轻佩服得两眼放光,为了不让长盛的嘴停下来,他们轮流去供销社给他买五分钱一块的砖头烟丝,细细地掰开揉碎了,给他卷烟抽。其实土匪长盛是在吹牛,他当过土匪不假,可只是个给土匪喂马的小喽啰,那时候他才十几岁,家里人都饿死了,为了一口饭吃上山当了土匪,不到半年那个土匪窝子就被解放军剿灭了,他这个小蟊贼被教育了几天,就"解放"回家了。长盛讲的全是当年听那些老土匪讲给他的事,他在这里卖嘴,就是图个热闹,换几根烟抽。土匪长盛走惯了江湖,十天半月不洗一次脸,衣服也黑油亮,坐在那里像个铁塔,那帮簇拥着他的小后生跟他一比,都成了面有菜色的毛孩子。人才就是比出来的,桂香爹一心想给没娘的闺女找个能顶住门户的好汉子,他熟读《三国》,满脑子龙虎会风云,看村里那些小伙没一个像个英雄的,每日里感叹一辈不如一辈,今人不如古人。那天下工经过十字路口,夕照正透过井亭后面巨大的梧桐树冠的叶隙把红色的余晖箭一般射到对面黄色的土墙上,老汉荷着锄头,觉得自己正是那守长沙的老将黄忠,胡须擦着锄把转过脸,一眼看到长盛,眼前就是一亮,想起一句话来:"人中吕布,马中赤兔",心道真是天赐佳婿,就不动声色地凑到长盛跟前,拄着锄头跟他攀谈,要调查一下他的底细。长盛看到过来个老汉,收住了嘴,舔舔嘴角的白沫,他是见过世面的人,知道不能在年纪大的人跟前吹牛,他们不比小后生,听上一耳朵就知道你的话有几分真假。老汉假装出一副爱顽好扯的样子,蹲下来和长盛吸了两支烟,旁敲侧击地问清了他的身世,得知他孤身一人,正中下怀,说声出门在外的不容易啊,晚饭去家里吃吧,老汉家里的锅漏了,正好你给补一补。长盛本来就是个吃百家饭的,心想吃了他的饭,补了锅就不收钱了,收拾收拾,锁了箱子,家伙事还放十字路口,跟上老汉去了家里。

老汉的锅少一个耳朵，并没有破，把后生领到家里，只是为了让女儿相一相。到了家，让长盛把脸一洗，原来是个红脸膛，这下又像了关云长了，老汉越发喜欢，让长盛搬开院子里的捣衣石，把埋在下面的一坛老酒拿了出来。长盛好酒量，喝好了抡着比刘备还长的胳膊像张飞一样大嗓门说话，老汉看在眼里喜在心头，恨不能当下就让闺女和长盛拜了堂。趁长盛上茅房，老汉低声问闺女的意思，桂香红着脸光笑不说话，老汉心里就有了数。长盛回来老汉就说："眼下大伙儿都搞建设呢，你虽然靠手艺吃饭，终归是个流窜，有没有想过安个家过安稳日子？"长盛是什么人，早察觉了老汉那点心思，借酒遮脸，眼泪就下来了，说："是人谁不想过安稳日子啊，可是我二老死得早，从小无依无靠，一副肩膀两只脚板，挑着担子喝西北风，老叔你说，哪里才是恓惶娃娃落脚的地方呢？"老汉说："我看你小伙好人才，想留下你，只是不知道你肯不肯改姓做上门女婿？"长盛爬起来就给老汉磕了一个头，一把鼻涕一把泪地说："我本来就是个家破人亡的娃，叔肯收留我别说改姓，改了名字都愿意。跑江湖的人不在乎什么门户，叔你给我一个家就是我的再生父母。"说得老汉眼圈也红了，扶起长盛说："好娃，你要好好对我女子，她从小没妈，你不能委屈了她。"叫过桂香来说："吃了饭你和长盛跟着我去趟支书家，叫他连夜开证明办结婚证。"

长盛当晚没回借住的队里马房，就住到了桂香家。结了婚，他就不再是修盆修锅的流窜长盛，成了社员长盛。后来桂香爹才听说长盛当过土匪，原来不是刘关张，是个黑山贼，老汉懊悔自己走了眼，可是生米已经做成熟饭，只好这样了。好在长盛还听自己的话，对闺女也好，"出身"问题就不是那么重要了。

长盛身大力不亏，就像那羊群里的骆驼，干什么都显他，往队里的库房装麦子，卸车的时候，别人扛一个麻袋还得人帮把手才能上了肩，长盛一个胳膊下夹一个"噌噌"地走。那天队里的饲养员给牲口铡草料，好铡刀被大队会计借去铡筑墙的麦秸了，剩了一口没刃的铡刀，刀口一沾麦秸就滑到一边，根本干不成活，有人就开玩笑说只有土匪长盛才能用这没刃的刀铡草，别人不信，于是赌一块砖的烟丝，有人就跑去喊长盛。长盛笑呵呵地来了，提起刀把说："搂草！"搂草的就伸开胳膊结结实实抱了一大捆，按在铡刀下。长盛从丹凤眼的眼角瞟瞟围着看热闹的人，先把右拳端到脸前，朝拳眼里吐口唾沫，又把左拳端到脸前，一样朝拳眼里吐口唾沫，这才握紧了刀把，前腿蹬后腿弓，轻舒猿臂，双肩下沉，刀下的麦秸像一根巨木被齐齐切下圆圆一截，掉到地上，碎成一堆寸把长的麦秸。围观的人都瞪大了眼睛，不由倒吸一口凉气，连那打赌赢了的都不以为他会切得这么轻松，以为一定要分三步：一压刀问草，二切进一多半，三再补一刀。没想到长盛刀都没先压在草上问一问，"噌"就解决了问题，仿佛用的不是个没刃的破铡刀，而是削铁如泥的神锋，于是一片声的叫好。长盛一时兴起，说："愣什么，往前送草啊！"一下又一下，轻松得像切韭菜一样，半下午就把一个小山似的麦秸垛铡成了碎末，像座草料山堆在那里。长盛大气不喘，只是鼻尖上微微有层汗，倒把那抽草的、搂草的、包料的累得没了气骨。兰英正好路过，听见马房院里叫喊得热闹，就从破围墙里走进来，站在一边看，正看到长盛的腰一沉，壮硕的臀部绷展了裤子，心中不由一荡，腿就有些发软。看了一会儿，站不住了，别别扭扭回到家，也没有去公婆那里要孩子来喂奶，躺在床上就是一阵恍惚，好一阵儿清醒过来，觉得大腿上凉凉的，把手伸进裤裆里一摸，湿湿的粘粘的一大片。突然就觉得心里一阵巨大的空洞，没来由地，一口咬住了自己的胳膊，嘴里一阵发咸，尝到了血的味道。

从那以后，兰英每天把自己收拾得分外精神，抱着秀娟去桂香家串门，长盛一下工回来她就抱上娃娃回家，两个人互相看一眼，打个招呼。一回兰英走后，长盛对桂香说："矮子七星倒娶了个不赖的媳妇。"桂香说："各人有各人的福分。"随便地一问，随便地一答，事情就过去了。谁也不知道兰英平静的表情后面焦灼的心思，但她只能等，等着天公来做美，除了长盛她不能让任何人看出她的心思，这很关键。可是就有人窥破了兰英的心思，在这世上，要促成一件美事，有时候靠天公，有时候靠的是贵人相助，天公只有一位，地上的有心人却多的是，天公忙不过来的时候，就显示出人的作用了。

什么事情就怕你心里想，只要时时刻刻念想着，事儿和人都会往那里赶，想想的事儿就变成了真事情，说的是无巧不成书，无巧也不成生活。兰英天天往对过西巷桂香家跑，总要路过东边巷子口支书家的院子，支书老婆金菊吃饱了饭，儿媳妇梅子去洗涮了，她就搬把椅子坐在屋前的阳窝里晒暖暖，眼睛望着每一个走过自家门口的人。兰英每天都要从她的眼皮子底下过一回，老金菊忍不住追出来几次，都看着兰英的背影进了桂香的院门，不免望着已经没人的巷子费了一番琢磨，后来她就一个人"咕咕"地笑了。这天，老支书去县里开会了，儿子和媳妇子抱上娃娃回娘家了，金菊比平常早吃了会儿饭，拾掇利索了，就坐在院子里向门口望，门外前排房子的后山墙上贴着的"出门见禧"，墨色还鲜亮，但大红纸已经被雨水冲刷成了粉白，墙根下的石头缝里长着紫色带银粉的"灰灰菜"，还有几丛纤细的狗尾巴草。婆婆子目不转睛地望着敞开的木板门外，兰英刚要走过，就被她叫住了。

金菊用不高不低的嗓音喊道："兰英？"

兰英说:"哎,婶子?"收住脚,抱着娃娃侧身向院子里望望,没有进去的打算。

金菊笑眯眯地冲她招手:"你来,婶子跟你说句话。"

兰英心里有些不安,却比平时更自然地走进这两扇木板门。金菊殷勤地给她拉过把椅子招呼:"坐下。"兰英望望厨房,不见梅子在那里忙活,问:"梅子不在?"金菊依旧笑眯眯地说:"不在,都不在,老汉子到县上开'三干会'去了,媳妇子娘家动工,小汉子和她搂着娃娃去帮忙了,得几天才能回来。"兰英说哦,解开怀奶娃娃,等着金菊书归正传。

金菊却闲扯起来,拉着椅子往跟前凑凑,握着娃娃的小脚问:"你娘家是个大户人家吧?"

兰英头也不抬地说:"不是,一般人家。"

金菊侧脸看着兰英的眼睛说:"我见你嫁过来的那天,手腕子上戴着一副玉镯子,那可不是一般人家能陪嫁得起的。"

兰英看看她说:"婶子你的眼睛真尖啊,别人都看人哩,你看首饰哩。"

金菊说:"看人过后也能看,你还能跑了?看首饰就得那会儿看,不看过了那会儿你就把首饰藏起来了,想看也看不成了。"

两个女人都笑了,兰英说:"那对镯子是我娘当年的陪嫁,人家我娘出身大户人家,要不我家哪会有那么好的东西。我出嫁的时候,我娘舍不得我,就把她那对镯子给了我,叫我出门的时候戴。"说着兰英的眼圈就红了。

金菊直起身来说:"怪不得呢,大户人家出身的就是不一样。我娘家是磨豆腐的,我娘的娘家也是磨豆腐的,一辈子都没见过个好首饰,我出嫁时我娘给了我一对银镯子,轻得跟麦秸编的一样。"想起那久远的往事来,婆婆子的神情很哀伤,语气里充满了幽怨，长长地叹口气说："这女人一辈子，就是嫁人的时候风光一回，嫁人的时候风光，一辈子都风光，该风光的时候不风光，到死都心里不舒坦。"

兰英笑道："没看出来，婶子你还挺在乎这些个。"

金菊有些羞涩地翻她一眼说："不是我在乎，女人都在乎，你是风光过的，不知道像我这样的心里的滋味。"她又发一个长叹说："没指望了，我都奔六十的人了，就看死的时候能不能风光一回了，跟你说实话，我到死都想戴个好首饰，活着没戴过死了戴上也行，盼望下辈子托生个好人家。可是现在你看，都社会主义了，不兴戴那些个东西了，我家是真正的贫下中农，我那老汉又是个支书，就是我想戴他到哪里去给我买？让公社和县上的干部知道了，他的官也当不成了，再说死老汉也没那个心啊。"

兰英给娃娃掉了个头，换了另一个奶吃，笑着说："婶子，我倒想把那对镯子给你陪葬，可是那是我妈给我的东西，将来我要给我家秀娟当陪嫁啊。"这是句玩笑话，为的是安慰一下面前这个悲伤的老女人。

金菊眼里有一道光闪过，像受了惊，转眼表情又松懈下来，也笑着说："你想给我，我也不敢要你的，我有什么宝贝跟你换啊？"

兰英猛然抬起头来，望了一眼金菊，婆婆子正笑眯眯地望着她，眼睛深处有很多看不清的东西。兰英又低下头去，莫名其妙有些慌乱，想打打岔，死活找不到话说。

那时几只鸽子正在房檐下的天窗里"咕咕"个不休，茅房里那株老国槐顶上一对喜鹊跳来跳去地吵闹，院子平平展展地沉默着，白白的，光光的，伸展到墙根，那里梧桐树的阴影笼罩出一片铺满苔藓的湿地，地皮已经是黑的。再旁边是猪圈，猪圈的土墙根长着一株蒿草，多少年了也没大长高，也不记得有没有被割过，那么蓬蓬的举着，像个倒立的扫帚，又绿又嫩。有时候人是会羡慕草木的，也没有什么烦心的事熬煎，就那么活着。

金菊又开口了，用长辈的口气问："你娘也不多来看你？"

兰英眼圈又红了，说："就没来过，我不让她来。"闪了金菊一眼说："婶子你光看到她给我陪嫁的镯子，没看到她给我找的好女婿！"

金菊脸色的表情比兰英还不平，还委屈，真心地劝解道："你不该怪你爹娘，他们也是为了你好。七星可是个好娃娃，我看着他长大的，实诚，后来还当过兵，现在又是你们队里的会计，也算是个村干部，对你又好，这是你的福气呀。"

兰英不吭气了，半晌说："好人顶什么？顶吃还是顶穿？看着不顺眼，吃好的穿好的心里也不舒坦。也不知道哪辈子的规矩，相亲不让女子相，让爹娘相，要是让我看上七星一眼，打死我也不会跟一个'武大郎'过一辈子。"被自己的话逗笑了，有些羞涩地看看婆婆子，接着说："我真不该相信我爹娘，怎么也以为他们要为我想想，早知道这样，我一辈子不嫁人。我就是恨他们，不想见他们，他们就别来，来了我也不让吃饭！"

金菊责怪道："看你这娃说的什么傻话，你别管这个女婿你看上看不上，你爹娘都是一片好心，我是做娘的，我还不知道？再说了，嫁鸡随鸡嫁狗随狗，舒坦也是一辈子，难受也是一辈子，你怎么就这样想不开？"

兰英猛一甩头，泪花飞溅了出来："凭什么就该我认命？我一辈子被人瞧不起，娃娃还要被人瞧不起，我活着不舒坦，死了也不舒坦！婶子你光顾你没戴过好镯子，没风光过，我倒是风光了一回，可是倒要窝囊一辈子。你们都是站着说话腰不疼，看着七星好，怎么不把自己的女子嫁给他？都是说便宜话么！"

老金菊没想到兰英是这样认死理的一个人，知道这个媳妇子不是块软面，是个有主张的人，就没硬劝下去，又不是自己家的事，闲事还是少管。婆婆子有自己的心思，摸透了这媳妇子的脾气，又知道她的底细，就算她是那最不好调教的小母牛，凭着多吃几把盐，自己这老把式也能让她上套驾辕，——只有本事不济的车把式，哪有不拉车的牲口？——婆婆子知道自己是个有经验的好车把式，心里有底，手上不慌，她把娃娃的小脚放在手心里端详着说："也不是没有转胎的事，我看你这娃娃就没像了七星，将来一定是个好人样，心想事成啊。"兰英的脸腾就红了，烧的什么似的，把娃娃往怀里搂搂，拉下脸问："婶子你这话什么意思？"

金菊"嘎"地笑了："你看你这娃，我能有什么意思？你心里是不是有鬼啊？婶子的意思是这娃像了你，是个好胚子，将来也许还是个文才子。"

金菊笑得很慈祥，但兰英分明从她的笑里看到了鬼气，她僵硬地站起来，说："我还有事情，先走呀。"快步就往门口走，又气愤又慌乱，心里毛毛草草，只想快点跑掉。

婆婆子却扭着小脚紧赶两步，把她扯住了，用一种类似唱戏的嗓音说："你看你这女子，你看你这女子，怎么说翻脸就翻脸了，婶子是那号胡说人的人吗？你的事情婶子从来没有对人说过……"

兰英真就翻了脸，冷冷地望着婆婆子，带着心底的怨毒低低地问："你知道我什么事情？我有什么事情怕你说？"一股寒气从脚底升到心头，她不由打了个寒战。

婆婆子看到了她眼里霜一样的冷气，但没有被这个媳妇子的厉害吓住，——姜还是老的辣——，她颠着小脚，绕着兰英转了半圈，凑到她耳根子上，神秘地低低地说："公社那个娃后来来过几回,还向我打听你是不是怀上了,我看娃有什么心事解不开,就趁没人时问过他了,娃胆子小,吓得都哭了,全说了。其实他不说,那天他从你家慌慌张张跑回来,我就从他的脸色上看出来了。"婆婆子婶子后仰,推心置腹地说,"你是个要强的人,婶子知道,婶子怎么会坏你的事?"

话说到这里,兰英倒不怕了,寒气渐渐地从身上散去,她换上个笑脸说:"多亏你了,婶子!"

金菊又把她拉到椅子上,这回把手心拍在兰英抱孩子的手背上说:"家家有本难念的经,人人有件算不清的账,人活着就是活个指望,没指望了还不如两腿一蹬。"看到兰英笑了,她又说:"婶子不是那个糊涂人,知道你不是图人哩,你是图娃娃的将来哩,婶子人老可不是老封建,婶子觉得你做的对着哩,换了婶子,婶子比你还厉害!"

兰英哭了,把脸贴在娃娃脸上,痛痛快快地哭了,她在哭她那狠心的娘:"娘啊,你这是要把我往死里逼!"

金菊也哭了,不停地拍着兰英的手背说:"女子,女子别哭了,有婶子呢,你说,你看上谁了,婶子把这老脸不要了,也要让你生个带把儿的好胚子!"

兰英用袖口把眼泪擦擦,又轻轻地擦着掉在娃娃脸上的泪蛋蛋说:"婶子,你非要让我自己说出来?"

金菊心疼地望着她说:"你不说,婶子怎么知道你的心思?"

兰英看看自己的脚尖,突然把怀里的娃娃递给金菊说:"婶子你给我看一下娃。"没等婆婆子反应过来,她就起身快步走出了大门。

娃娃开始哭,婆婆子"哦哦"地摇着哄着,还没把娃娃哄乖,兰英转回来了,接过了孩子哄着。金菊看到兰英藕瓜一样白嫩的腕子上已经多了一对翡翠的玉镯,让眼前这个媳妇子乍然显得高贵起来,好像大户人家的少奶奶。金菊想假装没看见,眼睛却不知道该看哪里了。娃娃一到妈怀里就不哭了,兰英用胳膊搂着娃娃,先用右手抹下左手腕子上的镯子,又用左手抹下右手腕子上的镯子,然后把两个镯子合在一起搭在一根手指上,镯子轻轻相撞,发出一声好听的脆响,这响声让老金菊微微一颤。

兰英把并在一起的两只镯子勾在手指头上,往前伸伸说:"婶子,这是你的了。"金菊呆呆的,想看看这媳妇子的表情,兰英却低头看着怀里的娃。婆婆子好歹反应过来,嘴里发出"啧啧"的声音,教训道:"怎么这么个媳妇子,婆婆子在你眼里再不是人,还能要你的好东西?你这不是打婶子的脸吗?!"

兰英抬起脸来,笑着说:"婶子,你别生气,我知道你是个好人。你不是个好人我还不这样,人心换人心,八两换半斤,婶子我有我的心病,你有你的心病,你治我的病,我就要还报你,这是天经地义。我有事求你,你不要这东西,叫我怎么开口?"

金菊还是一脸责怪地望着兰英,兰英欠起身,把镯子塞到了她的怀里。金菊要往出掏,兰英板起脸,指着院子中间的捣衣石,厉声说:"婶子你要掏出来,我就把它摔到石头上!"

金菊被吓住了,只在嘴里说:"你看你这女子,你看你这女子!"手像鸡爪子一样缩在胸前,不敢动了。

兰英说:"婶子,我娘不心疼我,你心疼我,你就是我亲娘。"说完像个乖女儿一样温柔地望着婆婆子说:"婶子你把镯子戴上,我看看好看不好看。"

金菊尴尬地笑着,无力地把手伸进怀里,把那对镯子拿了出来,手腕子发软,怎么也戴不上。兰英笑着抢过镯子,给她戴上。婆婆子像被上了镣铐,胳膊僵直在膝盖上,看着自己的手腕子,两眼发直。兰英说:"真合适,婶子你将来躺在棺材里,戴着这对镯子,要多风光有多风光。"

金菊这才把一只手放到镯子上,翡翠的冰冷让她倒吸了一口凉气,无限温柔地说:"女子,我怎么能要你陪嫁的东西,这可是你娘传给你的。"

兰英撅起嘴,撒娇地说:"我娘不管我,给个死物算什么,婶子你知道我的心,就算我孝敬你的。"

婆婆子说:"那我就先戴几天,哎呀,我一辈子没戴过个玉镯子,老了修来了福气。我有儿有女,谁也没这么想过我,我那媳妇子……"发现兰英一直望着她,婆婆子不自然地笑了一下,说:"哎呀,说我那媳妇子,人家还嘱咐件事情,跟桂香说好让长盛明天一早来家把漏了的脸盆换个底子,媳妇子今天也回不来,叫我招呼长盛。你看你看我这几天脚疼,也做不了个饭,你要不忙,过来给婶子帮个忙?"说完不看兰英,又去握娃娃的小脚。

兰英没吭气,脸上烧得像火烤,抱着娃娃站起来说:"婶子你有什么事就叫我吧,我先回去给七星做饭。"婆婆子说:"行行,快晌午了,我也做饭啊。"

坐的时间久了,腿麻;说话多了,头晕。兰英深一脚浅一脚回到家里,把娃娃放到床上,想去做饭,人却软到了床上,一阵一阵的恍惚,娃娃尿湿了都没发觉。

第三章

　　因为是给支书家干活,长盛早早吃了饭就背着家具来了,支书家的大门还没开,长盛不敢叫,就去村街上站了一会儿。看看太阳红红的老高了,又返回去推门,还是不开。长盛估摸该起来了,就在外面叫:"婶子,婶子,我是长盛。"没人答应,长盛就在门口站着,和路过的人说闲话,给支书家帮忙对于他这个倒插门的外来户是很有面子的事情,长盛的嗓门就很高。其实老金菊就在院子里,她故意不开门,一会儿看一下太阳,等半上午呢。老金菊得了兰英的翡翠玉镯,好比那红心的萝卜——心里美啊,一门心思要把兰英的好事撺掇成。婆婆子有自己的盘算:要换底子的盆就一个,七找八找把早不用的盆找来也不过三五个,长盛干活手快,一会儿就利索了,干完活总不能干等着吃饭呐,那长盛肯定要走,走了兰英还来干什么?索性就让他再等等,等到半上午再放他进来,就让他在外面喊吧，婆婆子就是要让兰英听见长盛来了。老金菊不放长盛进来，还有个算盘就是把事情做到明处，矮子每天半上午来自己家挑水，到时候让矮子捎话给兰英过来帮厨，兰英正大光明地来，谁也不会往歪里想，将来出了事情矮子心里明白也只能哑巴吃黄连，怪不到自己头上。拿定主意，婆婆子就该上茅房上茅房，该喂鸡喂鸡，就是不开门，等着那个吉时。

兰英听见长盛在巷子口吼叫，心思早就乱了，以为金菊不在家，恨得骂了不知多少回没心肝的婆婆子。看看半上午了，听不见长盛叫唤了，料想是走了，兰英的心仿佛掉到了夏天的井里，冰凉冰凉的，但那一点心思还是不死，用瓢磕着水瓮骂矮子："懒死你了，晌午了还不去挑水！"矮子分辩道："你没听见长盛一直叫门？家里肯定没有人。"说是这么说，早拿起了扁担："我去看看是不是人回来了，回不来就去别家挑吧。"兰英不吭气，矮子挑上担子迈着短腿去了，两只铁桶晃来晃去"吱吱扭扭"少心没肝地唱着歌儿。

也听不见巷子里有人说话，兰英看了好几回门口，矮子终于出现在那里，肩上的扁担弯成一张弓，两只桶快摸地了，一路水线地进了厨房。矮子脖子上暴着青筋提起水桶给瓮里倒，一边说："土匪长盛给支书家补盆底子哩，咱婶子这两天脚疼，叫你去帮着做饭哩。"兰英没吭气。矮子最后一担水挑回来又说："你还不去？"兰英正和面，用手背撩撩脸前的头发说："急什么，饭时分还早哩，支书家的人是人，咱家的人就不是人？"把饭都准备妥当了，才去洗脸梳头，对矮子说："都妥当了，一会儿你把面下锅里就是，我让娃吃了奶就走。"矮子说："赶快去，谁家没个要人帮忙的时候？"兰英去公婆房里抱过秀娟，气定神闲地喂过奶，又送过去，这才出了门。

土匪长盛哪里知道支书老婆和兰英的谋划，手上忙着，看到兰英进了门，调笑道："好家伙，这辈子还能吃上七星媳妇儿做的饭，做梦都没梦见过。"兰英剜他一眼回敬道："吃吧，吃上叫你得噎死病哩！"长盛厚着脸皮开玩笑说："你要能把让娃吃的让我也吃上一口，噎死我十回都行！"兰英的脸红了，过去照长盛腿上踢了一脚。长盛哇哇大叫："呀呀，婶子你看七星家媳妇儿还是个厉害人哩！"老金菊看在眼里，喜在心里，说："长盛你可别胡说，兰英是刀子嘴豆腐心，你没福气娶人家，嘴上最好积点德！"说着喜眉笑眼去看兰英，兰英边往厨房走边说："这号人，不能理，土匪！"长盛说："我现在要还是土匪，非抢你当压寨夫人。"老金菊一看这阵势，也用不着她敲边鼓了，就站起来拍拍身上的尘土说："哎呀，忘了件大事，红平妈还让我去剪几副窗花哩，你俩人辛苦，我响午饭就不回来吃了。"长盛说："婶子，就快完了，我还是回去吃饭吧。"婆婆子责怪道："你看你这娃，不要钱还不吃顿饭，让人说支书家就白用人哩！"又对厨房说："兰英你给长盛炒盘韭菜鸡蛋。"兰英说："喂狗哩！"婆婆子隔着窗户对她使个眼色，颠着小脚走出门，随手把门带上了，说："别让野狗跑进去吃了我晒的猪尿脬。"

长盛生就一张贫嘴，一边干活儿一边隔着窗户和兰英调笑。剩下两个人了，兰英倒没了泼辣劲儿，只是"咯咯"地笑，看着长盛门板一样宽的肩背和比女人还灵巧的手，腿就有些软，手上没了轻重，几回差点把碗打了。炒了一盘韭菜鸡蛋，一盘咸菜干扁豆，又往锅里削面，不留神，就把手削破了，赶紧用凉水冲冲，撒了点盐粒子，疼得直钻心，也不好意思出声，就有些怨恨了外面那个嬉皮笑脸的"土匪"。饭好了，叫长盛进来洗手，长盛早干完了活儿，坐在树荫下卷烟抽，听见叫就摇摇摆摆地进来厨房，看了一眼小桌上的饭菜说："哎呀呀，过年哩过年哩！"兰英给她剥了头蒜，放到碗边，斜着眼看他："吃吧，热饭烧不住你的冷屁股！"长盛洗过手坐下来，甩开腮帮子就吃，风卷残云转眼就是两大碗刀削面。吃饱了，抹抹嘴，看到兰英望着他笑，也笑了："没办法，跑江湖的，就是能吃，你怎么不吃啊？"兰英管不住自己的温柔，笑笑说："我不饿，给你盛点面汤吧。"伸过手去拿碗，长盛一眼看到她白嫩的手指肚上有道血口子，不由去拿那手。兰英早把手缩回去，沉下脸说："正经点！"长盛说："心疼你哩么！"兰英说："不用，我有人心疼。"长盛是走惯江湖的，知道女人的心思，试探道："你做的饭真好吃，我怎么就没有福气天天吃。"兰英说："你家桂香比我做的好吃多了。"长盛一语双关地说："她那味道和你差远了！"兰英心里很受用，还是拿过碗说："喝点面汤吧，原汤化原食。"长盛大着胆子说："喝什么面汤哩，你把让娃喝的让我喝上一口比什么都强。"兰英的脸色就变了，"咣"地把碗搁到灶台上，扭身直撅撅地往出走。长盛一把没拉住，心想坏了，这媳妇子没那份心思，跟出来想陪句好话，看见兰英没往大门走，却进了老金菊的屋子，撩门帘时还回头看了他一眼，长盛身上的血就沸腾起来。

兰英刚歪到炕上，长盛就跟进来了，笑得像个土匪，兰英看到那眼神，就有些喘不上气。长盛察言观色，心里有了底，胆子就壮壮的，像一堵墙朝兰英压下来。兰英翻他一眼说："等一下。"长盛一愣："等什么？"兰英不说话，探过身子去拉被子，先放下枕头，再铺好被子，最后把自己脱光，钻进被子里去。长盛呆呆地看着，不解其意。兰英睡好了才说："要做夫妻就正而八经做，别急急火火像做贼。"长盛笑了，心说这媳妇子就是和别人不一样。兰英呵斥道："你还不脱，等着过年啊？"长盛才反应过来，几下扒光了,钻进被子里去,钻了半截子,不放心地问:"大门呢?"兰英嗔道:"用你操心,金菊早挂上了!"

长盛真是开了眼,这女人跟女人就是不一样,都是个身子,桂香就没有兰英这么白这么滑,就像那头回的面,搂在怀里只感觉有肉没有骨头。长盛感到自己是叫花子捡到了元宝,为了报恩施展浑身解数只怕兰英不快活。兰英第一次发现自己原来是个一碰就响的物件,怎么都管不住自己的嘴,像麦收后的地牛,看不到在哪里,吼声却一下一下就在耳边。兰英觉得自己太亏了,跟了矮子这些年,真是把自己葬送了,不知道做女人原来这么快活。跟长盛比,矮子根本就不是个男人,连那个秀气的公社秘书都只能算个二尾子。

歇着的时候,兰英问长盛:"我好不好?"长盛说:"比神仙都好,你就是让我死我都没二话。"兰英满足地笑了,贴在长盛身上说:"明说了吧,我原本是要借你的种的,现在还真舍不得你了,你要愿意咱就好下去。"长盛说:"不愿意的是龟孙子!"兰英闻到长盛身上的汗臭,觉得不如那个秘书身上的香皂味道好闻,就把手在他胸膛上抚摸着说:"你要是个干部就更好了。"长盛急道:"你嫌我当过土匪?嫌我是个流窜哪!"兰英嗔怪地说:"说什么哩呢,我嫌你还跟你这样?我只是喜欢文气点的男人,戴眼镜,穿中山装,一笑露出一圈白牙,又干净又体面。"长盛说:"那还不简单,我明天就戴副眼镜给你看看。"

兰英知道这会儿让长盛把裤子套在头上在村子里走三圈他也愿意,过后就没事了。没想到长盛还真是个有心的,第二天就跑去公社的供销社买了一副水晶石眼镜,还有一把牙刷,舍不得买牙膏,就用盐来代替,只几天就把牙刷得像死人骨头一样惨白。下工后,长盛鼻子上撑着那副没有度数的平镜在村街上走,惹得那些媳妇子"咕咕"鬼笑。村里的长辈看到长盛的装幌样子,当面就骂:"娃,你跟上鬼了?"老会计克敏家的二娃子银娃开长盛的玩笑:"土匪,你升级了么,成了特务了!"长盛就说:"特务就特务,特务总比土匪有文化。"都是玩笑话,玩笑话没人当真,——谁知道,还有把玩笑话当真的那天,只几年后,长盛差点因为这句话把命送掉。

第四章

　　偷偷摸摸有一次没一次的，长盛让兰英怀上娃娃，用了足足五年的工夫，这五年兰英又有几件首饰进了老金菊的小木匣。

　　秀娟六岁上，兰英生下了福元，儿女双全了，都是好品种！

　　生下福元后，兰英对爹娘的仇恨被自身的母爱逐渐消融，开始和矮子一起一人抱着一个娃娃回娘家。矮子人虽然短，干筋子人，还有把子力气，自行车前面横梁上带着闺女，兰英抱着儿子坐在后面车架上，矮子一路狂踩，三十里路不用一个钟头就到了。没生娃娃以前，兰英也回过两次娘家，但都没跟矮子一起进村子，每次，愣是让矮子在村外的庄稼地里等她，主要是嫌两个人走在一起高低太明显，不知道的还以为她领的是个娃娃，丢不起那个人。矮子人短志气也短，在兰英面前从来不敢大声放个屁。有了孩子就不一样了，闺女虽然只有五六岁，人已经出落得像朵花，儿子虎头虎脑惹人爱，矮子就不是那么显眼了，再说还骑着自行车，到了门口才下车，有人来操闲心时，矮子女婿早盘腿坐到了炕头上，看不出个长短来。来的人婆婆妈妈多，都爱看娃娃，娃娃就很给兰英长脸，至于女婿好不好，进大门已经看到了后轮护泥板上写着大红"奖"字的自行车，那可是自行车啊，七匹马拉的胶皮轮大车天天见，两条腿蹬的自行车一个村子能有几辆？骑自行车的不是干部就是劳模，那都是些令人心生艳羡的人，哪里还管骑车的人腿长腿短。因为这，还因为跟土匪长盛的事情，那几年兰英待矮子还不错，毕竟是自己的男人，没有他养着，哪里有工夫偷别人的男人？心里还是有愧的，对他好点图个自己心里安然，兰英甚至还给矮子打了件毛衣。

秀娟姥姥在女儿的婚事上有愧，可这世上没有卖后悔药的，就一心在外孙女的身上补偿，有好吃的，有好穿的，都紧着给了娃娃，几个舅舅家那几个年龄相仿的姐妹又能玩到一块儿，因此秀娟一年中倒有两三季住在姥姥家。兰英那几年正跟土匪长盛火热，成天跟矮子玩捉迷藏，矮子去娘家看秀娟总是要跟闺女待整整一天，背着闺女去崖头上打酸枣，去野地里灌田鼠，等他天黑回来，兰英也早遂心半天了。再说，闺女不在身边倒少了一双眼睛，毕竟让娃娃看到不是光彩的事情，大人心里能藏事，孩子眼里可从来揉不进沙子。兰英就听凭闺女在娘家那么住着。

都说闺女像爹儿子像妈，秀娟不但模样像了公社秘书，性格也随了亲爸，是个文静腼腆的丫头，要不是被娃娃撞上那种事，兰英这辈子还真有了个贴心的小棉袄，这事兰英想起来就后悔。那是福元的月子里的事情，兰英生下了儿子，本来已经打定了主意从今后为儿女活着，不再跟土匪长盛有什么瓜葛，怕将来让娃娃们脸上不光彩。谁想到，福元刚过周岁，国家进入了困难时期，都还记得去年秋天满场院的玉米黄灿灿堆得长城似的，路边渠里掉几穗玉米，鸡都不吃，猪也不啃，生生给雨淋霉了；家家墙头上都搭满了火红的高粱穗子，村街上的泥里到处是被鞋底踩扁的大豆，——今年春上突然就没有吃的了，人人面有菜色，眼冒绿光。当妈的吃不饱，奶水就少，娃娃把奶头嘬得钻心地疼，兰英眼泪汪汪地给奶头上抹了黑酱，要给福元断奶。看着娃娃哭得要闭过气去，母子连心，当妈的心尖尖疼得发颤，没办法只好躲出去，看不见听不到心里好受些。

兰英抹着泪出了家门，跑到巷子口梅子家，梅子和娃娃们不在，老金菊正趴在炉膛口从热灰里往外扒拉一个驴粪蛋大小的山药蛋，听见有人进来，赶紧把山药蛋揣到了怀里。兰英自顾哭哭啼啼诉苦，金菊怀里揣个火蛋子烫得坐不住，皱着眉头撂下一句："娃娃是两个人生的，难受不能你一个受着，不行，我得给你找长盛那个土匪去！"弹起来就往外冲，兰英赶紧去拉，婆婆子已经揪着自己的前襟蹿出门去。

兰英闻到烤山药蛋的味道，翻了没人的门口一眼，冷笑道："偷吃哩，寒碜！看我不告诉梅子。"想到婆婆子鬼鬼祟祟的样子，忍不住咯咯笑了。兰英知道金菊不是真的去找长盛，她一定找个没人的墙角吃山药蛋去了，回来肯定说没找到人。兰英也不指望她把长盛找来，就算长盛还是个土匪，现在谁家也没个吃的，他到哪里抢粮食去？兰英打算再坐一会儿，等娃娃睡着了就回去。坐着腰困，就歪到婆婆子的炕上躺着。听到门响，就叫了声："婶子？"没听到答应，睁眼看到进来的是土匪长盛。长盛两只脚交替着把鞋踩掉，就往炕上爬。兰英坐起来从窗户里往外看看，警告长盛："梅子快回来了！"长盛搂住她说："不怕，即刻就完了。"兰英握住他正解自己扣子的手说："吃都吃不饱，你还有心思干这个！"长盛已经把大手伸到了她的怀里，笑着说："各归各，谁都吃不饱，娃娃也没见少生。"兰英已经没有气力抗拒，本来也没有决心去抗拒，听到说娃娃，红了眼圈说："你的崽子还饿着呢。"长盛已经顾不上这些，心不在焉地说："他吃人肉吗？吃人肉把我吃了。"兰英说："他不吃我吃。"就张口咬长盛肩头壮硕的肌肉，开始一小口一小口轻轻地咬，渐渐咬住了就下狠劲，咬得长盛肩膀上全是牙印印血丝丝。长盛一边使劲一边忍不住叫道："咬，你咬，叫你再咬！"后来兰英说："我吃饱了，你咬我吧，不能占你的便宜。"长盛要吃奶，兰英捂住说："娃还不够吃哩，你还是吃肉吧。"长盛就把兰英翻过来，咬她的脊背和屁股，表情凶恶像个真土匪，把兰英咬得直叫唤。在那样的年月里，他们用狂欢麻木着饥饿，正如死鬼作乐，忘记了活着的忧愁。正不可开交，听到窗户上"嘭"一声响，吓得两人都抬头看，一只烂布鞋在玻璃上贴了一下，掉到了窗台上。一时掉了魂儿，一个还压着一个，刚要分开，听到炕下"哇"的一声哭，扭过头去看，兰英眼前就是一黑：秀娟小小的身子站在屋门口，乌黑的眼睛瞪得大大的，小嘴张着，脸上全是泪珠。娃娃看到她妈披头散发，光光的被人压在那里咬得直叫，吓坏了。兰英第一个反应就是骂金菊："这婆婆子死了？怎么能让娃娃进来！"

炕上的一对慌慌张张地穿衣服，娃娃在地下看着他们哭，哭一声，停一下，再哭一声，再停一下，像在打嗝，显然受惊过度了。兰英胡乱穿上衣服，跳下炕，一把抱起秀娟，心疼地哄道："我娃不哭了，我娃不哭了，你伯伯给妈治病呢，我娃不害怕。"秀娟真就不哭了，直勾勾地望着长盛，长盛笑嘻嘻地去摸她的脸蛋，不提防被一口咬住，咬得长盛皱起了眉头。兰英赶紧去掰秀娟的小嘴："不敢咬你伯伯，你伯伯是好人。"长盛好不容易抽出了指头，已经咬出了血,吹着伤口尴尬地笑道:"这女子,属狗的,属狗的吧!"兰英白他一眼说:"你还不快走,叫婆婆子进来!"长盛心有余悸地看一眼秀娟,撩起门帘出去了。长盛一走,金菊就进来了,看到兰英脸色不好,哆哆嗦嗦刚要解释,兰英说:"娃在呢,有话以后说。"抱上娃娃直撅撅地出去了。老金菊从窗户里望见兰英抱着娃飞快地走出了大门,朝地上吐了一口:"呸,偷人的人还有理了!"

秀娟被兰英紧紧抱在怀里,从巷子里往回走,那时发生的奇怪天象留在了她最初的记忆里。那个下午天地昏黄,所有的房子、树木,还有人和牛羊都变成了金黄色,天空像是一面镜子反射着黄土的原色,人们都慌乱地跑回家去,不知道要发生什么可怕的事情。秀娟更不知道,那是大炼钢铁过后,黄土高原上发生的一次空前巨大的沙尘暴,绵软细密的黄土纷纷扬扬,下雪一样弥漫了整个河谷平原,只是在她的记忆里,留下了包围着自己的惊恐的金黄色。

秀娟受了惊,回来成了个小哑巴,发高烧,说梦话,病了五六天。兰英后悔得肠子都青了,成天哭哭啼啼,秀娟病,福元哭,矮子不理她,兰英纵然是个心肠硬的,也死的心思都有了。公婆都是老实人,招呼小的,宽慰大的,秀娟病好了,婆婆却病倒了,又吃不上口饱饭,竟然带着一肚子拉不出来的秸秆淀粉撒手西去了。婆婆没发落完,公公在院子里摔了一跤,开始水米不进,七天后追随老伴去了。好在管食堂的鸿福老汉和矮子爸是结拜兄弟,不知用什么名义从食堂拿回一百个驴粪蛋大小的玉米面窝窝头,招待帮忙的、抬杆的、打墓的,好歹把二老的后事给办了。矮子是个孝子,经过这一回,人又黑瘦了一圈,皱纹也上了额头,背也有些驼了,远远地看,就是个老汉。

秀娟病好后,再不肯沾她妈的身子,常常用黑黑的眼珠偷偷盯着她妈看，眼神怪怪的，看得兰英心里寒寒的，从此心里就对秀娟多了一份怯，却对矮子更加恶言恶语了，认定娃娃不会自己跑去金菊屋里找自己，一定是矮子的鬼点子，——"小逼蛋儿，毒药罐儿！"

过后才问清金菊，那天婆婆子在院门口把风，远远看到矮子抱着福元出来，怕他来自家院子，赶紧迎上去，用闲话把他往回堵。刚从姥姥家回来的秀娟跟在矮子旁边，问婆婆子："娘娘，我妈在你家吗？"婆婆子心里有鬼，扯住秀娟说："不在不在，你妈刚走。秀娟从姥姥家回来啦？"秀娟娃娃家眼睛亮，看见婆婆子像哄她，又想她妈，就说："我不信，我去看看在吗。"挣开就跑。金菊马上要去撵，又怕矮子起了疑心，就说："哎呀，锅还在火上煮着，别把娃手烫了。"转身匆匆往家撵。进了院子，看到秀娟已经掀门帘钻进了堂屋门，心里急，腿脚反而更慢了，又不能喊，低头瞧见地上有只垫车轴的烂布鞋，拾起来就砸到了窗子上报信，——早就迟了半辈子了。

兰英心里苦闷，索性破罐子破摔，把秀娟送到了姥姥家，又跟长盛偷在一处。

从此这秀娟，在姥姥家有说有笑，一回到家就哑巴了，问一句，嗯一下，点头或摇头，没有句囫囵话。兰英要不在家，秀娟和矮子一起逗福元玩，又是个能说会笑的闺女了。矮子亲娃娃，嘴上不说，心里又记了兰英一笔，跟秀娟歪在炕上逗福元，用粗短的手指触摸着儿子的小脸蛋，下巴向前一伸一伸，笑眯眯唱歌似的说："你妈就不是个人——，你妈就不是个人是不是？笑一笑，你妈就不是个人……"福元瞪着黑黑的大眼睛出神地望着爸爸和姐姐，慢慢张开粉红的小嘴，"嘀儿嘀儿"地笑了，涎水亮晶晶地流淌下来。

第五章

  饥饿同样绊住了春天的脚步,已经是四月天了,该是竹竿上绑个铁钩子勾下嫩黄的榆钱,用面粉缠了,蒸滑嫩的"裹乱"吃的时节了,南无村各家院子里那些幸存的大树却连一片叶子也没有,光秃秃张牙舞爪地丑到不能看,就像满天都是作势要取人命的鬼爪子,——树叶早在刚一露头的时候就被人搭着梯子掐去吃了。杨树皮太苦,槐树皮太硬,桐树皮都说有毒,还能体面地站在那里,榆树最恓惶,早被剥了个精光,赤条条白花花站在那里,像个脑子有病的女人一样展览自己的身体。村外的树干脆都没影了,早被伐倒拉到西北边的山里去,塞进了炼钢的土高炉。野地里再没能吃的草,味道熏人的洋蒿和阔叶的"刺疙瘩草"披着灰尘偃偃地长得茂盛,浑身毛刺的蛇蔓子一条根就可以长出半亩地的叶蔓,覆盖着所有的沟渠,成为这饥馑的年月里大牲口赖以糊口的草料。

偏偏这个时候，还有人到叫花子门前哭恓惶，大清早，十字路口的井台上就站着三个外乡人——一看就是外乡人，本地人别说大清早出来了，大天白日一家子都把脊梁贴在炕席上不敢动，一动胃里就难受得要命，——一个老汉，一个婆婆子，还有一个大闺女。老汉弓腰驼背，傻子似地站着，旧军装的背上已经晒成了白色，绕着一圈一圈地图一样的汗渍子，两只袖口都烂成了条条缕缕，不知道是荆棘挂的还是遇上过吃人的恶狗，旧军帽的帽圈已经被头油浸成了黑色，帽檐像一片干枯的梧桐树叶一样向下卷曲成筒状，看不见眼睛和鼻子，帽檐下就是几层褶子，褶子接着是一蓬浓密的胡子，胡子里布满了不知道是虱子还是草籽的星星点点，胡子下是上翘的尖下巴，明显还是个"地包天"。婆婆子在地上坐着，头埋在肘弯里，看不见脸，头上包着棕色的头巾，那头巾的包法，是河南人才会的样式。大闺女蹲在他妈身后，脸上全是黑垢，看不见模样好坏，只见胸脯饱满把衣服前面的扣子都要撑开了，肥满的屁股下压着的大腿也很壮硕，在土地上所有的东西都干瘪灰暗的年月，她的健壮让人觉得触目惊心。他们一家三口在南无村的井台上一直站到太阳把身上晒得燥热发痒，才看到一个小娃娃慢腾腾从空荡荡的村街上走来，在荒无人迹的村落里比夜晚坟地里的鬼影还瘆人。那女娃子瞪着眼睛盯着那身影越来越近，到了跟前一看，不是个娃娃，是个矮子，她忍不住"嘎"一声就笑了，这笑声惊醒了她的父母，两个老的都睁开了眼睛，老汉像诈了尸，径直迎上去搭话。也是他运气好，矮子七星在部队当过兵，战友里河南人很多，河南话还能听个七七八八，仰着头眨巴了半天眼睛，听出来这个老汉是逃难过来的，要找村里的"干部"落户。矮子是个热心人，这要搁在平常年月，他肯定会告诉老汉自己就是"干部"，还会亲自领着他去找老支书，可是现在自家炕上两个娃娃还在饿得哭，媳妇子兰英旗杆高的人硬是挤不出一滴奶来，矮子是硬从炕上爬起来，拖着两条软绵绵的腿，心急火燎地要去河边的土圪塄上挖芦苇根，——这个季节有种小个子的旱地苇草的根鲜嫩甜蜜，回来捣成糊糊娃娃很爱吃。实在是心里有事情，矮子就把自家住的那条巷子指给老汉，告诉他老支书就是巷子口第一家。

　　河圪塄上早被挖满了坑，让矮子想起在部队的时候拉练时挖的单兵掩体，矮子没有真正上过战场，现在走在遍地是坑的河沿上，就觉得这里一点声音也没有，却比枪炮轰鸣的战场更瘆人。挖出的土堆上被太阳晒出了白色的盐碱花，他弯下腰，几乎把脸贴到了土上，寻找着带刺的灌木下可能漏网的草芽。这时他听到背后的水面上"啪"地响了一声，赶紧直起腰回过头去朝下面望，一层鸡皮疙瘩从后背直滚到黝黑的两颊，那些不能吃的苇草站在河底，用锋利的叶子划开柔软的水面，阳光在水波上跳跃，跳进人的眼睛里生疼生疼，岸边漂浮着墨绿色的"蛤蟆被子"——腐烂的藻类。矮子知道那些饿死的小娃娃都被裹个油布扔到了河里，他们已经死了，更加没有力气在河面上跳跃。他把脑海里浮起的一个侥幸的念头摇了出去，又弯下腰来，还没低下头，他又听到一声，这声音在空旷无风的河谷里被放大了几万倍，冲击得矮子鼓膜发疼，他再次回过头去朝下望，同时听到一连串"啵啵啵"的泡沫破裂的声音。矮子的心快从嘴里跳出来了，他连滚带爬地从十几米高的土圪塄上溜到了河滩上，刚刚站起来，就借助阳光的反射看到了那条正在稀疏尖锐的苇草叶子下的黑色淤泥上拼命向河水跳跃的白鲢，同时他闻到了浓的呛鼻子的鱼腥味，矮子扑过去，向那条白鲢伸出两只爪子，把它和一把淤泥一起抓起来，死命地摁到胸前的衣襟上。那一刻阳光寂静明亮，矮子觉得这条鱼就是一个没穿衣服的女人，不由全身都起满了鸡皮疙瘩，他看到脚下不远处有一个面盆大小的深水坑，里面的水在冒着细密的白泡，小时候的捉鱼经验告诉他，这条白鲢不是老天爷给的，它原本藏在这个水坑里逃过了饥饿的人们对这条河的洗劫，可是时间长了，坑里的水被雨水带来的泥土和草叶弄得浑浊不堪，它无法呼吸，就想跳出来回到河里去，没想到劫数难逃，让矮子捡了个便宜。矮子知道白鲢一般都是一对一对的，就把脚上的鞋踢掉，光脚在泥里踩了个窝窝，把这条不足一拃长的白鲢放进去，拾起鞋来反扣住。矮子蹲在温暖的淤泥里，脚趾头无比舒服的感觉让他想到跟兰英结婚第一天晚上的美好经验，他已经记不得自己有多久没碰过她了，好在"土匪"长盛也饿得贴在炕上动不了窝，他俩有阵子没在一起鬼混了，矮子觉得兰英还算有些良心，他重重地叹口气，似乎原谅了她带给他难以言说的羞辱。他蹲下来，把两只袖子挽到肩窝，双臂都伸进深水坑里，给家里那三个命比自己金贵的人打捞着活下去的希望。

　　坑并不太深，可矮子的胳膊太短，他摸不到另外那条白鲢，太阳晒得头发上像着了火，矮子怕家里等得心急，索性脱下另一只鞋，用鞋壳往外淘水，直到那条白鲢露出刀刃一样的脊背，他把头钻进坑里去，捉住了它。就在准备起来时，脚下一滑，把半个人都栽了进去，世界一下子变得黑暗而狭窄，阳光仿佛只是刚才梦中的事情，矮子心说坏了，这回要跟着去地下孝顺爹妈了。知道叫人也没用，只能拼命挣扎，心里感到了绝望带来的无比巨大的寂静，浑身的血都向脑袋上灌，眼珠子都要憋出来了，心里咒骂着："日你妈我还不能死，家里好几口子哩！"好在还有一只手在外面，坑也不是太宽，半只膀子卡在外面，在坑里转了不知多少圈，矮子就势翻了个身，竟然出来了，躺在那里，背上单薄的衣服被草尖刺透了，像针扎一样，但是接着淤泥就传递来阳光的温暖，淤泥里死鱼化成的银色鱼油花泛着紫光，像扭动的光环围绕着矮子的身体，他手里死死地捏着那条扭动的白鲢，望着浅蓝的天空，那里正有一片云，像是两条巨大的白鲢头尾相连在无边无际的水里游着。巨大的河谷在蓝天下壁立千仞，两岸被挖得千孔百疮、伤痕累累，让矮子领略到它原始的宏阔和苍凉。从小到大，矮子都没在人前觉得自己多么渺小，他的心里其实是很自尊的，但是此刻躺在这数百米宽数十米深更不知多么长的河谷里，矮子觉得自己比一粒尘土还要轻，还要小。

矮子人短脚长鞋够大，把两条白鲢都塞鞋壳里，捂在胸前，光着脚从小路飞奔回村，饥饿和虚弱让他眼冒金星，脑子里怎么也甩不脱白鲢那圆鼓鼓的绝望的死鱼眼，心里却是压抑不住的兴奋。路上并没有碰见人，家门还是他出来时虚掩着的，他轻轻用膀子推开门，先跑回屋里叫兰英赶快给脸盆里舀凉水："快着快着，摸下两条鱼，这下你们娘三个有吃的了！"又跟着兰英跑到厨房里，看着她舀了半盆凉水，就把鞋壳翻过来把那两条白鲢倒进去。兰英掠着耳际的散发惊叫道："你从哪里变出来的？"矮子一头虚汗，喘着说："别问了，我去关大门，你赶紧烧火，等下先把一条鱼熬了汤，你和秀娟喝了，后晌让福元也吃口奶。"兰英经过短暂的惊愕，又恢复了瞧他不起的脸孔，叱道："把你成了南无村的光棍了，大天白日谁家的烟囱敢冒烟？"矮子说："有办法，就在这屋里立两块土坯，架上那个小铝锅烧水就行，——大铁锅炼钢了，小铝锅你还藏着啊。"兰英说："村里人看不见咱院子里冒烟？闻不着香味？人都是瞎子，没鼻子呀！"矮子愣了下，跑了出去，从腌咸菜的瓮后面掏出几只陈年的烂布鞋，"嘭嘭"扔到院当中，荡起一阵呛鼻子的老尘土味道。他低声对跟出来的兰英说："把这个点着，谁看见烟了要问，我就说烧烂布鞋熏蚊子哩，——这臭味还盖不住鱼的香味？"兰英翻他一眼，忍不住笑了："还说你是个老实人！"转身进了厨房。矮子回味着兰英刚才的笑容，觉得胸腔在膨胀，个子也在"噌噌"地拔节，——自己真是这个世界上最幸福的人。

矮子关了大门，把烂布鞋点着，回屋找出兰英做活儿的剪刀，蹲在院子里的梨树下把鱼鳍、鱼尾都剪掉，挑开鱼肚，把肠子和鱼鳔拽出来，再把杀好的鱼放在铅铁盆里用清水涮干净，正忙活，兰英一掀门帘又出来了，端着一盆水浇到烂布鞋上，"哧——"一声灭了火，回头指着矮子低声骂："你就是个没苦胆的，自己在河里滚了一身泥，不知怎么瞎猫碰上死老鼠抓了两条烂鱼，又不是偷他队里的，烧火冒烟怕他谁？！"矮子不敢看她那双斜瞪着的眼睛，只觉得两条膀子往胸口抽，眼前一阵发黑，等他的眼睛恢复明亮，瞅见厨房的烟囱冒起烟来了。毕竟巷子口就是支书家，矮子心里没底，把杀好的鱼拿到厨房交给兰英，出来走到屋檐下，一手提起扁担，一手拎起两只水桶，悄悄溜出大门去到支书家挑水，打算着站在支书家院子里看看是不是能望见自家烟囱里冒出的烟。

矮子把大门反锁上，先站在巷子里抻着脖子望望自家的烟囱，烟很轻，不专门看看不见，放心地走到支书家门口，就听见老支书在院子里发火。矮子心直，从来不避麻烦事，径直走了进去。院子里正立着早上在十字路口井台碰见的那一家三口，老支书赶不走他们，气得正在那里跺脚："跟你们说过多少遍了，怎么这个理儿也醒不下？村里这几百口子我都养不活，你们来凑什么热闹？这不是笑话吗？！"那老两口仗着脸上的一层脏垢遮脸，缠着老支书喋喋个不休。支书婆娘金菊气鼓鼓地怒视着他们，不说话，偶尔把眼珠子朝那大闺女瞟上一眼。矮子凑过来，被那女娃子看见，像找到了救星，一把拉住，那意思要让他和支书说句好话。矮子赶紧挣开，叫了老支书一声叔，再不敢说话。

老金菊看在眼里，眼前就是一亮，对老支书说："他爸，你也别着急，人家也不是讨饭的，立在这里半上午了，我去倒碗水让女子喝上口。"又对那两个老的说，"你俩也先坐下。"那两个早没气力了，听了这话立马就坐到了土地上，老汉抱着膝盖，婆婆子盘起了腿。老金菊进了厨房，把老支书也叫了进去，半晌出来，端着一碗白水，递给女娃子说："女子，你端上到那边喝口去，我和你妈说句话。"把婆婆子拉起来，一直走到茅房口那里去，先看她一眼，又把手在她手上轻轻搭了一下，才说："老妹子，你要是真不想把娃饿死，我教你一个办法。"那婆婆子脸上的眼皮和嘴皮一起张开，一把捉住她的手："老姐姐，你说，你开恩！"金菊说："在这村里给娃找个婆家。"怕婆婆子翻脸，警惕地望着她嘴角上边的黑痦子，那婆婆子却很痛快："老姐姐，你做主，人不饿死，在哪里不是扎个根？"金菊有点怀疑，扭头看看远处坐在地上的老汉，低声问："你不和你掌柜的商量商量？"婆婆子咧开满嘴稀疏的黄牙说："闺女的事情他不管，他只和男娃亲。"金菊瞪大了眼睛："你还有儿啊？"婆婆子不以为然地说："我四个儿，一个闺女，——老姐姐你放心，他们都没跟来——，要不是黄河发大水，我们一家倒还能过活。"老金菊听了，不由忐忑地望了一眼正披着衣服和矮子说话的自家老汉，她似乎也预见到了将来会有没完没了的麻烦。

农村最不缺的就是光棍汉，人家儿后晌就找下了，金菊把女娃子照顾了和自家老汉搭过班子的老会计克敏家的老二银娃。银娃妈要来看看人样儿，金菊舀了小半盆水让那女娃子洗洗脸，洗下的脏水能上二亩地的肥，洗完脸把一院子的人都惊了——黑灰下竟然掩盖着一张满月般的大白脸，浓眉俏眼，好像年画儿上走下来的人儿——，老金菊瞅着"啧啧"不绝："怪不得，怪不得呢，怪不得她妈要给她脸上抹锅底灰，这女子就跟那画儿上的一样，这可真是便宜了银娃了，也不知道娃几辈子修下这福分！"那时兰英也在场，心里就有些酸酸的，自信不比这女娃子差，可是到底生了两个娃了，年纪比人家大上一把，连饿带娃娃吸哑，脸皮早黄了，不比人家黄花闺女奶膘美。不知怎么的，她总觉得这个女子和矮子那两条没来由的白鲢一样让人心里怪没个底，她不知道，就是这样一个外乡女娃子，几十年后，却在南无村里称了王，这是后话了。现在，这一家三口暂时在队里磨坊院的两间空屋里安顿下来，等着办过喜事再找房子。

就算是饿死人的年月，新鲜事儿也长了腿似地，没半天就跑遍了南无村的百十个家户，于是就有人说出不好听的话来，自然是说吃饭问题，没有理由在这样人命关天的年月从半天空里掉下三张嘴来吃大伙那点塞牙缝的粮食。来找麻烦的人多了，老支书又火了，埋怨了金菊几句，婆婆子不受这个，跟老汉吵，老汉跑到大队部去，打开扩大器喊人："全体干部注意啦，全体干部注意啦，马上到大队部来开会，全体支委、各生产队队长、会计都参加！"连喊三遍，架在光秃秃的梧桐树杈上的高音喇叭发出尖利的哨音，关上了。

矮子支着耳朵在院子里听过广播，就要去开会，兰英说："可把你也算个人了！"矮子没骨气地说："不去不好，肯定是讨论那三口人的落户问题。"兰英看也不看他："你拉下的屎你自己舔，金菊说是你把人领进她家的，我看你有什么本事收拾！"矮子说："去了再看，现在说什么也迟了。"不等兰英回答，逃也似的出了家门。

进了会场，矮子找个角落蹲下，生怕有人说破是他招来的人。老支书拧着眉头站在主席、总理画像下面，裎子披在肩头，打着手势讲话:"现在开会,咱们今天集体处理河南那一家三口的问题,大家说落户就落户,落了户谁也别再闲话淡歌地说;大家说撵走,那就撵走,又不是谁家的亲戚!就这事,大家发表意见。"生产大队队长柱儿烦躁地嚷嚷:"不用讨论,讨论个什么?留下来肯定是个祸害,不信都看着!"有几个人跟着起哄。一队队长金娃是银娃哥,不想让弟弟风里来的媳妇水里去,脸色难看地说:"我是银娃哥,也是干部,我看女子和银娃结婚后,就是咱村的人,户口问题自然就不存在了;那两个老的不能留,不能给集体增加负担,叫他们回河南去算了。"三队队长反对:"金娃你想得美,你把人家女子的父母撵走,人家女子肯定不跟银娃了,不信你走着瞧。"金娃不吭气了。二队会计是个没结婚的光棍儿,说落户就落户,反正是个吃不饱,也不在乎多个三两张嘴。马上就有人拆穿他:"你小伙儿是看见人家女子长得好了吧,我跟你说,你想也白想,你当你是土匪长盛啊,天底下哪来那么多的好事情!再说,银娃也不是七……"大概意识到矮子七星在场,赶紧吐吐舌头,住了嘴。矮子的脸已经烧成了火上的鏊子,恨不得把脸装裤裆里去,往下别人说什么,他都听不见了。上过高中的二队队长眨巴着眼睛一本正经地说:"我说两句,不一定对。"他分析来分析去,听起来头头是道,大家听得很认真,可是分析了半天也不知道他到底是同意还是不同意。

老支书碍于和老会计的老交情,不好自己决定让他到手的儿媳妇飞了,见讨论不出个眉目,就用烟袋锅子敲敲桌子说:"行啦,时分也不早了,表决吧,少数服从多数,都利索点。"同意落户的先举手,有六个人举手,大都是和银娃沾亲带故的;不同意的举手,依然是六个人。老支书有点懵,明明在场只有十一个人,怎么同意的和不同意的加起来十二个人?正要骂人,三队队长揭发："七星举了两回手，"笑着问七星，"你到底是同意还是不同意？"矮子的脸红得像个鸡冠，刚才晕头昏脑举了两次手，现在被人问到当面，没主意的人心里越发慌了，他没有意识到自己眼下成了那定盘的星——他说同意，同意的人就是六个，反之，不同意的人就是六个，那一家三口的命运再次和他产生了关系。一屋子的人都望着矮子，老支书不耐烦了："七星，人就是你引到我家里的，装什么蒜哩！你也是个带把儿的，说话利索点，同意还是不同意，说句话，就看你这一票了。"矮子的后晌饭偷偷让闺女秀娟吃了，现在只觉得饿得前心贴后背，支书一问，他下意识地站了起来，只觉得眼冒金星，眼前升腾起一圈黑黄色的雾气，那雾气形成一个圆圈，把老支书黑瘦的马脸套在里面，矮子赶紧拿手扶了扶墙，没有底气地说："能留就留下吧，恓惶人。"老支书提高嗓音问："你说话利索点，留还是不留？"矮子说："留，留么。"

　　方圆村里都说南无村是个"善人村"，那些年把各村放狗咬出来的人都收留了，不只是那个叫荷花的河南女子一家三口。那一家三口是矮子七星一句话指引到老支书家的，也是他一句话才落了户的，这事情人人都知道，但那个时候到后来的几十年日月里，矮子没有得到过他们一句感谢的话，那一家人从开始就装作不知道这件事，并且很快就像村里其他人一样把矮子不放在眼里，矮子嘴上不说，心里很不痛快，尤其后来发生的事情，让他挺后悔留下这一家人。

第六章

　　五月端午，青黄不接的日子就要过去，南无村的田野像斑秃的脑袋，黄一片绿一片，低矮的麦子仿佛受过了大惊吓，毛发直竖，麦穗很小麦芒老长。已经有那手脚不老实的人干活儿的时候假装到麦地里去拉屎，蹲下来把连着麦秆的麦穗放掌心里，另一只手掌压上去搓，搓出几颗麦粒来，把麦壳吹掉，一粒粒捻起来放到嘴里去嚼，吃完了一放手，麦子杆又直了起来，麦穗还在，只是没麦粒了，看上去就像是被鸟啄了。

　　银娃的媳妇荷花和妇女们拿着用"八号铁丝"砸成的小镰刀，去麦地里拔"甜韭菜"——那是一种灰色的开着小黄花的植物，花茎却是几近透明的紫色的空管，这种锯齿叶子的野菜吃起来水甜中夹带着苦涩——，准备交给集体食堂，用开水焯过后撒上盐给全村人当菜吃。荷花跟人说去尿尿,跳过那道水渠,钻进那一排新栽的小树林子后面,四顾无人,脱了裤子蹲下来,拉过麦穗就在手掌里搓,搓出来麦粒吹干净放嘴里。正嚼巴得高兴,听见背后有人"嗤嗤"地笑,回头一看,一个身胚高大的男人正蹲在自己身后打量自己的屁股,银娃媳妇认得他是兰英的相好"土匪"长盛。长盛正蹲在那里拉屎,嘿嘿地笑着问:"荷花,这么大地方,你哪里也不去,非要和我蹲成一排?"长盛已经满嘴南无村土话,银娃媳妇听不出他也是外乡人,翻他一眼笑了起来:"我图这树下凉快哩,你还不是一样?"

长盛准备着她会像当地妇女一样提起裤子大呼小叫地笑骂着跑开,没想到她跟没事一样,他是个走过江湖的人,知道有些山里人不开化,男女之间的事情一点也不避讳遮羞,跟猴子没什么分别,就放心了,用一只嘴角笑着说:"我是屙哩,你是吃哩,怎么能一样?"

荷花又翻她一个白眼问:"你不给队里打我的小报告吧?"

长盛眨眨眼:"那可不一定!"

荷花手里没停,嘴里也吃着问:"你能不能别打报告,行吗?"

"行,怎么不行?"长盛的眼里盛满了笑,望着她的眼睛:"你让我弄一下,我就当什么也没看见。"

银娃媳妇蹲着转过来,一翻身躺下,压倒了几垄麦子,把私处黑白分明、很鲜艳地呈现在长盛眼前。她不慌不忙从身下拽出几个麦穗放在眼前搓着说:"你慢慢弄,我多吃一会儿。我吃我的,你弄你的,两不耽搁。"

长盛深吸一口气,捡起个土疙瘩,放到屁股后面擦了擦,双膝跪地往前爬了几步,两只手就把她的裤子扒拉到了脚腕。那个时候，兰英正和老支书的儿媳妇梅子朝这边望，她们在说荷花的闲话，生怕她这会儿返回来。

梅子"咕咕"地笑着告诉兰英，银娃媳妇大白天在院子里给银娃洗衣服，只穿条裤子，上身不穿衣服，两个圆滚滚的奶子晃荡晃荡，招惹得南无村的男人有事没事从银娃家门口过，银娃爸吓得也顾不上银娃妈了，一个人搬到村头老院子里住去了。兰英评判道："不够数，辱没人！"梅子赶紧辩解："不是不是，听人说她们老家的女子都是这样，天气热了下地干活，和男人一样光着脊梁，干完活男男女女都到一个泊池里脱光了洗澡。"兰英吓得张大了嘴，半晌恨恨地说："畜生！"梅子说："一个地方有一个地方的风俗，你少见多怪。"两个媳妇子叽叽咕咕着，一会儿看见她们正讨论的那媳妇子从树林子里出来，跳过水渠，一扭一扭地回来了，这才住了口。

荷花走到近前，兰英觉得她的脸红得蹊跷，心里不知怎么的就有些不安，朝她刚才去的地方望了一眼，远处麦地里那两排杨树苗的叶子在五月的风中纷纷翻动，也看不见有什么。

兰英弯下腰，看到紧贴着一株麦子长着一颗麦石榴草，就把它拔了出来，夹在腋下，她腋下已经有一小把麦石榴，这种生长在麦地里的叶面粗糙的草，枝杈上都举着一个葫芦状的小果实，里面是细密的小籽，娃娃们喜欢连"葫芦"一起放进嘴里，是土地赐予他们的香甜的零嘴。兰英这一把麦石榴准备带回去给秀娟吃，但是她在望着荷花的时候，已经揪得吃了好几颗了自己也不知道。

车把式嘉成赶着胶皮轮大车去西山给村里拉炭，驾辕的枣红马下的那头八个月大的骡驹跟着车跑，嘉成也是想让骡驹跟上练练腿，熟悉下它将来少不了要跑的这条路。装炭正忙的当口儿，骡驹撒欢儿乱跑,被矿上的解放卡车压断了一只前蹄。结果,矿上派那辆解放卡车把买的炭送回来了,第二天,嘉成才用大车拉着骡驹回来。接下来的几天里,那头骡驹右前腿上打着石膏,垂头丧气地被拴在马房院里的木桩边。车把式嘉成心里烦躁,就想让银娃去帮自己赶几天车。

嘉成背着手仰着下巴走过街巷,进了银娃家的大门,在院子里喊了一声,也没听见人答应,就撩门帘进去了。堂屋里很昏暗,先撩开东间银娃妈住的屋门帘,看见婆婆子正盘腿靠在被子垛上打盹,嘉成叫了几声婶子,银娃妈是个聋子,听不见,就转头去了西间银娃的屋。窗帘没有拉,阳光把窗户外面石榴树的影子照进炕上,嘉成看到银娃媳妇白花花地躺在炕上歇晌,赤条条一丝不挂,两只鼓鼓的大奶一只立着,另一只咧在一边垂在炕席上,媳妇子双臂伸展,一条腿曲起来立着,另一条腿伸着,脚后跟在炕沿外面。嘉成让媳妇子身上的汗息熏得只想打喷嚏,他揉揉鼻子强忍住,站在炕下笑眯眯地看个没完。正美着,听见堂屋门帘底下挂的木棍打得门框响,以为银娃回来了,赶紧转身往外走,迎面撞上一个大个子,抬头一看,是土匪长盛。嘉成骂道:"土匪,吓死我了,你个蠢货!"长盛笑模笑样地扒着门框探头朝里屋望了一眼。

嘉成问:"你干什么来啦?"

长盛笑道:"你能来我就不能来?你比我头上多只角?"

嘉成说走走走,把长盛往门外推,长盛不愿意,两个人就在堂屋里摔起跤来。长盛身大力不亏,把嘉成压在身下,膝盖顶住他的胸脯,两个人喘得像两头上坡的老牛。嘉成喝道:"长盛,你孙子放开我!"

长盛说:"不放!"

嘉成没办法,只好说:"你还不抓紧时间进去看看,等那媳妇子醒来想看也看不上了，——快着，没穿裤衩儿。"

长盛得意地说："有个屁的看头儿，早睡过了。"

嘉成瞪大了眼睛："你就吹吧！"

长盛说："儿子才吹，不信打个赌。"

嘉成说："今天你就睡睡，让我看看你们的'稀古景'，你娃要真有那本事，说啥就是啥。"

长盛放开嘉成，坐在他身边说："我今天就让你看看，看完了，你黑夜把那头蹄子断了的骡驹杀了，让全村人吃了。"看着嘉成的眼睛，见他半响不吭气，站起来说："不行算了，我走呀。"嘉成一骨碌爬起来说："我今天还就不信你的本事，你真敢睡，我就杀骡驹，反正三条腿的牲口也不能留着白吃草料！"长盛二话没说就进了西间，嘉成跟在后面。长盛一把握住媳妇子的一只脚腕子，回头对眼珠子快瞪出来的嘉成说："别光顾看，放着哨！"嘉成催促着："你快着弄吧，一会儿银娃回来弄不成了！"

媳妇子迷迷瞪瞪一睁眼，看见长盛站在炕下，她脸朝天，没看见嘉成，嘴里嘟囔着问："带吃的了没有？"长盛把她的两条脚腕子都捉住，像拖猪一样把她肥壮的屁股拖到炕沿，边解裤带边说："弄完了黑夜让你吃骡驹肉。"

嘉成看了半响，顶不住，捂着裆蹲在地下，强忍着不笑出来，脸都憋成了猪肝。就听那媳妇子哼哼唧唧问长盛："哥诶，我好还是兰英好？"长盛忙着说："肯定是你好！"媳妇子还问："我哪里比她好？"长盛随口说："你比她肥实。"嘉成憋不住，"扑哧"笑出声来，捂着裆弯着腰一溜烟跑了出去。

这年月，再好的牲口断了腿也只有一个下场，何况是头还没上过笼头的骡驹，老支书和生产队长柱儿都同意杀了。指派民兵连长双锁带着人去驻军炊事班借来两口褪猪毛的大锅，就在打麦场上用几块大石头上支起来烧火；金娃带着另一拨人套上牛车，把骡驹拉到六里外曾经以屠宰出名的迎里庄杀好，按规矩把全套下水留给人家，把肉和骡皮赶天黑前拉回了打麦场上。连夜煮熟了，每家分了六两肉。

娃娃们天没黑就帮着来拾柴火，追逐、打架、哭闹，煮肉的时候，全村男女老少能跑动的都来了，围着两口大锅里三圈外三圈坐满了打麦场，锅底熊熊的火光让每个人脸上都跳跃着兴奋的阴影，越来越浓的肉味把人们心里搅得不安，全村的人都聚在一起拉呱更夸大了这种亢奋的氛围，人人都像喝上酒一样忘乎所以。车把式嘉成自然成为中心人物，他高高坐在一个青石碌碡上，低声地给围着他的几个光棍儿讲述中午看到的"稀古景儿"。恰好那边矮子七星正和银娃蹲在一起说话，光棍们就冲他们喊："喂，你俩'连襟儿'真亲热啊！"矮子是老实人，软弱，不惹人，银娃二杆子，却搞不清怎么回事，就都没理他们。光棍儿们又喊长盛："土匪，土匪你过来！"长盛假装板着脸走过来呵斥他们："再胡叫唤，把你们的宝贝都割了！"光棍们指指矮子和银娃，问长盛："那俩人叫你哩，你不过去？"长盛装糊涂："多会儿叫我呢？我过去干啥？"光棍们说："你们三个是挑担啊，交流交流经验么！"起哄要把长盛往那边推，长盛抬起脚作势要踢，吓退他们，看嘉成一眼说："别胡说，这可不是开玩笑的，闹不好要出人命！"

娃娃们争抢着把捡到的树枝、秸秆都丢到火里去，熊熊的火光把头顶的夜空都烤红了，锅底的火星纷飞，慢慢地飘上天空，变成了满天星斗。部队营房吹熄灯号前，前几年管食堂的鸿福老汉迈着罗圈腿过来，把烧着的两根大劈柴抽出来，塞到死灰里面去。木杆子上挑起了两盏马灯，要分肉了，说闲话的人都站了起来，向着两口大锅和剁肉的木墩聚拢，各人带的五花八门的家伙事儿，锅碗瓢盆，都叮叮当当地敲成一片。汉子家保持身份，除了锅边帮忙的，都远远地站着，排队的都是妇女和娃娃，梅子后面是兰英，兰英后面是银娃的媳妇荷花。梅子是老支书的儿媳妇，端上肉盆不走，小声叮嘱鸿福老汉："叔，兰英家里有奶娃娃，肉里别有骨头啊，汤汤从锅底舀。"鸿福老汉没吭气，但是照做了，——他原本就和矮子的爹是结拜兄弟。荷花把这一切都看在眼里，兰英还没转身，她就把一只铅铁盆戳到鸿福老汉脸前，用半生不熟的当地话说："我和她一样！"鸿福老汉嘴上说："一样？你要奶谁家的娃娃？"一疙瘩肉扔到她端的盆子里，锅里撇勺汤叫她快走。荷花一眼看到肉里有块骨头茬子，就势一反手，"咣当"又倒回锅里去，汤水溅了鸿福老汉一脸，老汉一下直起了驼背，吹着胡子瞪着眼骂："哪里来的外乡蛮子，跑到南无村来撒野，想吃吃，不想吃爬得远远去！"老汉用手里的马勺把大铁锅的锅边敲得"当当"响。那媳妇子一着急，当地话也不会说了，家乡话也不会说了，扔下盆子就去解裤带。暗地里冲过个人来，一把推倒她，骑在身下一手揪起头发，一手"噼噼啪啪"抽起了耳光，媳妇子像杀猪一样嘶叫起来。大伙儿看清是银娃打媳妇，七手八脚把他拉起来，银娃不依不饶地骂自家媳妇："就知道解裤带，就知道脱裤子，老子娶了你个南蛮子，跟上你把先人都丢尽了！"

那媳妇子滚来滚去撒泼，弄到浑身是土，头发里缠着麦桔梗，突然止住了哭声，一骨碌坐起来指着兰英叫："你看什么热闹，你们干部家的穿一条裤子，汤都要比别人喝得稠一些，不是我你们谁能吃上这肉？！"嘉成和长盛听见媳妇子要露底，紧着从人群里往后缩，幸好大伙都听不明白荷花的河南话是个什么意思。兰英压根没想到她会冲着自己来，一时觉得脑袋里一片空白，"嗡嗡"作响，她气得浑身发抖，指着荷花质问："你说谁是干部家的？我要也算干部家的,你大伯子金娃是不是干部?"荷花站起来,冷笑道:"不是干部家的,搞什么特殊化!"梅子帮腔骂她:"你有良心吗,干部怎么惹你了,不是人家七星,你们这些流窜能留到这村里?!"荷花到底理亏,也不敢太招惹支书儿媳妇,却无理强三分,指着兰英说:"拔麦蒿那天你偷麦穗了,我看到你了,你偷着搓麦穗吃,还在胳肢窝下夹了一把回去,——你敢说没有吗?"她这一溜儿话完全是家乡方言,但是这回在场的人都听懂了,兰英哪里受过这样污蔑,瞪着她说不出话来,抱着汤盆只是发抖。梅子抱住她骂荷花:"你别胡放屁,兰英那天夹的是麦石榴,给秀娟带的。我一直和她在一起,我没看见她搓麦穗吃,你在什么鬼窝子里看见的,你哪只眼睛看见的?"这时兰英缓过劲来了,挣开梅子,把那一盆连汤带肉都给荷花身上扣了过去,荷花鬼叫着蹿起来就跑,兰英闷着声在后面追。

　　众人拦不住,眼看要追上荷花,银娃赶上来,一拳头砸在兰英背上,兰英毕竟是个妇道,哪里能吃住这一下,站在那里手弯回来摸着背,身子后仰发不出声音。矮子七星滚过来抱住银娃的腿,被他压在身下朝头上猛抽,矮子双手抱着头"呜呜"叫。银娃把矮子打到不会动弹,又骂骂咧咧地冲向兰英。这个时候谁也不知道人高马大的"土匪"长盛躲在什么角落,梅子喊了几声长盛,不见人,恨声骂了句:"没种!"看到银娃哥金娃也冲上来,两个男人打兰英一个女人,那么多人都拉不开,梅子一时发急,瞥见肉墩上的剔骨刀,冲过去掂在手里,从人墙里挤进去,眼前撅着两个男人的大屁股,也不管它是金娃的银娃的,一下就扎了进去。金娃一声哀号,热闹的打麦场顿时恢复了夜晚应该有的寂静,四野的虫鸣和远处河水的声音清晰地传到每个人的耳朵里,北边部队营房里响起了悠扬的熄灯号。

一灯如豆，兰英披散着头发，围着被子靠在炕上的条柜上，福元在旁边的睡得很香，秀娟昨晚在家里看着弟弟，不知道发生了什么，依偎在妈的身边，看见妈不停地擦眼泪，也哭个不住，问："妈你怎么了？"兰英怕吓着娃，笑笑说："妈病了。"想起受的这气，又勾起心病来，长盛真要是自己的男人，谁敢这样欺负到头上？偏偏自己就嫁了个半截子人，老天爷真是瞎了眼！

矮子端着熬好的药进来，偷偷在昏暗的灯光里看看兰英的脸色，说："喝药吧？"兰英接过药来喝了，哑着嗓子说："不是你个没种的操好心，那年他们一家能留下？"话没说完，眼泪又滚滚而下。矮子懊悔地站在那里说："好心没好报，我瞎了眼了！"兰英说："要不是人家梅子，我早被那俩龟孙打死了，看你怎么养育我这俩娃。"拉住秀娟的手，泪流满面。矮子由衷地说："真看不出来，梅子真行！"

从此，兰英一家和金娃、银娃一家结了仇，金娃有个老生子妹妹叫银银，只比秀娟大两岁，本来在一个年级，自从两家打了架，秀娟和银银也不再说话。

梅子把金娃的屁股上钻了一个窟窿，再没睬这件事，金娃养好了伤跑到老支书家来说事，见了梅子笑着说："嫂，你又给我捅出一个屁眼来，以后屙着更方便了。"梅子"嘎嘎"地笑："没捅死你个死娃娃，便宜你了！"一件事就像没发生过，来看兰英的时候，梅子还是说："我见了那一家子，理都不理！"兰英笑笑，知道当不得真，金娃、银娃敢打自己，全是因为矮子不算个男人，这件事之后，她也不那么把长盛当自己人了，一心巴望着福元快长大，顶起门户来。

长盛没脸见兰英，等到秋庄稼起来，在一个民兵巡秋田的晚上，找了个茬子把另一组巡田的银娃按在水渠里打了一顿，第二天金娃在村街上拦住他算账，又被长盛骑在身下打得直喊他妈。长盛打完这两架，算是暗暗给"娃他妈"出了口气，就此再不和银娃媳妇有瓜葛。兰英没和他计较，毕竟是福元娃的亲爸，无论如何，心里对他比对矮子要宽容很多。

荷花和兰英不一样，压根没把长盛当一回事。后来和车把式嘉成在马房里鬼混，被银娃知道了，差点没把她的皮剥下来。之后就得了一种怪病，多少年躺在床上，大门不出二门不迈，三十多年后又出来走动，不知怎么就成了一个什么土教会在南无村的"教母"，人称"娘娘"，每到她们认为很重要的那些节日，南无村日子最艰难的几个婆娘，就会去她家帮着洗衣服、扫院子，她自己坐在那里闭目养神，活儿都干完后，就领着那些恓惶女人拉着悠扬的调子"唱经"。这也是后话。

第七章

　　有一年秋天，金娃来找老支书，说："叔，银娃丈人家在磨坊住了好几年了，也不是个长远办法，村里给他们批块地基盖几间房吧？"老汉抽着旱烟说："这事情要早些办就好了，公社刚刚开会传达了上级精神，叫学大寨，建设新农村，集体建房哩。"金娃一摊手："那也行，就让集体建吧，建好了分给他们几间就行。"老汉笑笑："好我的侄子哩，你也是队长，你还不清楚，大队里穷得叮当响，别说盖房子，集体连个羊圈也垒不起啊。"金娃就有点恼："反正银娃丈人一家现在也是咱村户口了，不批地基不合理，叔你给想个办法吧。"老汉说："让他们先住你家老院子不行？"金娃摆手："那不行，他们住上，让我爸去哪里？再说，老院子是留给我妹子银银的，不是给银娃的，他丈人怎么能住？"老汉笑呵呵地说："不难，我和你爸说，让他跟你们两口子住，把老院子先让老二丈人家住上，盖下房子再让他们搬出来就是。"金娃急赤白脸地说："不行不行，叔，我爸和我婆娘处不来……"老支书拧起眉头，批评金娃："你就是个不孝顺，你娃要后悔的！"金娃闷头不响。老汉叹口气，琢磨琢磨，在鞋底上磕掉烟锅里的灰，低声对金娃说："看来只能这么办了，以建集体房的名义批下地基，再以这个名义把房子盖起来，先让他们住进去再说，你看呢？"老汉瞅着金娃，等他回答，金娃瞅瞅老汉说："叔，你就是有办法，从来把你难不住。"出来去找银娃说这事去了。

老支书来到大队部，打开了扩大器，召集开全体社员大会，传达了全公社大会精神，具体到两件事，一是推广大寨的玉米丰产经验，玉米棒子成熟后不能像往常那样急着往回掰，要等霜降后玉米棒子自己垂下来再掰，这样才能把秸秆里的营养充分吸收，达到增产的目的；二是学习大寨模式，批出一块地基来，盖集体房，建设新农村。这两件大事老支书是总负责，大队长柱儿具体负责秋收的事情，一队队长金娃负责集体建房的事情。有社员问："盖集体房，是不是要拆自家的房子？"老支书大声说："两回事，好好的房子拆什么！根据我们村的实际情况，盖下集体房，先给没房子的人住。"大家就吵吵开了：这分明是给河南那一家子盖嘛。因此二队、三队的社员都不愿意参加，盖房子又成了一队队长金娃和他弟弟银娃，还有他们那一大家子人的事情。

八月十五一过，社员们都沉不住气了，眼见得玉米棒子早就熟了，挂在地里不让收秋，个个心里像揣着块火炭，最关键的是，收了秋要赶紧赶上牲口扶着犁把土地翻过耙磨好，拌上农药摇耧播种冬小麦呀。大家伙儿吵吵半天，都来找队长柱儿，柱儿也正在自家院子里打磨剜玉米秸秆的镢头哩，二话没说领着一群人到了老支书家，进门就喊："好我的叔哩，你种了一辈子庄稼，怎么能死板硬套？人家大寨收了秋不种冬小麦，咱还要种一季麦子哩，这让玉米棒子在地里挂着，把地耽搁上一季子，明年咱吃个啥呀！"老汉不吭气，抽了半天旱烟，才说："这个理我比你们明白，可是公社张书记专门强调了的，必须学习推广大寨经验，哪个村子也不能在霜降前掰棒子，等着全公社大会战。"社员们嚷嚷："听他的！等到霜降后，吃屎也赶不上热的了。"老汉看看大家，在鞋底上磕掉烟锅里的灰，低声对柱儿说："看来只能这么办了，晚上你带着人，把离公路远的地块先收了，凡是公路和村里大路两边的地块，都别动，这样不耽搁种麦子，也不会被公社抓了反面典型。"社员们都夸奖老支书办法多，柱儿当下安排了分工，大伙儿都嘻嘻哈哈地回去准备农具和车辆了。

矮子回来对兰英说："老支书就是有办法，怪不得村里那些光棍儿都害怕他。"兰英鼻子哼一声说："还不是照样被那家人耍得团团转，他迟早要吃他们的亏！"矮子知道她说的是谁家，就不吭气了。吃过晚饭，扛上小镢头，和大伙儿一起趁着月色下地去收玉米。从各家门里出来的人，从巷子里汇聚到村街上，出了村子又分散开，跟着队长到各自生产队的地里去。不像往常在地里干活儿那样大声说笑，只听一片"嗵嗵"的小镢头砍在玉米根上的响声，女人们跟在后面，跪在放倒的玉米秸秆上，"吱吱嘎嘎"掰下玉米棒子，扔到边上的空地，就有人提着麻袋往进装，装好麻袋等着后半夜把车赶进来拉走。虫鸣和蛙鼓此起彼伏，一轮满月被云彩托着，刚刚从东方的果园里升起来，夜风抚在皮肤上，一股热，又一股凉。

老支书没有下地，点着马灯在大队部里思谋盖集体房的事情，社员们都不愿参加，靠金娃一家子打土坯，猴年马月才能打够三间房子的土坯，再说，那也不能体现是集体建房啊。直到月上中天，老支书还在队部里想事情，社员们连夜收秋，老汉也不好自己回家去睡觉。毕竟人老了，倦意一阵一阵袭来，电话铃猛然响了，抓起来一听，是公社紧急通知，张书记连夜召开各村干部大会，要求支书和生产队长都参加。

老汉把马灯挂在自行车把上，披着褂子骑上去，一片昏黄的灯光晃晃悠悠来到了地里。队长柱儿正挥汗如雨地抡着小镢头剜玉米，屁股后面婆娘喊他，指着那边小路上低声说："你看，有鬼火飘过来了。"柱儿扭头一看，也吓了一跳，幸亏干活的人多，还不是很害怕，杵在那里看着那团飘飘悠悠的火光近了，原来是老支书，柱儿心里就是"咯噔"一下：怎么月光明晃晃，就看不清他个人？路上连个草叶都能看见，老汉点个马灯干什么？他心里觉得怪，可没有吭气。老支书下了车说："快，柱儿，公社紧急开会。"柱儿二话不说，披上衣服，接过车把来骑上，老汉坐在后面衣架上，车子歪歪扭扭，向着公路驶去。

进了公社大门，通讯员说会场在露天舞台院子里，两个人又赶到那里，一看各村的支书、队长都到了，张书记和公社的领导已经坐在了舞台上。舞台顶上点着几盏电石灯，这种尖嘴铁壳子的灯，把几块电石泡进水里去，就从尖嘴喷出"嘶嘶"的白光，味道比化肥还刺鼻，像焊光一样亮，照得一片雪白。他俩刚找条板凳坐下来，主席台上的扩大器就发出尖利的哨音，张书记连个开场白也没说，先厉声喊着老支书的名字，叫他上台去。老支书没听清，问左右的人："叫谁呢？"柱儿赶紧推推他说："张书记点名叫你上去哩！"老汉就觉得大事不好，抖抖肩头披的褂子，走上舞台。雪亮的电石灯刺得他的老花眼睁不开，只听张书记大声喝道："站好，说，你想干什么！"没等老汉明白过来，一阵下雹子似的批评劈头盖脸砸下来，夹杂着电闪雷鸣，老汉羞愤难当，咬紧牙关把头低下来。原来南无村的社员趁夜收秋，被邻村巡田的民兵发现了，回去给本村一汇报，那个村也组织社员连夜收秋，南无村的人以为很秘密的事情，小半夜时间方圆几个村庄都开始照猫画虎。有人向公社打了小报告，张书记一听雷霆震怒，竟敢破坏全公社"学大寨大会战"，这还了得！马上通知紧急召开各村干部大会，要杀一儆百，抓南无村的反面典型。张书记把火气发完，天就亮了，散会后，老支书站在台上连腿都迈不开了，柱儿上去搀他，小伙子哭着说："他们这是干什么呢，理由也不让说，这不是开批判会哩嘛！"老汉闭起眼睛说："先回，先回吧。这一夜秋也收差不多了，只要不耽搁种麦子，死了也值得。"

连气带累，老汉躺了一天一夜，第二天一早矮子来挑水，老支书披着褂子站在屋门口说："七星，你去趟柱儿家，把他叫来我有事。"矮子刚把桶挂在辘轳上，搁井台上就去了。柱儿腿长，先来了，老支书说："咱俩去趟部队，跟团长、政委说件事情。"柱儿说："你歇歇，有啥事我去跑。"老汉说："你骑车子，带上我就行。"

从部队回来，两人又去了大队部，老汉让人把金娃叫来说："盖集体房之前，先要把土坯弄下，知道你们人手不够，我和柱儿找过团长和政委了，人家同意把营房外那个顶子漏了的大库房叫咱拆了，木料、土坯都还能用；反正眼下嘉成他们几个人赶着牲口翻地，劳力都闲着，咱抽空盖集体房吧，你回去召集人，咱们今天就去卸仓库的土坯墙。"金娃走后，柱儿说："叔，你回去歇着吧，我和金娃带人去就行。"老汉抽着旱烟锅摇摇头："我跟上去看看，你们娃娃家没经验，怕出什么事情。"

银娃带着人搭着梯子上爬上去，先顺着两根长竹竿，把仓库顶上的瓦片都溜下来，再把椽子都揎下来，把木料堆在一边。又提着铁镐去挖山墙根，打算刨出一道凹槽来，站一排人过去推住墙悠，用巧劲让墙倒那边去，再把完整的土坯一块块町起来。银娃提着铁镐刨出凹槽，几个人扶住墙悠着，老支书在一边指挥，看到他们人手不够，老汉就过去帮把手。也许是库房山墙太高了，正悠着，下半堵墙向外倒去，上半堵墙却弯了回来，有人大喊一声："塌啦，快跑！"大伙儿都跳开去，老支书腿脚不好，只见一片阴影像捉鸡的鹞子翅膀从天而降。

"轰隆"一声巨响，腾起漫天烟尘，等尘埃落定，露出灰头土脸的一群人，柱儿发现不见了老支书，叫声"哎呀"，就坐到了地上。

老支书的死，成为南无村前后一百年来，最令大伙儿震惊的事件。

老支书死后，公社提议生产队长柱儿接任，没想到柱儿夜里中风成了个憨憨，最后一队队长金娃出任了南无村新的党支部书记。

后来，南无村流传着一个老支书的聪明故事，说是合作化之前，老支书和金娃他爸老会计克敏到自家的田里干活。响午，两个老汉都没回家，聚在地头就着大叶茶水吃带来的干粮。老支书带来的是金黄色的窝窝头，老会计带来的是油炸麻花。两个人都没急于开吃。喝了半天茶，老会计蠕动了蠕动牙齿松动的嘴，望望老支书碗里的窝头说："我看，你吃我的麻花吧，我吃你的窝头算了。"

老支书一口钢牙，爽快地说："行，吃饱为原则。"

老支书把麻花吃完了，看着老会计把窝头掰成小块块往嘴角塞。

到底也吃完了，老会计自我解嘲地说："这牙，没口福。"

老支书说："克敏，要是我，就不和你换，把麻花在茶水里泡软了一样吃。"

老会计一声没言语，站起来，扛起锄头下地干活了。

来年夏天，屋顶漏雨，矮子叫了几个村里人帮忙给房子换新瓦。兰英给他们烧好茶水，坐在院子里用碎布给福元拼接准备上幼儿班的书包，就听到村街上一阵闹哄哄的人声。房子上的人站得高，就看到村街上一队红卫兵涌进对过的巷子去了，叫一声："抓'黑五类'啦！"都跳下来跑出去看热闹。兰英仰头问矮子："又抓谁呢？"矮子边顺着梯子往下爬边说："我个子低，看不着。"下来对兰英说："走，看看去。"兰英没来由得一阵心慌，扔下手里的活儿，手按在心口，跟在矮子脑袋后面出了门。

远远看到红卫兵们捆着一个人从对过巷子咋咋呼呼上了村街，那个人低着头弯着腰，胸前挂着一个写着大字的马粪纸牌子，只看见牌子上打着血红的大八叉，看不清是个谁。兰英胆子不算小，毕竟是个妇道人家，见不得这样的场面，一阵腿软坐到了前排屋檐下埋的磨盘上。矮子小碎步走走，一回头不见兰英跟着，就自己跑去村街上看，一会儿又跑了回来，气喘吁吁地站在兰英面前，有点眉飞色舞的意思。兰英看矮子的表情古怪，就问："抓的谁？"矮子卖关子说："你猜。"兰英说："不说拉倒。"站起来往回走。矮子赶上两步，吞吞吐吐地说："人太多我挤不进去，没看太清，听别人说是土匪长盛。"兰英脑子里"嗡"一声，扭脸盯着矮子问："抓他干什么？"矮子笑嘻嘻地说："抓就抓了，抓他他就该抓……"兰英轻蔑地看看他说："抓了人家，把你高兴的，人家捆成了个双曲，也比你高些，你张狂什么？"矮子顿时哑了炮，蔫蔫地跟在兰英屁股后头往回走。

一会儿帮忙的那几个回来了，对他两口子说："原来长盛真是个特务，真没看出来，这土匪！"有意无意地看看兰英的脸色。

兰英不动声色地问："凭什么说他是特务？"矮子突然两眉倒竖嚷道："还能冤枉了他？没有文化还戴个眼镜？一看就是个'黑五类'，不是特务也是土匪！"兰英看都没看他，说："谁问你了！"

帮忙的里面有个年纪大些的说："这狗日的刚到咱村时不戴眼镜，说他当过土匪，后来戴上了眼镜，还天天刷牙，又说他是特务，都是他自己说的。现在被银娃告发了，自讨苦吃。"又一个说："到底是不是咱也拿不准，长盛是外来户，咱不知道根底。银娃告他，也许是报私仇，他们打过架。"有个年轻娃说："呀，会不会崩了他啊？"年纪大的那个成心在兰英跟前替矮子打抱不平，故意说："说不下个样样，崩就崩了，特务还有好下场？"兰英听不下去了，扭身进了厨房，手抖得端不住水瓢，眼睛都直了。她想豁出脸去不要，把长盛为什么戴眼镜刷牙都跟红卫兵说了，不能把人命害了啊！又没有这个勇气。正犯难，福元从外面玩回来了，兴奋地嚷嚷："妈，妈，抓了个特务，我跑到大队看去了，是小生他爸！"兰英看着崽子没心没肺的样子，真想告诉他："别美了，特务就是你亲爸！"不能说，甩手给了福元脑袋上一巴掌，呵斥："跑，跑，一天到晚不在家，野死你个小龟孙！"矮子在房顶子上听见，嚷道："你有气冲我撒，打娃娃算什么本事！"矮子今天很气粗，脸上像当年戴着红花光荣复员一样英气勃发。

吃饭的时候，大队部的高音喇叭里传出支书金娃试音的"喂喂，喂——"。估摸一村子人都支棱起耳朵了，金娃在喇叭里清清嗓子，开始广播："全体社员注意啦，全体社员注意啦，吃了饭，都到大队里来开会，家家都要来，人人都得来，男人女人都得来，娃娃家从今天开始放假，也得来。今天的会很重要，是咱村第一回开批斗大会，公社革委会梁主任要来参加咱的大会，指导我村开展

'文革'的工作,谁要不来参加的,就是反对'文革',下一个就批斗他……全体社员注意啦……"

矮子对兰英说:"看来,你还得去?"兰英骂道:"放屁哩,我和别人不一样?"

福元娃娃家玩儿心重,早早跟上矮子去了,兰英洗涮过,把自己拾掇了拾掇,拉上秀娟来到大队院里。全村人乱哄哄挤在这里,嘻嘻哈哈说闲话,批斗会还没开始,革命气氛就不太高。

一到会场兰英就发现自己还是跟别人不一样,总有人拿眼睛偷偷瞟她,脑袋碰脑袋地嘀咕,见她朝这边看,马上就不说了,心虚地冲她笑。兰英脑子里马上冒出一句话:"群众的眼睛是雪亮的。"这些雪亮的眼睛像探照灯照在她身上,太阳一下子毒起来,晒得兰英冒了汗,脑袋有些发懵。她拉拉秀娟的手,想回去,就见一辆绿色的吉普车开进了会场,从车里钻出来一个穿草绿军装、戴眼镜的瘦高男人,红卫兵们带头鼓掌,革命群众就跟着鼓掌。

穿军装戴眼镜的上台子上坐好后,金娃支书说:"大家欢迎公社革委会梁主任讲话。"革命群众拍完巴掌,那个梁主任扶扶眼镜,就对着扩音器开始讲话。兰英在台下人群里打量打量梁主任,只觉得心里一阵晃悠,那会儿这个人一下车,兰英就看见他眉眼熟悉,现在他一张口,一个人就在兰英心里复活了,他虽然瘦了些,喜欢皱眉头打手势了,兰英还是认出来他就是十几年前的公社秘书,秀娟的亲爸。认出这个人来,兰英不出汗了,身上开始发冷,真是冤家路窄啊,自己好过的两个男人,两个娃的亲爸,碰到了一起,一个是干部,一个是特务,这不是冤家是什么?老天爷让他们在台上一个批斗另一个,让自己和两个娃在台下看,还要喊口号,这是惩罚自己造的孽啊。兰英怎么也想不通自己怎么就造了孽,她手里握着秀娟柔软的小手,以为自己会后悔,感觉了一下自己的心，却一点儿也不后悔。然后，一个念头就让兰英打了个寒战，她想拉着秀娟从人缝里钻到吉普车那里去，偷偷藏在车后面，叫司机把那个人叫过来，让他看看秀娟，再向他说明白长盛戴眼镜刷牙就是自己让学他的，长盛不是特务，是他亲闺女秀娟的弟弟福元的亲爸，求他看在秀娟的面上放了长盛。兰英想他不管多大的官，总是个人吧，是人就不能不认自己的亲闺女，可是兰英又怕他万一要带秀娟走可怎么办？因此犹豫不决，迈不动腿，一个女人家在场面上还是没胆子，实在没那个胆量去找人家。这个时候她又想起了老金菊，如果婆婆子在这里，或许能给她拿个主意，可是自从老支书被砸死后，婆婆子就再也不出自家大门了。偏偏自己也来迟了，寻不见梅子在什么地方，这也是病急乱投医，梅子这几年也不是那么和她贴心了，从金娃当了支书，梅子就和银娃媳妇荷花好得不行，虽然和自己也不赖，总是脚踩两只船。一边胡思乱想，一边盯着台上那个人看，那个人，让她觉得又亲切又陌生，说不出来的滋味。

梁主任拧着眉毛作了三个指示，一是分析了挖出潜伏在革命群众中间的敌特分子的重要意义；二是指出批斗"黑五类"的革命行动还要进一步推向深入，最好当场再揭发一名出来批斗，哪怕向一些工作做得好的村学习，再抓一名破鞋呢；三是强调开批斗大会时要注意革命热情高涨，喊口号要大声，尤其妇女同志不能在会场上纳鞋底子，更不能解开怀奶娃娃。做完指示，梁主任带领革命群众喊了几句口号，说还要去另一个村讲话，大家就鼓掌欢送。兰英眼睁睁看着那个人上了吉普车走了，心里倒松了一口气，也寻思过来，当干部的经见的女人多了，有些人"村村都有丈母娘"，不能保险人家还记得自己，还是没找他好，不能因为自己的私事给领导脸上抹黑啊。后来兰英就再没见过那个人，也许升官到兰英去不了的地方了，也许死了，反正再没见过。

公社革委会梁主任一走，台子上就推出了特务长盛。长盛先是嬉皮笑脸，他个子本来就高，戴个纸糊的高帽子活像个无常鬼，台下笑成一片，连兰英都憋不住笑了。红卫兵叫他交代反革命行动计划，怎么跟海外联络，潜伏的特务头子是谁。长盛骂道："老子是特务，你爷爷也是老特务，你爷爷戴着老花镜，他就是特务头子，你不信问他去。"红卫兵见他不老实，就给他开"开飞机"，长盛火了，人被按着，屁股撅起老高，还挣扎着用脚朝后踢人。支书金娃火了，喊一声："还尥蹶子哩，把狗特务'法办'了！"

　　法办就是拿细麻绳五花大绑，绑起来一提背后的绳子头，坏人就低头弯腰认罪伏法了。别看一根细细的麻绳，一绳子捆下去身体弱的就剩半条命，身体壮的也像剥层皮。"法办"后，长盛就软下来了，一把鼻涕一把泪地说他冤枉，说戴眼镜刷牙都是为了妆晃，为了勾引小媳妇，不是当特务，自己那年确实对银娃说过"当特务比当土匪有文化"的话，可那是吹牛哩。金娃想想长盛的鸟样子也不像那电影里演的特务，可是既然抓了就不能轻易放了他，再说梁主任指示叫现场抓个破鞋，都是一个村的邻居，肯定没人出来得罪人，干脆让长盛揭发个破鞋，这样天天晚上就有两个被批斗的，也显得热闹。想到这里，支书手里提着长盛背上的绳子说："不是特务也是土匪，你娃说戴眼镜刷牙是为了勾引小媳妇，好媳妇谁上你的钩？一定是破鞋才跟你胡搞哩，你说，谁是破鞋，说了就解开绳，不说难受死你个狗日的！"

　　台下就开始起哄，显然大家对斗破鞋比斗特务更有热情。长盛龇牙咧嘴地笑着说："我睡过银娃家媳妇，这事嘉成最清楚，"他冲台下的嘉成喊，"嘉成，你看过我的'稀古景'，你得给我作证。"这些事情南无村的人心里都有底，于是"轰轰"地笑成一片，银娃媳妇自己也笑，一边朝长盛吐口水。嘉成望望身边怒视着他的银娃，皱皱眉头说："我不知道，没见过。"银娃蹿上台去一脚把长盛踢了个趔趄："狗特务打击报复贫下中农！"金娃见长盛出弟媳妇的丑，厉声喝道："再胡说把你牙拔了，谁还不知道你和谁？老实说，不要嘴不给皮做主！"

长盛就拿眼睛往台下的媳妇子、女子身上扫，年轻的媳妇子都红着脸低下头骂长盛，连那些半老太太也嘟嘟囔囔不敢抬头。兰英心里在打鼓，看到长盛这副样子像条准备咬人的狗，一点过去的男人样儿都没有了，不让人心疼，只让人恶心。兰英对秀娟说："咱回娃，不看了。"拉起秀娟往出挤，挤出来忍不住回头看，却看到很多双眼睛扭过来望着她，兰英心里骂："瞎了你们的窟窿子吧！"拽着秀娟急急地往回走。

金娃看见兰英走了，就提提手里的绳子头儿，长盛鬼叫一声："啊——，那不是走了！"台下革命群众"哄"一声笑了。金娃说声："抓回来！"几个红卫兵跳下台子来追兰英，很多人跑着跟在后面瞧热闹。

长盛说的那句话，通过高音喇叭传到兰英耳朵里，兰英恨得牙都快咬碎了，听见金娃让抓人，背后脚步又急又乱，脸也吓白了，拉上秀娟往家跑。进了屋，把门插上，抱着秀娟直发抖，又不敢哭，怕吓坏娃娃。红卫兵"咚咚"地踢门，兰英叫天天不应叫地地不灵，打算好了，只要敢把自己拉到台上去斗，就从台上倒栽下来撞死算了。秀娟吓得直哭，兰英左右看看，想找把菜刀豁出来拼了，正情急间，只听房顶上有人高声骂道："日你们先人哩，欺负到地头儿了，老子是真当过兵、杀过人的，谁不怕死再踢一脚门试试！"嗓音因为激动而变调，听不出来是谁。

红卫兵们后退几步，抬头看见矮子七星手里握着一把瓦刀，凶神恶煞地站在房顶上。原来矮子见红卫兵追兰英母女，气不打一处来，抄近路紧跟兰英进了大门，见兰英、秀娟进了屋，他就顺着梯子爬上了房顶。红卫兵们看清了人，都笑了，看热闹的也笑了，银娃嘲笑道："哟，七星啊，你什么时候成有种的了！"那几个穿绿军装的小伙更是笑得七扭八歪，围观的革命群众也嘻嘻哈哈等着看热闹。矮子大叉着腿，擎着瓦刀的手剧烈抖动，脸涨成了猪肝色，突然间大吼一声，像鹞子扑鸡，从天而降。谁也想不到他来这手，银娃和几个红卫兵都傻了眼，抱着脑袋就跑，围观的革命群众嘴巴张开合不上：真小看矮子了！

矮子从房顶跳下来，斜斜地跌倒，又爬起来，眼珠子血红，挥着瓦刀"呜哩哇啦"一阵乱砍。矮子疯了，谁也怕被他砍上，纷纷夺路逃命。

听不见院子里有人声了，兰英从门缝里瞄瞄，阳光白花花，不见一个人毛儿，想不通发生了什么事。打开屋门一看，地下躺着一个人，正傻眼，秀娟早从身后扑过去喊爸了。矮子侧躺在地上，手里握着瓦刀，口吐白沫，浑身抽搐，像发了羊角风。

矮子腿摔断了，怕再有人来抓兰英，也不去看病，每天坐在大门口的椅子上，手握瓦刀，像个门神。软的怕硬的，硬的怕不要命的，兰英到底没被抓了破鞋，矮子却耽搁了治疗，一辈子成了跛子。兰英心里过不去，顿顿给矮子做好吃的，矮子平静地说："你不用巴结我，我这么做不是为了面子，我是为了娃们有个像人样的妈。"兰英盯着这个更加不像个人样的男人，才发现他早把自己看扁了，但兰英没有因此恨矮子，她把长盛恨了，一恨就恨了二十多年。

第八章

　　福元只上到七年级（初二）就辍学了，成天和一群猴娃蛋子们疯玩，爬到村口最高的树上去折树丫，绑上剪成条的车内胎做成弹弓打鸟；翻墙跳到驻地部队营房里，在垃圾堆上捡烟盒，叠成长条往地下甩，翻过就算赢，赢回一子弹箱烟盒来。滚铁环、打陀螺，他都是好把式，大些了又开始眼馋大城市来的知青们穿的军装，勾结上一伙子人跑到公社的集市上去闲逛，趁人家不注意，跳起来抢上头上的军帽就跑。也到部队营房去偷晾晒的军装，看到窗户开着，就把窗纱掏开个洞，伸进手去偷桌子上的钢笔，好些回被人家捉住关在黑屋子里不让回来。为这没少挨兰英的打，一打他就跑，天黑了才回来，几天不让吃饭，也没改变了他顽劣的性格，当妈的心里就犯嘀咕：难道真是个"土匪种"的过？因为这帮半大小子，村里和部队的关系变得紧张，后来两个新兵偷村里的西瓜被捉住，被村里人打得鼻青脸肿，公社武装部出面交涉才让部队把人领回去。

一次福元和海峰把部队营房的墙掏了个洞，钻进去打量有什么可顺手牵羊的东西，碰见一个年龄相仿的家属小男孩，小男孩骂他们，两个人就把人家给打了一顿。挨打的是副团长的儿子，部队上不答应，来了一个排的战士到村里来要人，福元和海峰不敢回家，钻进村头知青程和平住的磨坊里避难——银娃丈人一家搬走后，磨坊院的两间偏房就空着，后来就给知青们住，这两年就只住北京知青程和平一个人了。当兵的找人没找到，村里谁也不承认是自己的娃娃打了人，排长把支书金娃和民兵连长双锁批评了一顿，叫他们管住村里的小孩，不要老是到部队上搞破坏，就撤走了。村里哪些娃娃爱到部队上去闯祸，金娃心里很清楚，要不是因为有本家的娃娃海峰，他就把福元交给部队了。把当兵的打发走，金娃让双锁捎话给兰英和跛子，说福元再要闯祸，村里就不管了，部队上想咋就咋吧。兰英是个要脸面的人，被仇家金娃说到脸上，很挂不住，双锁一走，她就满村子找福元。福元不敢回家，让海峰捎话给姐姐秀娟，告诉他自己在磨坊里。

晚饭时秀娟悄悄剩下两块煮熟的红薯，衣兜里装了，打着去问梅子婶借鞋样子的幌子，来到村头的磨坊。这两年，村里年龄相仿的女子都嫁出去了，秀娟除了上工，不怎么出来，跟知青们更不熟，正在门外犹豫，听见身后有人问："你是福元姐姐吧，快进去。"知青程和平刚从别的知青那里回来，望见有个身影站在门口，猜想是福元的姐姐。秀娟有点慌乱，进了门回头问："福元在哩嘛？"程和平笑着说："在我这里一天了，进来说吧。"星光下打量了一眼秀娟，程和平心里就是一动，几年来光听说这村里最美的姑娘是矮子七星的闺女秀娟，平时碰上只见她低头拉车，看不清楚脸，又听说这姑娘有点古怪，不愿意嫁人，没想到竟然真是这样的美：秀娟穿着土布衣服，梳着剪发头，鹅蛋脸，大眼睛，长睫毛，挺直的鼻子，圆润的下巴，神态安闲，宛然处子，没有丝毫一般乡村姑娘的粗笨和做张做势，静静地像一泓山泉水。程和平发现，这不正是自己心目中《第二次握手》里丁洁琼的美好形象吗？他的心第一次乱了。

秀娟本想让程和平把红薯给福元捎进去，心里又想看一眼福元才放心，就站在外面喊："福元，福元你出来。"福元把门开了一道缝，张望一眼问："姐，你和谁呢，不是咱妈吧？"程和平抢着说："你姐和我，你妈没来。"福元这才钻出来，嘿嘿笑着说："姐，你不敢告诉咱妈我在这里啊，她要剥我的皮！"秀娟心疼地骂："你真不要脸，让全家跟上败兴！"她掏出红薯来，塞给福元，转身要走。福元在后面嚷嚷："你别害怕，咱妈明天气就消了。"秀娟转回头说："你跟我回去，我保证妈不打你。你别老在这里麻烦人家。"程和平赶紧说："不麻烦，不麻烦，我俩关系好，福元正好和我做个伴。"秀娟这才望了一眼程和平，看到他眼睛亮亮的，两条眉毛立着挑到鬓角去，比福元要高出半头，身上散发着部队上那些人才有的香皂的味道，而且人也笑模笑样的，不像人们说的那样不合群。秀娟早就听说过这个姓程的知青，她那些女伴嫁人前经常谈论他，说那个北京娃人长得精干，就是不合群，别的知青都住老乡家，他非要一个人住磨坊院里的偏房，也不嫌钢磨响得呱噪。秀娟脸上有点发热，还好天黑看不出来，对他笑笑，不知道该说什么，就瞪了福元一眼说："迟早妈要收拾你！"

秀娟从磨坊出来，迎面碰上银娃的老妹子银银，自从当年兰英和金娃、银娃打了架，秀娟和银银就再没说过话。银银是晚饭后来磨坊淘洗明天要上磨的麦子的，看到秀娟从里面出来，愣了一下，冷笑一声。秀娟没搭理她，径直踩着月色回家去。

　　进了门，不见妈在，问她爸，跛子说去海峰家找福元了。秀娟知道海峰一定会把福元招出来，赶紧也去了海峰家，在巷子口看到一个人影从海峰家出来，秀娟站在那里等她过来，果然是兰英，叫了声妈。兰英对闺女说："走，到磨坊找那小龟孙去！"秀娟怕兰英在磨坊打福元，就说："妈，我看到银银在那里磨面，你别去了，我去把福元叫回来就是。"兰英听见银银在磨坊，就说："我还怕她个小母货啊？谁不知道她对那个知青娃的心思！"秀娟说："妈，你别胡说人家行不行！"硬把兰英推得转了身，自己又去了磨坊，想到又要去和程和平说话，心下也有些难为情。

　　程和平见秀娟又回来了，喜出望外，叫她进屋坐。秀娟看到机房里亮了灯，知道银银在那里，就对程和平说："你让福元出来，我妈已经知道他在这里了，要来找他，我给拦住了。"福元听见了大叫："你个海峰，叛徒！"害怕挨打，死活不跟秀娟回去，和秀娟在梧桐树下绕圈圈。秀娟抓不住他，急得要死。程和平拦住福元说："福元，躲过初一躲不过十五，要不我陪你回去，和你妈说说？"秀娟看他一眼，程和平不好意思地说："我想有外人在，你妈不至于打你吧？"福元见没有好办法，只能这样了。秀娟不想麻烦人家，又心疼福元受皮肉之苦，只得前面先走。

　　兰英早准备好了笤帚疙瘩，坐在院子里等着福元回来，和跛子商量，福元一回来，跛子就关大门，非把这小龟孙打折一条腿不可。听见脚步声响，一看秀娟进来了，黑夜里后面跟着一个人，两口子都站了起来，跛子准备关门，兰英把手里的笤帚疙瘩甩了出去，正砸在后面那人身上。兰英正要发作，听见"哎哟"喊疼的声音不对，再一看，是那个住在磨坊里的知青娃。兰英不好意思地笑了起来："哎呀，娃，怎么是你，我还寻思是福元哩，快过来坐下，坐下。"程和平揉着肩膀说："大婶，你扔得真准。"巷子里有"踏踏"的跑步声，福元听见声音不对，三十六计走为上了。

几个人在院子里的小桌边坐下来，兰英是个明理的人，不再说福元的事情，只问程和平家里还有什么人，今年回去看望父母没有，表示着一个长辈母性应该有的关心，同时借着罩子灯灯光打量着小伙子的人才相貌。程和平礼貌地微笑着，一一回答，最后他劝导兰英和坐在一边的跛子："大叔大婶，男孩子都有这么一个不听话的阶段，过了这两年就懂事了，你们也别着急，更不要打他，有时候体罚会增加他的逆反心理，会起到反作用的。"兰英说："咱这村乡里的娃，不能跟你们城里人比，就是皮痒痒哩，不打不记心！"程和平被逗笑了："大婶，城里娃和村里娃一样的，该淘气的年龄都淘气，我在家的时候也是老惹爸妈生气。"秀娟拉个小板凳凑着一盏小油灯，坐在堂屋门口纳鞋底，程和平不时打量一下她的剪影。福元偷偷摸摸地进来了，兰英假装没看见，继续和程和平拉呱。秀娟给福元使个眼色，福元箭一般蹿到他住的角屋里，从里面插上了门。

程和平看见问题解决了，时候也不早了，就起身告辞，临走又看了秀娟一眼。兰英是个什么人，把这一切都看在眼里，心里既喜且忧，喜得是程和平人才好，要是秀娟也愿意，倒是去了她当妈的心里的一块病；忧的是程和平是个知青，都知道这些城里娃娃迟早要回去，到时候怕把秀娟甩下。送走程和平，和跛子坐在那里说闲话，夸这个娃仁义，真会说话，其实是要给秀娟听，看她的反应。跛子不解风情，煞风景地说："我听说克敏家的银银和这个娃有心思，就是为了他到现在都不嫁人。"兰英冷哼一声说："她那是剃头挑子一头热！"跛子说："不清楚，反正克敏和金娃、银娃都不愿意，说女子不能嫁外乡人……"兰英打断他："你别和我提这一家子！"秀娟坐在那里一直不吭气。兰英就站到福元门外去，隔着门把崽子骂了一顿了事。

第二天，福元为了报答程和平，很义气地把秀娟给自己纳的一副鞋垫送给了他，谎称是他姐姐让送给的。程和平激动得头发晕，他像个要下蛋找不见窝的老母鸡，在屋子里转来转去，不知道该拿什么回赠秀娟，最后，找到一个新的"为人民服务"的军挎包，让福元捎给他姐姐。结果，福元自己藏起来了，他娃娃家图个高兴，哪里知道，他那一双鞋垫，带给程和平的是福还是祸。

正在这段时间里，下来两个招工指标，程和平被莫须有的幸福冲昏了头脑，让给了其他知青，他打定主意要留下来，跟农村"丁洁琼"发展他们纯洁美好的爱情。因为秀娟除了上工一般不出门，程和平上工的时候利用自己记分员的身份，跑去和秀娟说几句话，晚上又借口找福元，来家里坐一会儿。秀娟心无芥蒂，更不会伤害人，她不多说话，只是静静地对他笑。程和平第一次体验到爱情的滋味，都要燃烧了，要疯狂了，她也不知道，热心地给他倒碗水喝。程和平和这一家混的熟稔，有时候兰英或者秀娟会给他补缀衣服上掉了的扣子，他都视作这是丈母娘和爱人的关怀，自己幸福得发抖。兰英从年轻时就喜欢人样好的小伙子，并不反对程和平这样有事没事来家里，虽然因为程和平的严词拒绝，银银把秀娟恨到了骨头里，在村子里散播她和程和平的闲话，兰英听到了只当猫放屁，——她从来就不是个怕闲话的人，相反，她觉得秀娟打败了银银，多少给她出了一口气。

每天黄昏队里的菜地分蔬菜，各家一堆儿，都摆在打麦场上，下工的时候拿回家。程和平一个人吃不了，就给兰英家送来。那天他来送菜，跛子和福元不在家，兰英在茅房，秀娟在厨房里烧火。和平把菜放到灶台上，转身看到秀娟正在水瓮里舀水，苗条丰满的腰身暴露无遗，他的心跳得像悬挂在胸膛外面，鬼使神差就走到了她身后。秀娟直起身来，正好贴在程和平的怀抱里，程和平喉头滚动着，发出一声呓语，伸出手臂把那柔软的身体抱在了怀里，一刹那，他觉得自己像风中的灰烬一样飘散了。秀娟吃了一惊，水瓢"咣当"掉进了水瓮里，她挣了挣没挣开，回头哀求程和平："我妈……"这时兰英听见响动，叫了一声，程和平低声说："吃完饭你到磨坊来，我有话和你说……"放开秀娟，踉踉跄跄地走了。

兰英出来，看到秀娟脸色煞白，问刚才谁来了，秀娟慢慢地说："和平。"兰英瞅她一眼，没再问下去。

晚饭秀娟一点也没吃，早早回屋去睡了。跛子问兰英："你女子怎么了？病了？"兰英说："着上鬼了！"跛子问："你嫂子给说的那个人家怎么样？"兰英不耐烦地说："你女子什么时候让媒人进过门？"跛子暗暗哼了一声，显然他把秀娟的不愿嫁人这笔账记在兰英头上，他对兰英的怨气在骨子里。

程和平也没吃晚饭，天一黑他就把耳朵支楞了起来，听见外面有脚步声，赶紧就跳了起来，梧桐树的叶子掉地上，也把他惊得心"突突"地跳。秀娟来还是不来，这个曾经困扰着哈姆雷特的问题现在一直煎熬着他，直到后半夜，他才长叹着倒在铺盖上昏昏睡去。

第二天程和平没去上工，他告了病假。福元替他领回了菜送到磨坊，程和平满眼血丝地把他叫进屋里，从枕头底下拿出一封信，叫福元捎给秀娟。福元不太敢干这事，听程和平嗓子都哑了，恓惶得不行，出于义气，他把信带了回去。本来他想拆开看看这小子究竟写的什么，不要闯下什么祸，让妈再剥了自己的皮，想想算了，肯定写的是些酸倒牙的话，不看也罢，就趁秀娟不在的时候扔到了她枕头上。秀娟看了信，知道福元是跑腿的，把他叫进来让还回去，福元死不承认："不是我放的，我什么也不知道。"秀娟怕被兰英看见，生火的时候悄悄烧了。程和平盼着她回信，她也不知道该说什么，在她的心里，确实有很多话想对人说，可她已经习惯了不说话，虽然只有二十出头的年纪，她的内心已经像人们看到她的表面一样平静了。

第九章

程和平问福元催要秀娟的回信，福元大咧咧地胡说："咱村里不兴城里那酸不拉几的一套，我姐说了，让你该去家里还去，有话当面说。"可是秀娟再没给过程和平两个人独处的机会，两个人见了面，秀娟以前怎么对他，现在还怎么对他，程和平像自己和自己打架，想哭都找不见个地方，更加摸不透她的心思，寝食不安，一个秋天过去，人瘦得眼睛都大了。

那年冬天，大雪不止，南无村的人连续吃了两个月的土豆，把胃都吃坏了，一张嘴就顺着嗓子眼往外冒酸水儿。程和平一心要让秀娟吃顿肉，他决定去打只兔子。晚上，程和平冒雪去了民兵连长双锁家，借出了一支半自动步枪。秋天的时候，程和平曾被抽去看青，跟双锁一个组，在黑漆漆的庄稼地里巡逻，两人对脾气，混得很熟稔。双锁受过部队军训，能打飞行中的野鸡和奔跑中的兔子，程和平得他真传，枪法精进不少。程和平来借枪打兔子，双锁就给枪里压满黄澄澄的子弹，又抓了一把给程和平装兜里说："凭你的枪法，这些子弹不会全放空的，够用了；这段日子雪没停过，兔娃子肯定饿坏了，它们会去啃草根，你往河滩上灌木多的地方找；兔子耳朵长，听见脚步声就会立起来，你要在它的眼睛露出灌木前就开枪，打耳朵根子，叫它看见你，就晚了。"

这都是双锁作为民兵连长的经验之谈，程和平牢记在心，第二天一早，就抱着枪出了村子。

连日的大雪，让南无村空荡荡的野外变得笼统，一切都不易分辨。程和平抱着枪走了一阵，回头看看，脚印已经被大雪抹得浅浅的，再远一些的，已经消失了。足迹的消失，让程和平忽有隔世之感，仿佛自己是个天外来客，雪光让他产生了幻视，看哪里都是秀娟的脸，呆立了半晌，不知道该往哪个方向走。后来雪渐渐小了，视野开阔了些，程和平继续往前走，凭着往日的经验，他还是到了河滩上，望见了被雪覆盖的灌木丛。再往前走，就看到被雪雕琢成浪花般的灌木正在扑簌簌地抖动，程和平轻轻地站下来，听到自己沉重的心跳声，下意识地屏起了呼吸。他看到一团灰黄色的短尾巴，那个不知死期已至的家伙正翘着屁股挖灌木的嫩根呢。程和平举起枪，等待着它探出两只长耳朵，从灌木抖动的幅度来判断，他确定那家伙一定是个老得黄了毛的老兔精。兔子老了肉会糙，但煮出来的肉汤一样香喷喷的，让人垂涎欲滴。老兔精可能老得耳朵都背了，一门心思地埋头苦干，没有朝四面看看的意思。程和平有点坚持不住了，不是因为冷，也不是枪的分量越来越重，是因为馋，他的肚子开始"咕咕"地沸腾酸水，这声音在清晨空旷的雪野显得异常夸张，无疑向老兔精发出了警报。它太精了，没有像傻小子们一样竖起耳朵，后腿蹬地前爪并拢在胸前给人当靶子瞄准，它直接挺起屁股，准备逃之夭夭。程和平识破了它的阴谋，没有再等它的长耳朵出来，直接冲屁股开了枪。老兔精应声倒下。清脆的枪声在雪野上回荡了好久，待余音散尽，程和平兴奋地大叫一声，一歪一斜地向战利品跑去。他的眼前，已经晃动着喷香的兔肉和兰英热情的招呼了。

　　一脚踏进灌木丛，程和平觉得自己深深地陷了下去。原来这片灌木丛后面全是土坑，是困难时期南无村的人挖芦苇根挖出来的，程和平来到的这个地方，正是十几年前矮子七星捉那两条白鲢的地方。程和平仰面朝天摔倒在灌木丛中，望着一条条被震落雪后在灰蒙蒙的天空织成网的灌木，一阵不祥之感袭上心头。接着，他听到了一声微弱的呻吟，是人发出的声音。程和平刹那间浑身冰冷，他挣扎着爬起来，看到曾经借给他水烟袋抽的老会计克敏躺在一片黑红的雪上，头上的兔皮帽子被穿了个洞，冒着缕缕青烟。程和平嘟囔道："妈呀，我是在做梦吧？！"在他茫然的注视之下，老会计的面色越来越黄，最后变得金灿灿的，像刚蒸出的窝头。程和平费劲地爬到他身边，发现老头已蹬了腿，骨节粗大的手里握着一把砍刀，身边不远处是一捆荆条。程和平不甘心地摘下老会计的兔皮帽子，看到那颗干巴的光脑壳上，有一个深深的黑洞，脑袋底下，正缓缓地涌出白色的流体，在黑红的雪上冒着腾腾的热气。程和平一屁股坐到雪上，扬手把那顶逼真的兔皮帽子抛向天空，破口大骂："你妈的兔子！"

　　程和平觉得天都塌下来了，老会计可是支书金娃的亲爸，就算金娃不孝顺，那也是他亲爸啊！在雪地里躺了不知道多长时间，程和平头脑冷静下来，首先想到的是跑，到公社扒火车回城里，要不就上霍山去躲一躲，——他有一条枪和二三十发子弹，可以防身和取得食物。他站起来走了几步，又想到，我和老会计往日无冤近日无仇，相信别人不会认为我谋杀他，这只是误伤人命，顶多判几年刑，总比当逃犯和野人的日子好过吧。出于这种侥幸心理，他把老会计留在河滩上，背起那捆荆柴回到了村里。

程和平先去找双锁还枪。双锁见他面色发灰，背着一捆荆条，笑道："你娃兔子没打下，倒砍下一捆柴？来来，给我放下半捆，正没烧的哩。"程和平放下柴火，木然地说道："双锁哥，我误杀了老会计。"双锁先是愣怔了一下，然后一把攥住程和平的膀子，瞪着眼睛喊："什么呀？你再说一遍！你杀了谁啦？"

程和平说："我打死了老会计。"

双锁提着程和平喊："你怎么能弄下这怂事情哩？！"

程和平喃喃："他戴着顶兔皮帽子。"

"嗨——，"双锁放开程和平："哎呀哎呀，你怎么能弄下这怂事情哩？！"

程和平说："不关你的事，就说枪和子弹是我从你家里偷的。"

双锁咬着牙说："那顶个球事，人命关天，你打死的是金娃他爸啊，他能饶了你？！"

程和平说："我是误杀，他钻在灌木里砍柴，我把他戴的帽子看成了野兔子。"

双锁说："那也不球行，打死人就不是小事情，我得先把你捆上，送派出所去，我去跟金娃说这事，要不，金娃见了你直接就把你就崩了！"

程和平乖乖地背过手去，让他捆上。双锁端着枪在雪地里连滚带爬地叫起来两个民兵，看着他们押着程和平出了村子，转身赶紧去了支书金娃家。

天还尚早，雪又大，路上不见人走，梅子早起倒尿盆，提着裤子瞄见村街上跑过一个面粉捏成的雪人,也瞅不清是怎么回事。到了支书家,双锁喘得像个火车头,推开栅栏门,拍门叫道:"金娃哥,金娃哥你快起来!"

金娃隔着窗户问:"谁呢,这么早?"

双锁说:"我,你起来,有事哩。"

金娃问:"下雪哩,什么球事这么早来搅人的觉?"

双锁说:"你快起来,人命事。"

金娃说:"人命个球哩,你要了我的命吧。"

支书金娃披着裣子拉开门,看见双锁提着枪,笑道:"这个球娃,提个枪吓唬谁呢?"双锁说:"这是凶器,有人拿它打死了人。"金娃一下来了精神:"谁,谁打死人了?"双锁满脸懊丧地说:"金娃哥你别太着急啊,是知青程和平打兔子误伤了老会计。"金娃瞪起眼睛问:"哪个老会计?"民兵连长说:"就是我伯伯。"

"死了?"

"说是死了……"

金娃瞅着他愣了半响,劈手夺过枪来喊:"那娃在哪,我一枪毙了狗日的!"双锁拼命抱住他:"金娃哥你别着急啊,我已经派人把他押到公社派出所去了,眼下我伯伯还在河滩里,咱得赶紧给他老人家准备后事啊!"金娃"哇"一声哀号起来。

死在外面的人是野鬼,丧事不能在村里办,双锁带着人把老会计抬到打麦场。死人已经冻得硬邦邦的了。他女子银银哭得昏死过去,银娃更是哭嚎着要一枪打死程和平。噩耗很快传遍全村,梅子跑到门口大呼小叫说老会计死了,叫兰英快去看。跛子和福元都跟着跑去了,秀娟不爱凑热闹,坐在家里只觉得心惊肉跳。

兰英回来后眼睛红红的,秀娟赶紧问怎么回事,兰英铁青着脸说:"说的是和平用枪把老会计打死的,这娃这是怎么了?"秀娟问:"那和平呢?"兰英说:"绑着送到公社里了。"秀娟就定定地望着她妈不说话了。

金娃、银娃停尸不办丧事,弟兄俩跑到公社去,一心要让毙了程和平。因为案情重大,派出所把程和平押送到县公安局,两人又跟到县里去,找门子哭诉,死活要程和平的命。县公安局经过详细审问,传询了提供枪械的民兵连长双锁,收缴了枪支证据,派法医到现场进行了鉴定,认定确系误杀致人死亡,把程和平移交到县法院。法院判了程和平有期徒刑16年。

后来兰英听人讲,金娃兄弟到县里告状前,聋子妈把两个儿子叫到跟前说:"你爸属兔,今年又逢九,该着是个劫数年,人已经死球了,能给活着的人赚点什么才是正事。我看那个知青娃人才不丑,你妹子年纪也不小了,你弟兄托人问问那娃,他要愿意和银银结婚,咱就不告他了,也算一命换一命。"兄弟俩知道这是妹子银银的主意,正在气头上,就顶撞了亲妈:"你糊涂了,杀人偿命,国有国法,你寻思咱不追究了国法能饶了他啊,他照样得死,照样枪毙!"在这件事情上,兄妹之间就有了隔阂。

程和平一口咬定枪是自己从民兵连长家里偷的,法庭就没有追究双锁的法律责任。双锁回村时设法探望了程和平,问他去监狱服刑前还有什么没了的心思,程和平沉默了半天才说想见见秀娟,要是秀娟不想来,能带封她写的信也行。双锁回村后,硬着头皮来到兰英家,说了程和平的意思,秀娟低着头不说话,兰英翻了脸,冷生生地说:"他见我们女子干什么?我们和他有什么瓜葛?我见这娃恓惶,才让他经常上门,早知道他对秀娟安着心思,就不让他进门了!"双锁点着头笑,转脸问秀娟:"你能给和平写封信吗,他要在监牢里过半辈子，恓惶哩。"秀娟还没说话，兰英说："不写，我女子不识字！"

南无村最后一名知青就是这样离开的，带着他美好的爱情梦想去服刑。然而，金娃、银娃不服宣判，向中院提起上诉，被驳回维持原判，不得再提起上诉。为了讨个说法，兄弟俩给老人办过丧事，不下葬，就在自家的老院子里垒了个砖窑，把死了的亲爸丘了起来，又跑到省里去告状，还找人给中央写信，要求重新审判，枪毙杀人犯程和平。信批回省里，省里派人调查后，认为判决合理，就批示县革委会做好上访者的思想工作，安心抓革命促生产，不要扰乱社会秩序。县革委会主任给公社革委会主任打电话，公社主任把这个任务交给了工作组。工作组的老王胖墩墩，是个秃顶，逢人三分笑，不笑不说话，凡他待过的村子，男女老少都很喜欢谈论他。

老王在金娃家吃过早饭，提出去看望金娃妈。金娃很激动，觉得很有面子，腰杆很壮，领着老王到了银娃家。进了门，金娃妈正和银娃家的女子在院子里听广播，听的是刘兰芳播讲的评书《岳飞传》，婆婆子坐在屋门口的广播下，还是听不见，见金娃进了门，就说："金娃，你到水瓮里舀碗水，浇到喇叭的地线上。"金娃不耐烦地说："浇了水你也听不见！"拧着眉头去了厨房。老王把黑瘦的小女子抱起来，亲热地叫"小人儿"，圪蹴到婆婆子跟前和她说话。婆婆子耳朵聋，把手掌围在耳朵后面，嘴巴张得像城门，好像用嘴听。老王蹲在那里，把婆婆子的脸看了又看，看得婆婆子用手直在脸前扇，嘟囔着："你这个人，我一个婆婆子有什么看头！"老王就站起来，把端着空碗的金娃拉到一边，神神秘秘地说："你妈和这个小女子的印堂都发黑，家里怕是有什么不好的东西，你最好找个风水先生看看。"金娃扭头看看他妈，又看看侄女，忧心地说："我不懂这些。"老王说："我在董村驻村的时候，认得一个会看的先生，他教了我点本事，路远，今天不行了，明天你就赶紧到董村把这个人接过来看看。"金娃送走老王，回来和自己婆娘一说，婆娘就慌了。

第二天，金娃骑着"永久牌"自行车，揣了两瓶酒一条烟去了董村。

进了村，问十字路口晒暖暖的老人们打听到先生家里，进门放下烟酒，先生打量打量他说："你家老院子里有亲鬼。"金娃的头发就竖起来了，问先生："你还没去怎么能知道？"先生哼哼两声说："你脸上写着哩。你爸不是善终，到现在不能入土为安，天天黑夜到你弟兄俩家里打看，多亏你家还有个老人挡着，要不你弟兄俩肯定有一个要出事。"金娃点头像鸡啄米："对对，我妈还在哩。"先生说："多亏你妈是耳朵背，要不你爸早把她的魂叫走了。"金娃没想到先生连他妈是聋子都能算出来，连连说："先生真神，就是神！"问先生该怎么办，先生说："你来得及时，七天内你爸不下葬，你弟兄俩都有血光之灾。"金娃说："我回去就埋。"先生拿出一张黄表纸来，用毛笔在上面画了个图，交给金娃："这是你们南无村的风水图，你把你爸葬在我画圈的地方，老人家就安然了。"金娃接过来一看，先生画的那个土山正是村里的坟地，有一颗大酸枣树的地方，可不就是他家那片祖坟？金娃觉得真是遇到了神仙，后悔没有捉只老母鸡来孝敬先生，就要让先生跟他回村里吃顿饭。先生摆摆手说："你的面相上有官气，我知道你是官身子，管得起我饭，可我今天还有大事要办，你只记住我一句话，你妈在一天，你弟兄俩最好不要出村子，出了事情可别怪我话没说到。"金娃还想再问点事，先生闭上眼睛入了定。先生的婆娘就打手势示意金娃快走，金娃慌慌张张地出了门，才发现出了一身的汗，里面的衣服都贴到了肉上。

金娃回到村里找到银娃，把事情一说，弟兄俩赶紧找人打下墓穴，赶在七天内把亲爸埋了。从此金娃再不出村子，公社开会，他就叫主任代替去。公社主任不见金娃来告状了，问老王用了什么法子，老王笑眯眯地说："我能有什么法子，那是人家金娃觉悟高。"

第二卷　红　芳

第十章

  村子里的女人朴素，名字也朴素。光阴流水一般过去了，"梅、兰、竹、菊"和"叶"们渐渐熬成了婆婆，"霞、玉、芳、红"和"雪"们就从黄毛丫头出落得有模有样儿，出嫁后自然成了人家的媳妇。两辈子女人不同，修饰"梅兰竹菊"和"霞玉芳红"的前缀或后缀可都是"英、翠、灵、秀"和"香""凤、琴、萍、花"和"娟"们更是混迹于两代女人之中成为通用。
  秀娟还是不愿找婆家，眼看三十岁的老女子了，成了兰英的心病。福元结婚了，兰英也就成了婆婆，媳妇子叫红芳。红芳嫁过来只有半年，还没能生出一半个叠声叠韵的"慧慧"或"艳艳"，当然，兰英更想抱的是"刚刚"或"强强"，她不放过一切机会偷瞧媳妇子的腰身和走路的姿势，试图早日看出些端倪。但红芳自己一点儿也不急，她还没过够新媳妇的瘾，每天打扮得簇新，跟一帮差不多同时过门的新媳妇骑着自行车，像群鸟雀一样在村子里飞进飞出，赶集、洗澡、剪头发；要么就在雨天里聚在谁家的门楼下，手里织着毛活叽叽咕咕嘻嘻哈哈。兰英看不惯红芳的做派，经常在门口或村街上撇着嘴跟"梅兰竹菊"们说媳妇子的闲话："看人家今天的这些张狂，没见过，真是没见过，咱们那时候，看不被汉子家打死！""梅兰竹菊"和"叶"们就轮番声讨各家的"霞玉芳红"和"雪"们，——不过嘴上过过瘾，因为都知道儿子一准是娶了媳妇就忘了娘的，这个家要人家小两口当了，人家的光景人家过，咱们也就吃口闲饭说句闲话，闲（咸）吃萝卜淡操心罢了。

兰英对红芳有宿怨，早在过门前就看她不惯：刚相过亲，还没订婚就三天两头骑着自行车来，一来钻到福元屋里，两个人关上门半天不出来；订婚后更是天天来，今天穿件风雪衣，明天又烫了头发，说不尽的轻佻和招摇。红芳一来，兰英就反锁了大门出去串门子，邻居免不了要问："刚才门口飞过去的是你家没过门的媳妇子吧？"兰英就"扑哧"笑了，眼珠翻到眼角去，做出厌恶的表情来，从牙缝里说："呼扇扇，呼扇扇，一天扇一趟，她不脸红，我都觉得没法子见人！"口气恶狠狠的，脸上却藏不住的笑意，可见并不是怎样深恶痛绝，似乎还有些对儿子魅力的炫耀。坐在邻居院子里一张嘴说着闲话，两只耳朵却支棱着捕捉自家院子里的动静，一听见那边清脆地喊一声："姨——，我走呀！"赶紧答应着小跑去开门。邻居分明听见她用亲热到轻佻的语调说："娃你走呀，路上慢点，让福元送送你，明天再来啊，姨给你包饺子。"

福元骑着自行车带着红芳从邻居门口一闪而过，兰英又从门口进来了，笑得弯下腰来，爆发出几声响亮的"哈哈"，又赶紧捂住嘴，冲审视着她的邻居翻翻白眼，小声说："有什么办法呢，还得装瞎子，装聋子，装孙子！将来落到人家手里，怕不好过哦！"

邻居理解地笑着附和道:"对着哩,该管的管,不该管的别管,睁只眼闭只眼,社会不同了,谁家都一样。"邻居所谓的"社会不同了"是拿封建礼教与现在的新社会比,"谁家都一样"是个省略句,补充完整就是"现在谁家的女子和媳妇子都一样的开放。"兰英就满足了,说:"和我家秀娟那样本分的你说还有吗?没有了,没有啦!都是些张里张狂的,家里装不下!"再说笑几句,就说回家做饭了。笑脸告辞,一背过身,马上晴转多云,情知人家暗暗看她的笑话呢,在说她女子嫁不出去、媳妇子张里张狂的呢,心里就恨恨的,恨邻居,恨红芳,更恨秀娟。

红芳五月端午前过的门,九九重阳了还是那么苗条,前后嫁过来的媳妇子们都显怀了,兰英就有些沉不住气了。做婆婆的却不能问到媳妇子的脸上去,就在背后试探着问儿子:"福元,那什么你们还不要啊?"

福元正给小四轮拖拉机加水,端着脸盆反问:"要什么呢?"

"你说要什么,你们结婚都快一年了,红芳还不见动静么?"

福元无声地笑了,没有回答。少时顽劣的福元,现在已经成了个略显笨拙的庄稼汉,身胚子活脱脱就是当年的土匪长盛,除了脾气暴躁,为人处事却越来越像了跛子,正应了那句老话:生的不像养得像。

"那,你们是不是采取'措施'了?"兰英说出个从电视上学来的新词,打量着人高马大的崽子,想从他脸上读出秘密。

"什么措施?"福元还在笑。

"什么措施!不愿要娃娃啊,真不知道你们一对儿脑子里装的什么!"

福元没有看自己的妈,忙活着说:"还采取什么措施,要怀早怀上了。"

"没采取措施？快一年了还没影儿？"兰英的脸色凝重了，眼神更加深入地研究着儿子。

"什么快一年了！我们什么时候订婚的？！"福元的语气有些不屑。

兰英小心翼翼地问道："这么说，你们早就……"

福元更加不屑了，哼一声说："你装什么糊涂！"

兰英突然被剔去了骨头，嗫嚅道："那就不是一年半载了，看来红芳真有问题，——这样的事怎么就让我们家碰上了？"埋怨道："都是你们以前胡来弄的，该怀的时候怀不上了。"

福元火了："那你怨谁，你早干什么来？她每回来门还不是你反锁的？"

兰英没话了，悄悄翻崽子一个白眼，压低了声音说："你赶快带红芳去医院看看啊，有问题早早治，我就你一个儿，咱耽搁不起。"

福元说："她不想去，我有什么办法？"

"你说什么？"兰英终于翻了亲妈的脸，教训起来："你说这话也不怕把先人丢干净，还没怎么呢就怕媳妇子怕成这样，这个家还轮不上她当尖呢！早知道你这么没用，当初不如在尿盆子里溺死你个死娃娃！真没有种，不像个带把儿的说的话！你今天句句话听她的，明天就把我和你爸撵出家门算了，我看我们也没什么指望，没什么活路了！"

福元脾气暴躁，可是个孝子，从小被他妈打骂怕了，兰英真发了火，他就乱了方寸，站起来满脸委屈地说："过几天不行吗，我这几天忙着跑车，白天哪里有时间啊。"

兰英翻儿子一眼，满意地笑了："我是心疼你呢，你不能让红芳压住，媳妇子都是属核桃的，要经常敲打敲打，看你把她惯成什么样子了，传出去不怕让人家笑话！"兰英在儿子跟前从不添媳妇的好话，像所有的"梅兰竹菊"和"霞玉芳红"们一样，天生是冤家，能不摆婆婆的架子，通过儿子调教媳妇，已经很明智，很能适应这个时代了。

红芳也知道婆婆常在福元和外人面前编派自己，但她是个没多少心计的人，不会记人的仇，有人翻话给她说你婆婆怎么怎么说你的不是，当下听了生气，一路走回去就想开了，觉得没必要计较，看到婆婆也恨不起来，依然热热脆脆地喊："妈，我回来了！"兰英也笑脸相迎："回来啦，快洗脸吃饭。"红芳兴冲冲地从她身边走过，兰英扭头剜她的背影一眼，心里咬牙切齿："唉，看你那少心没肺的样子，早知道让我娃打光棍儿也不要你！"

吃饭的时候，兰英丢给福元个眼色，福元假装没看见，只顾扒饭。兰英剜崽子一眼，只得自己开口："红芳，我听说彩霞也有了，你到她家去了没有？"红芳正在跟秀娟讨论昨天晚上的电视连续剧《水浒传》，听见问她，兴高采烈地回答："去了，彩霞也怀上快三个月了。嘿嘿，我们前后结婚的差不多都怀上了，就我没动静。"兰英心里骂道，真是个没心肝的货，也不把话在肚子里想想就往出冒泡儿，脸上依然带着笑说："是吗？都有啦。哎呀，怪不得她婆凤仙见了我总问什么时候抱孙子，还不知道能不能生下个带把的，就这么显摆。"红芳劝道："妈，你别理她，她就是那么个世上装不下的人，爱妆晃，彩霞一点都见不得她，还不知道将来让不让她照看娃娃呢。"兰英见红芳还是理解不了她的意思，急得鼻子里冒青烟，知道她是个鹅肠子，听不懂弯弯话，索性直说了："人家都怀上了，我看你和福元也不着急。"红芳这回听明白了，但也只明白了表面的意思，羞红了脸，笑起来，看看福元说："急有什么用，怀不上干着急。"兰英到底松了口气："怀不上就是有问题，掏空儿你和福元去城里看看，迟看不如早看。"红芳却说："也不用太急，还是先把光景过好，光景比不过别人，有了娃也是个累。"兰英一口饭没咽利索，差点噎住，红芳的真心话无可指责，却让她气饱了肚子，脸跟松花蛋一样黑里透着青，不咸不淡地说："看你说的，你不过门前我们还要不过日子了呢！"红芳像个小女孩一样撒娇地说："妈呀，你可不敢这么说，我哪里有那么大的本事！"兰英仿佛一头摔到棉花垛上，疼也不疼，把自己给栽晕了，简直要七窍生烟，怒目望向坐在对面的老汉七星——自打摔断腿，二十多年来矮子七星就被喊成了跛子七星，——七星干瘪的小脸儿上两个水泡眼笑眯眯的，正把饭吃得津津有味。兰英气不打一处来，"啪"地把筷子架在碗上，指着老汉骂："你这个死人，就知道吃吃吃，吃死你个绝户！"老汉惊恐地端着碗站起来说："不关我的事，我什么也不管，我管不了。"拖着一条残腿一跛一跛地躲开去了。

兰英没有了出气筒，干瞪着面前的空碗发怔，秀娟把半碗饭搁到桌子上，抱怨道："看你们可笑不可笑，人家要不要娃娃是人家的事，你急什么啊妈！"她嘴上说可笑，眼里却闪着泪花。兰英盯着空空的饭碗说："我急得断子绝孙呢！"忽地站起身，直撅撅地走出大门去了。院子里的人大眼瞪着小眼，又听她在门口笑着跟别人搭话，声音却像平日一样欢快响亮。

那棵梨树已经很粗壮，这时节正开着雪白色的花，如满树飞舞的蛱蝶。有一片儿花瓣被兰英的笑声震落，飘飘悠悠落到秀娟的碗里，她也没看见。

老汉这才回到饭桌上，低声宣布："你妈就不是个人！"语气表达着他长达几十年的无奈、压抑、畏惧和仇恨，还有对媳妇子的安慰。红芳终于明白过来了，望着福元，脸上挂着尴尬，眼神内疚而不安。福元皱着眉头说："麻球烦，连顿饭都吃不安然！"搁下碗，抹抹嘴去茅房了。红芳和秀娟一起收拾了碗筷，摞起来拿到厨房去洗。红芳心里藏不住事，洗涮着问秀娟："姐，咱妈放着清福不享，非要看娃娃干啥？"秀娟手上不停，面无表情地说："我不管你们的事，你和福元商量吧。"红芳碰了个软钉子，再也找不到话说。

兰英气火火地出了大门，跟个过路邻居说笑了两句，气儿消了些，寻思往哪里去坐坐，想起后天是她爹的散岁生日，要打寿糕，就往巷子口上的梅子家去借寿糕模子。

梅子家大门敞着，堂屋门也敞着，却寻不见个人毛儿，兰英叫了两声梅子，听不见答应，就从屋里出来，走到梅子婆婆金菊住的厢房。厢房挂着碎布头拼成的门帘儿，兰英刚要撩开门帘喊婶子，听见金菊在里面念念叨叨，声音怪怪的，阴森森的，便收住脚，把门帘扒开个缝儿往里瞧，只看一眼吓得心揪得紧紧的。只见八十多岁的婆婆子跪在灶台前，一颗蓬草般的白头正给灶神爷磕得"嗵嗵"响，嗓音粗哑地念叨道："灶爷爷啊，快点把我收了吧，我活了八十多岁，也活腻了，我一辈子舍不得吃舍不得穿，为把儿女拉扯大，受的不是罪啊，灶爷爷！现在儿女过得好啦，孙子也娶媳妇啦，老汉早早死球了，我也老得没用啦，成了拖累啦，灶爷爷！儿孙一家子热热火火，我成了多余的，让人家看见眼窝里长刺呢，你老人家行行好，把我收了吧，灶爷爷！活着白吃人家、白喝人家，被媳妇子骂到脸上，不如死了舒坦啊！"

兰英听得背上直冒冷气，拔腿想走，转念又撩起门帘冲进去，声音打颤说："婶子，你这是干什么呀，儿好女好的！"把婆婆子搀起来，扶到跟灶台相连的炕上去。婆婆子坐稳当了，拿鸡爪似的枯手擦脸上的老泪，额头上沾满了灰土，三分像人，七分像鬼。兰英手忙脚乱地拽过条毛巾在脸盆里摆湿了，帮她把脸上的灰土和鼻涕眼泪擦干净，倒了碗热水给她喝，心里依然不能平静，失声问道："婶子，你这是为了什么？"婆婆子像个小女娃一样赌着气说："还有什么，媳妇子厉害么！"兰英劝道："人家梅子不是对你挺好么，你有吃有喝的，少说几句就没事了。"婆婆子慢慢抬起头来，用青色的眼珠怨怒地盯了兰英一眼，兰英觉得那眼光像一把刀子，冷冷地插进了自己心里，禁不住打了个寒战。婆婆子面色平静，用粗哑的嗓音慢条斯理地说："还不都是为了你呀，为了你年轻时做下的那些事！"兰英的脸腾地红了，像点着了一把麦秸一样烧灼，不知所措地望着老得脱了人形的金菊。婆婆子反倒用枯瘦的手拉住她，安慰道："福元妈，你别害怕，早百十年的事了，梅子也是听外人传的，她不是很清楚；我能告诉她吗？"兰英有些怒了，手被婆婆子抓得生痛，感觉像鹰爪下的兔子，问道："那你怎么说是为了我呢？"婆婆子说："她不知道听谁说当年你和长盛那土匪在我炕上睡的，我还给你们坐在门口看人，冲冲地回来骂我是老不要脸，是下贱的王婆子，让儿女跟上没脸出去见人；福元妈，你说，她当媳妇子的骂我先造孽，还叫我王婆子，我娘家姓高，夫家姓梁，她凭什么给我改姓，叫我王婆子，我是姓王的生的吗？"

兰英这些天也在看电视连续剧《水浒传》，知道梅子把老金菊比成给西门庆和潘金莲拉皮条的王婆，心里觉得还真是那么回事，想笑，却哭了出来。婆婆子不看她，浑浊的眼珠盯着灶台碗柜上的灶神画像说："福元妈你别哭，我求灶爷爷早早把我收走，就没人知道你的事啦。"兰英撩起衣襟擦擦眼角，红着眼对婆婆子说："婶子，你也别想死，我不怕，敢做我就敢担着，谁要敢翻闲话捣鬼话，我先让福元把她的嘴扯了！"完了也没忘向婆婆子打听梅子的寿糕模子在哪里放着，拿上走了。婆婆子还和她聊了几句她爹过寿的事情。

从梅子家出来，兰英夹着寿糕模子往回走，摸摸脸，还有些烫，像当年从婆婆子的炕上跑出来一样，脚步匆忙，怕被人瞧出有什么不对劲。偏村街上拐过来一个高大的男人，宽阔的脸膛，梳着背头，戴着一副玳瑁眼镜，两鬓斑白，穿着打扮像个大学教授，眉宇间却没有读书人的文气，透露着他农民的粗糙本质。兰英转眼瞥见，不由得叫一声苦："说曹操曹操到，真是冤家路窄！"抽身急步往家赶，脚步轻飘趔趄。那人赶上两步，问："兰英，咱快有孙子了吧？"兰英扭头一口唾沫吐到地上："呸！真是出门撞见鬼！"那人也不恼，笑嘻嘻地跟着她直到家门口，兰英软下来，低声求饶："冤家，你饶了我，让媳妇子看见我就没脸活了，得上吊！"那人赶紧摆手："行行行，我马上走，你告诉我媳妇子怀上了吗？"兰英说："要绝户了！"那人提高嗓音说："这怎么行，我就说串门，跟你进去看看怎么回事。"兰英恨声道："你走不走？！"那人故意耍赖道："你先进去，我后头进行不行？"兰英眼珠子要瞪出来了，咬牙切齿道："好，我进去让福元提把菜刀出来，把你个狗头劈了！"那人也急了，恳切道："福元妈，他怎么能劈我，我是他……"兰英抡起寿糕模子作势打过去，那人闪身躲过，悻悻地离去了。

兰英左看右看，巷子里连条狗也没有，闪身进了自家院子里。

回到家，不见福元和红芳，秀娟坐在梨树树荫下织毛活，头上落着两片花瓣。兰英把寿糕模子放到厨房里，惊魂甫定，从窗户里探出头来问女儿："那两个呢？"秀娟专心着手里的活儿，不抬头说："红芳拽着福元去城里了。"兰英眼睛一亮，心里终究不是很踏实，问："去城里干什么？"秀娟随口说："看病"。

"看什么病？"兰英追出来站在女儿面前，俯视着她。秀娟不耐烦地说："你说什么病！"兰英看见女儿在冷笑，心头却乐开了花："早该看去了，女人有不生娃的吗？"秀娟冷哼了一声，兰英的脸上又聚积起了乌云，终于骂道："你织什么毛衣呢，你给哪个男人织毛衣呢，你就会给你自己织，织了死的时候好穿！我把你个独户！"秀娟不动声色，仿佛是个聋子。兰英站在她面前气得浑身发抖，扭头瞥见屋门口探出一只核桃般干瘪瘦小的脑壳，闪了一下，像只受惊的老鼠消失了。

第十一章

同为"霞玉芳红",闺女和媳妇子在"梅兰竹菊"们心目中的地位是不同的。八十多岁的老妪金菊,儿媳妇梅子也当上婆婆了,还每天坐在巷子口的阳窝里跟一帮老汉汉和婆婆子编派闺女和媳妇子的是非,闺女十天半月来看她一次也是好的,媳妇一天三顿端上也不觉心里妥帖。婆婆子敞着怀,干瘪的奶袋像漏完气的猪尿脬贴在胸前,手里握着拐棍在地下划拉,说起闺女的好,说一项轻轻画一个小圆圈,排列整齐,像算盘珠子——心里有数;说起媳妇子的歹,拿拐棍狠狠地在地上戳,戳出一片小坑来,满地白麻子。闺女和媳妇在妈或婆那里变得可圈可点,泾渭分明地图解在大地上。

闺女秀娟是妈妈兰英的心头肉,也是兰英心上的一块疮,脸上的一条疤。秀娟是福元的姐姐,就是红芳的大姑子。小姑子厉害,厉害在任性,仗着自己年纪小就可以不讲理,只知道一味地跟妈站在一起对付哥嫂；大姑子不同，大姑子厉害，厉害的要做家里的主，妈还得听她的，弟弟、弟媳更得听她的。大姑子比小姑子还要难对付。当初媒人提亲的时候，红芳妈一听那边还有个大姑子没出嫁，头摇得像拨浪鼓。还是红芳自己打听到这位大姑子性格虽然孤僻，人却比绵羊还善，只是不知道为什么，打定了主意一辈子不嫁，要老在家里真的当"姑子"。红芳妈听了撇撇嘴说："人善就好，只是哪能不出嫁呢，女女子家家的，迟早要嫁的。"

　　红芳过门后，也见过两次媒人来给秀娟说婆家，秀娟在院子里来来去去，又晒棉花又摘花生，该干啥干啥，就像没看见，问她句话，像把牛毛扔到井里，连个回音都没有。媒人走后，兰英把秀娟拖拽到屋里，红芳只听见笤帚把子打在肉上的声音，却听不见秀娟哼哼一声。红芳吓得大气不敢出，良久，才听见兰英一个人的哭声，哭她造了孽，还是听不见秀娟的声音。第二天，秀娟走路就有点跛，兰英会做些偏饭给她吃，红芳注意到母女俩该说啥说啥，像是什么都没发生过。

　　常有人悄悄向红芳打听秀娟的究竟，红芳眨巴眨巴眼睛说："我真的不知道，不骗你，一点也不知道。"这话听来像哄鬼，却是真的。

　　后来红芳在枕头上悄悄问过福元，福元说："我姐胆子小，不敢结婚。"再问多了，福元也不知道，只说记得十年前，媒人来给秀娟提亲，秀娟把屋门关得紧紧的，怎么叫也不开，逼急了就披头散发地破门而出，挥着鞋底子追打媒人，后来就很少有媒人敢上门了。福元说他妈为了劝秀娟出嫁，把能请来说话的亲戚长辈都请遍了，还请过神汉在秀娟房里作法驱赶狐狸精，最后都白忙活了。秀娟和父母谈判过一次，说只要不让她出嫁，愿意在家里当牛做马，伺候父母一辈子。兰英当时哭道："我有儿有靠的，靠你啊！你要真的一辈子不出门，我死了都不让你披麻戴孝！"跛子老汉只是垂泪，没有一句话说。

红芳听了眨巴眨巴眼睛问："哎，你说咱姐会不会心里有人？"福元也眨巴眨巴眼睛说："不会吧，我记得我小时候，磨坊院里住着一个知青，叫程和平，和我处得好，和我们一家也挺惯，他给咱姐写过信，咱姐也没给他回。"红芳眼睛一亮："后来呢？""后来，"福元努力回忆着，"那人打兔子把银娃爸打死了，判了刑，不知道现在出来没有。"红芳问："就是和咱家不说话的那个银娃吧？"福元不耐烦地"嗯嗯"着转过身去："睡吧睡吧，早八百年的事情了！"红芳不甘心地摇着男人的膀子问："哎、哎，你说他们俩会不会偷偷地好过，咱姐一直在等这个人？"福元骂道："神经！"

没人把事情往秀娟小时候想，很多年连兰英也没转过这个弯来。红芳过门后，除了那两次媒人上门，再听不到兰英和秀娟母女讨论这件事情。每次回到娘家，红芳妈都要问："你大姑子说下婆家没有？我倒有一家合适的，想说给她。"红芳都要呛一句："跟你说过多少遍了，别操这份心了，你就是不听，真是闲吃萝卜淡操心，皇帝不急太监急！"听红芳说了秀娟打媒人的事，婆婆子就吸着凉气瞎猜："莫非是个石女子？要真是，这女子的命太苦了。"红芳说："现在石女也能动手术治好了，人家不想嫁就是不稀罕男人，这世界上还能没尼姑了？"她妈说："你套套她的话，看能不能套出个道道儿来？"红芳跳了起来："我可不敢，让福元妈知道了非扒我的皮！"她妈皱皱眉："你婆就那么厉害？"红芳说："就是，听人说我公公的腿就是被她打断的！"她妈就笑了："死女子，就是嘴不好！"

红芳虽然没心机，一肚子的问号，却小心翼翼不敢在兰英面前提秀娟的婚事，更不敢问秀娟本人。

论长相，秀娟比红芳排场多了，个头也高，皮肤也白，只是从来不打扮自己，说话做事像个男人。秀娟从来也不去镇上的理发店，头发乱了都是兰英给她披个围裙剪剪，何况现在又来了红芳。有一回红芳帮她剪头发，拔了好几根白头发，秀娟也没问一声。红芳无心地在近处看了看秀娟的脸，发现她的眼角已经有了很多细细的纹路。

晚上红芳就偷偷问福元："咱姐属什么的？"

福元问："问这干啥？"

红芳说："没事，就问问。"

福元想了半天说："我记得她比我大六岁，小时候都说她属狗的，可是咱妈后来一直跟人说她属虎，我也搞不清了。"

红芳心算了一下，属狗的比福元大六岁，今年三十四了，属虎的话正好三十岁，哎呀，不管怎么算秀娟都有三十没二十了，想嫁也不容易嫁出去了，毕竟都是女人，红芳忍不住叹了口气，心里挺不是个滋味。

福元问："怎么了？"红芳不吭气，福元就往她身上爬，红芳抱怨道："你干什么！"福元说："你说干什么？"接着干他该干的，正忙活，红芳突然说："傻子，你看看咱姐的身份证不就知道她属啥的了？"福元不满地说："操你的正经心吧，她还不知道有没有身份证！"红芳"哦"了一声，闭上了眼睛，专心地配合福元。

第二天看到秀娟，红芳不由得要可怜她，想对她好些。可是又觉得她不应该赖在这个家里不走，就算什么都干，也觉得碍手碍脚的，就有了分家另灶的想法。只是不敢说出来，兰英敢把公公的腿打折，就敢把自己的腿打折，公公经常挂在嘴上的一句话是："你妈就不是个人！"

　　薄暮低垂，此起彼伏的呼儿唤女后，村子归入晚炊的安详。鸡都回窝上架了，福元和红芳才从城里回来，兰英和跛子坐在院子里等了一下午，兰英不知把那一对儿骂了千万遍，老汉只是喝茶、赔上几个谨慎的笑脸。

　　那一对儿一进门，兰英就站起来去了厨房，把灶里的火捅开，火光冲破编织得还不太严密的黑暗，在她沉郁的脸上跳跃。老汉在跟儿子和媳妇打招呼："回来啦？能早回就早回，别让我和你妈操心。"红芳亮着嗓子回答："啊，爸，现在回来不错了，医院今天人真多，光排队就排了一两个钟头！"兰英突然呵斥道："说话不能低点声，怕别人听不见？！"红芳吐吐舌头，进了厨房，掏出药来让兰英看。兰英缓和了脸色说："我又不识字，这些药是治什么的？你有问题吗？"红芳低声说："妈，我有点盆腔炎，这都是消炎的药。"兰英翻媳妇子一眼说："叫你看不怀娃娃的病哩，你消炎干什么？"红芳嘻嘻笑了："就是因为有盆腔炎才怀不上娃，必须消炎。"兰英睁大了眼睛问："是吗？你怎么会有盆腔炎？"红芳不好意思地说："都是福元平时不注意卫生！"兰英就笑了，神秘地问："能治好吗？"红芳说："能，得半年吧。"兰英下决心似的说："半年就半年，你也和福元说说，叫他睡觉前洗一洗。"婆媳俩都悄悄笑了，两张脸在火光映照下显得很生动，一种红黄变幻的暖色调。

　　福元进来了，说："怎么不开灯？""啪"地打开了灯说："给我舀点热水洗洗脸。"明亮的灯光下，婆媳俩听见个"洗"字，又"咕咕"笑了一顿。福元跟着也笑了，问："你俩神经了？"兰英斜着崽子嗔道："怎么跟你妈说话呢！"

第二卷 红 芳

　　吃晚饭时，电视里插播广告，那对在婚礼录像里唱主题歌的歌星夫妻在电视里用好听的嗓音说："洗洗更健康！"婆媳俩对视一眼，又笑，福元看她们一眼，不知究竟，也跟上笑。红芳白他一眼说："傻样子！你笑什么，好好看看这广告吧！"福元不屑地说："广告有什么看头儿？都是骗人哩！"

　　兰英和老汉七星的房里，是两张单人床，都靠着墙，中间是过道，原本两张床是合在一起当双人床用的，七星自从过了六十大寿，就管不住自己的肛门，睡梦中会遗失，兰英嫌他脏，把两张床拉开了。老汉认定这辈子都上不了兰英的床了，晚饭后一个人在院子里喝茶，蹲了好几趟茅坑，估计夜里不会出什么问题了，就拖拖拉拉回到房里。

　　兰英破天荒地没睡，坐在那里嗑瓜子，见他进来就低声说："你也端盆水洗洗。"老汉愕然道："我洗过了。"兰英不耐烦地说："你洗过什么了？"老汉问："你让我洗什么？"兰英吐出两片瓜子皮，突然斜睨着他笑道："洗你的老鼠尾巴！"满以为老汉会受宠若惊，屁颠屁颠地去，老汉却来了个倔脾气，小眼睛瞪得老大，两撇干黄的胡须一翘一翘地教训道："你以为你还年轻呀！"兰英热脸贴了个冷屁股，又羞又气，扑到一个针线笸箩上在里面乱翻。老汉惊疑地问道："你找什么呢？"兰英已找出一把王麻子剪刀，举在手里恨恨地说："我把你那个老鼠尾巴剪了！"老汉大惊失色，异常灵活地夺门而出，抱头鼠窜。

　　兰英直追出去，非要出这口恶气。院门已经锁上，老汉无路可逃，只好绕着院子边跑边回头，兰英手里的剪刀在月光下寒光闪闪，老两口在院子里兜圈子，玩猫鼠游戏，闷着声，不让儿女听见。亏得兰英是"解放脚"，才没追上可怜的跛子。老汉急中生智，两手抱起残腿，攀上鸡窝，灵巧地翻墙逃到邻居家去了。兰英不会翻墙，踩在鸡窝上冲墙那边得意忘形的老汉恨声道："你就在人家院子里站一夜吧。"从鸡窝上下来，边走边偷笑，回去把屋门插上了，绝了老汉回来的路。

跛子也没胆回来，又怕弄出动静让人当贼抓了，就摸到邻居家的牛屋里，蜷缩在草料堆上睡了一夜。

熬到天放亮，邻居开了大门，来给牛添草料，发现跛子老汉正站在槽头拿根棍子给牛拌草呢，惊讶地问："七星哥，你来得这么早？"跛子说："人老了觉少，见你开了门，帮你来喂喂牛。"邻居正惊疑，老婆从屋里出来，边梳头边说："好我的七星哥哩，马不吃夜草不肥，牛也要半夜里喂呀？"跛子脸上挂不住，赶紧说："回呀回呀。"逃出来，听见人家两口子在背后"哧哧"笑。

进了自家大门，媳妇红芳正在扫院子，笑着问："爸，刚才听你在隔壁说话，这么早起来干啥呀！"跛子昂起小脑袋，正经八百地说："我去河边跑步了。"媳妇赞赏道："爸，你也跟上城里人学着锻炼了！"老汉瞥见兰英正在厨房的窗户里偷偷笑，提着心放到了肚里，说声："跑累了，早饭我不吃了。"钻回屋里补觉去了。

第十二章

红芳说消炎半年就能怀孕,兰英就记住了这个日子。

只要有了准日子,日月就跑得飞快,转眼就是来年的春二三月。

这半年,兰英把红芳当亲闺女待,吃好的喝好的,重活脏活都分派给秀娟干,一心要媳妇子赶紧消了炎怀娃娃。

红芳竟然养胖了,兰英看着媳妇子臃肿的腰身就有些嘀咕:"鸡肥了油大,下蛋少,别再怀不上,这半年辛苦可就瞎费了。"每天吃过晚饭,就催着小两口去歇着,指望红芳能早点吐酸水儿。可是红芳迟迟不吐酸水儿,还在家里坐不住了,要跟上福元去跑运输。红芳说:"你雇别人装车还得开份工钱,现在地里没活儿,我闲着也是闲着,跟上你把咱自己那份钱挣了多好。"福元是个能吃苦、过日子节俭的人,就动了心。红芳又说:"这样咱俩天天能在一起,你胃不好,我招呼你吃热的喝热的,也放心。"福元贪图这份恩爱和柔情,就答应了。回头跟兰英说,当妈的一听就拉下了脸,刻薄道:"成天的在一起叽叽咕咕还不够,非要绑到一块儿去!你两口子穿着一条裤子我也不管,能给我下个蛋出来才是本事!"那一对儿却不恼,背过脸去笑。

吃过饭红芳偷偷坐到福元的小四轮上走了。兰英找不见人影,就把跛子骂了个狗血喷头,骂完跛子骂秀娟,秀娟受惯了,也不恼,骑上自行车去自己的责任田躲清静去了。

红芳第一天跟上福元拉焦炭,累得骨头架子都散了,黑尘满脸看不见个眉眼。两口子回到家,一看兰英的脸比他们还黑,红芳有理也不由短三分,洗干净了就去做饭。秀娟说:"你歇着吧,累了一天了,饭我来做。"兰英跷着二郎腿坐在门口嗑瓜子,高声说:"秀娟,你梅子婶孙子后天周岁,你替我过去帮个忙。"秀娟说:"后天的事情今天去干啥?明天再去也不迟。"兰英就骂道:"懒死你个死女子,你孤家寡人,我们还要处人哩!明天都去帮忙了,能显出个你来?你不是想在人多处给我丢丑吧?"秀娟就眼泪花花地去了,红芳只得打起精神来烧水做饭。福元两边为难,受夹板气,帮忙也不是,不帮也不是。

饭做好了,菜端上桌子,红芳叫:"妈,爸,吃饭吧。"跛子过来了,兰英像没听见,福元又叫了一回,兰英才坐过来,吃了一口菜,扭脸吐到了地上:"呸呸,不知道我不能吃太咸的吗?不想让我吃饭,明说!"起来回屋躺着去了。红芳一口馍含在嘴里,盯着福元看,福元用嘴角努努屋门,红芳就起来进到屋里说:"妈,我不会炒菜,盐放多了,你爱吃什么,我再给你炒一个吧。"兰英面朝里躺着,阴阳怪气地说:"承受不起,反正要当绝户,早饿死早托生!"红芳一句话说不出来,扭身也回到了自己屋里,边走边抹泪。

福元正端着碗喝米汤,听见里面说的话,扬手把碗摔在地上,吼道:"这日子不过了!"自己先哽咽起来,站起来蹲到台阶上抹泪。跛子不说话,只是咬牙切齿地摇着头。院子里悄无声息,那棵梨树影影绰绰地站着,像一把倒立的大扫帚。

第二天小夫妻早早去出车了。晚上回来兰英照旧拉着脸,指桑骂槐,指鸡骂狗,一家人都躲得她远远的。

红芳跟着福元累死累活半个多月,没有一天晚饭吃到地方,一个没心没肝的人也把脑筋伤透了。这天早上,两口子正忙活着给小四轮加水,准备出车。兰英逼着跛子捉住一只老母鸡要杀,把母鸡踢了一脚又一脚,嘴里骂:"叫你不下蛋,叫你不下蛋,吃得肥肥壮壮,光招公鸡踩,踩不出个屁来,我要是你啊,早飞进茅坑淹死了。"红芳刚开始还笑,渐渐笑容僵到脸上,终于忍无可忍了,把手里的脸盆扔到地上,怒视着福元叫道:"福元!"福元抬头吓了一跳,从没见过红芳这个样子,脸都变成了猪肝颜色。红芳接着又叫起来:"福元,分家!你要不分家咱们就离婚!"声嘶力竭,把全身的力气都用上了。福元还没反应过来,兰英举着杀鸡的菜刀冲了过来,把菜刀往他手里塞:"好儿,好儿!你娶的好媳妇,你要分家行,先拿刀把我和你爸剁了再说!"

福元血红着眼睛,看看媳妇,又看看亲妈,吼道:"干什么啊你们!"红芳也哭起来喊道:"福元,你别装糊涂,你没听见你妈怎么骂我?我算不了个人,可也受不了这气了,你今天就跟她分家,不分家就离婚,你和你妈一起过活!"兰英一把抓住福元的胳膊,指着红芳说:"听听,听听,这就是你的好媳妇子,说的什么屁话!"她冷笑着望着崽子说:"福元,打!把她的嘴给我扯烂了,今天你不打这个娘娘,你就不是我生的,你就不是带把儿的,你就不是男人,你就辱没先人!"福元的身体剧烈地抖,他强忍着心中的怒气，命令红芳："你给咱妈说句好话，她骂鸡哩你又不是鸡。听到没有，给咱妈说句好话！"红芳冷冷看他一眼，转身往屋里走，福元"嗷——"一声蹿过去，把她拉倒在地上，按在地上就抽了几个耳光。红芳没命地哭叫起来，又抓又咬，两口子在地下滚作一团。兰英在一边跳脚骂："打，给我往死里打，打死我再给你娶个十八的！"火上浇油，福元失去了理智，干脆站起来拿脚踢，红芳鬼叫着在地上翻滚，像一条被蚂蚁咬住的虫子。

秀娟尖叫着扑过来拉弟弟，可她怎能拗过福元，福元一甩胳膊，她就倒在一边。秀娟马上又挣扎着爬起来，披头散发去救红芳，叫着："福元，福元你死呀！"

谁也不知道，老跛子七星什么时候举着一把铁锹绕到儿子背后，锹头带着风声拍下来，在福元背上响亮地发出了一声"啪"。福元猛地定住了，剧痛让他清醒过来，眼神空洞愣在那里，不知道发生了什么。红芳趁机爬起来，嘶叫一声："我不活了！"一头撞向福元的肚子。福元措手不及，倒退几步，坐在地上，依然像个木头人，不吭不哈。秀娟忙把红芳抱住，往屋里拉，红芳一味哭叫着要死，声音吞吞咽咽，不似人声。

兰英早冲向了跛子，劈手夺过了铁锹，向他头上抡去。跛子的威风早被风吹走了，高叫："杀人啊！"身形趔趄向大门逃去。兰英一锹拍空，把锹把拍折了，抡着半截棍子追出来，恰好被闻声赶来的邻居们拦住，夺走了凶器。兰英跳脚大骂："把你个没种的跛子，为了一个媳妇子拿锹要我儿子的命。你凭什么要他的命，实话告诉你，他就不是你的种！看你那怂样子，像个有种的吗？！"

清晨的阳光把前排房子屋檐蓝色的阴影投在巷子里，长长的一条巷子半明半暗，看热闹的从两头涌进来，几个婆娘大呼小叫地冲过来劝架，脸上的表情半是惊慌半是沉静——惊慌的是有人打架，沉静的是打架的是别人。

跛子逃离了险境，回头也一跳一跳地骂："你当老子不知道你那些丑事啊，老子不计较，你爱跟谁睡跟谁睡去，跟驴跟马睡去也没人管，×在你身上长着，睡烂了也是你的！"兰英听了，"啊——"地哭了一声，晕了过去。众人赶紧把她抬进屋里去，又掐人中又灌姜汤，好容易才醒过来，黑青的脸色转成黄白，慢慢有了血色。跛子依旧不敢近前，在屋门口探头探脑。少顷，听到兰英的哭声，才又溜了出去。

东头的屋里躺一个，西头的屋里躺一个。福元赌气哪个也不管，一个人跑车去了。跛子照顾东头的兰英，秀娟照顾西头的红芳。兰英不再想杀跛子，哄着他好好照顾自己，要等病好了再算账。

跛子埋怨道："你再生气，也不该说出那样的话，叫福元听了多难受。"

兰英说："你怕他不认你这个爸？去认驴认马当老子？"

跛子道："跟你好好说不成个话，他从娘胎出来就叫我爸，我怕他不认？我是怕他有一天问到我脸上，看你怎么说。"

兰英闭上眼睛，她确实有些后悔，真要是让儿子知道了身世，恶了她，她真就没心思再活了。兰英发现，儿子从小被自己骂到大，其实自己从心里一直最在乎他。

福元到底没有问他妈，做儿子的怎么开口问他妈跟谁生了他？只是变得少说话，脾气更暴躁，动不动摔东西。兰英骂他，他再也不当回事了。

红芳躺了些日子，身上不疼了就自己下床了，看开了，也不再跟上福元去跑车，也不下地劳动，成天走东家串西家拉闲话打发时光，一副豁出去的样子。这天在巷子口梅子家闲扯，跟梅子儿媳妇说起在家里受气的事儿，哭得鼻涕一把泪一把，那媳妇也抱着娃娃帮着她骂婆婆，所谓同病相怜，捎带也说了自己婆婆梅子不少坏话。忽然眼睛一亮问红芳："你知道你婆婆年轻时候那些事吗？"红芳使劲地擤着鼻涕，勉强把眼泪擦干问："不知道，什么事？"那媳妇大惊小怪道："你不知道啊？也难怪，灯下黑么。"做出一副神秘的表情说："我也是听娃他奶奶说的，给你说了，你回去可不敢跟福元说，更不能让兰英婶子看出来。"红芳被逗引起来，打她一下说："死婆娘，你快说，我一定保密。"那媳妇就说："其实村里人都知道，就你们家人不知道，……娃他奶奶说，兰英婶子年轻时很风流，好过很多人，秀娟和福元都不是七星伯伯的亲生……"看到红芳的眼珠子快滚出来了，就住了口说："就当我什么也没说。"

　　红芳头上响了一个雷，更加把兰英恨得要死，骂道："她怎么不用根裤带把自己吊死！"这时梅子回来了，看见两个媳妇子叽叽咕咕，怀疑在说自己坏话，故意走过来打招呼："红芳来了？你妈和你好了吗？好些天不见她出门了。"红芳正在气头上，咬牙切齿道："她还没有死！"梅子听见话头不对，仔细看红芳，见眼睛肿着，明知故问道："哎呀，还生着气啊？——在一个锅里搅勺子，有什么过不去的呢！"把红芳的手拉住，心疼地说："兰英就是爱压人一头，年轻时这样老了还这样，看把我们女子欺负的。"红芳到底没城府，感动之余把兰英的不是又哭诉了一遍。梅子眼圈也红了，也是一时兴起，打抱不平地说："婶子告诉你一个治她的法子，兰英对青霉素过敏，有那打了青霉素的人从她跟前过，她闻着气味就翻白眼……"她儿媳妇埋怨道："妈，你怎么能这么教红芳，有多大的仇气，这不是要害死兰英婶子吗？"梅子咯咯地笑，自我解嘲说："我不是那瞎心眼子的人，这不是看不过兰英欺负红芳吗？我知道兰英害怕青霉素，连这三个字都不能听，一听就身上软。红芳啊，她以后要再欺负你，你就说这三个字，她保管服了你。"说得红芳破涕为笑，往回走时并不信梅子的话，只觉得有趣，一路上"咯咯"地自己乐。

进了家门，秀娟正握着水管子给瓮里接水，看到她的样子，笑道："高兴什么呢？"红芳只是笑，脸红扑扑的。兰英在厨房瞭见，就开始骂鸡骂狗，骂光吃不干活的猪，把锅碗碰得"咣咣"响。红芳一时孩子心性，想试试梅子的话灵也不灵，就高声问秀娟："姐，你打针去了？我怎么闻到一股子药味儿？"秀娟用鼻子嗅嗅说："没有啊？我怎么闻不到？什么药味儿？"红芳大声说："青霉素吧。"话一脱口，就看见秀娟的脸色白了，接着听见厨房里"哐哩哐啷"一阵乱响，然后秀娟扔了水管子就跑向了厨房。红芳愣怔了一下，不由自主地跟了过去，刚到厨房门口，就看见兰英躺在地下，像个死人。秀娟一边掐她妈的人中，一边扭过头来喊："你说这干什么，你和她有什么仇！"红芳看到秀娟眼里飞溅着泪光，吓得浑身僵硬。

福元回来，兰英就让儿子赶紧弄点毒药去，福元问清楚发生了什么事，把红芳又是一顿好打。这回跛子和秀娟都假装没看见，红芳也不喊叫，邻居听不到，没人来劝架。福元打得手脚酸麻，才喘着气蹲到一边去抹眼泪。红芳躺在地上，浑身没一处不疼的，眼泪把地下润湿了一大片，像个地图。后来红芳自己爬起来，一跛一跛去做饭。福元又气她又心疼她，一口也没吃。

事情一破头儿，就有下一次，挨打成了红芳的家常便饭，但也有变化，只要不理亏，福元打她，她就和他对打，抓他、咬他，嘴里连他妈一起骂。骂得兰英沉不住气，就跟上儿子一起打媳妇子。秀娟索性装聋作哑，跛子拉拽不开，就打儿子。有一回跛子拉兰英，被兰英扇了一巴掌，火了，也扇了兰英一巴掌，兰英就放开红芳，掉转枪口，骂着让儿子打他老子，结果福元真就把跛子打了几下。从那以后，但凡跛子和兰英打架，福元就上去揍跛子，儿子把老子生生打怕了，跛子看见儿子回来就躲得远远的。老汉伤心死了，开始相信福元真不是他的亲生。

第十三章

红芳自听说了婆婆兰英那些事情，一直埋在肚里不声张，只是从此看低了兰英，觉得她给自己带来了屈辱；也不愿意再跟福元结伴出门，总觉得别人在背后指指戳戳，说福元的长相跟谁谁像神了，说红芳嫁的是个私娃子。其实她女子家年轻，世事经得少，就说这南无村，和天下所有的村庄一样，若没有了那些男女之间的事情调剂，受苦的日子谁能一代一代地捱下来呢？谁知道这黄天厚土之上，又有多少秀娟和福元啊。

嫁过来一年多了，村里的男女老少红芳已经认了个遍，这时候才发觉有些人自己并不认识，人都长着两张脸，人前是一张脸，背过人去又是另一张脸，红芳才醒悟到人还有另一张脸需要去看清。外号土匪的长盛在她眼里高大周正，斯文中藏着一股阳刚之气，喜欢和各种年纪的女人调笑，却并没有和自己正经说过一句话，红芳只以为因为自己是新媳妇的缘故,怎么也没料到他和婆婆还有那些事,福元还是他的亲生,而自己竟是他的儿媳妇!这时候回想长盛看她的那些眼神,说不清是爱怜还是惧怕,有着说不清的内容。红芳原来并不厌恶长盛,是想到他和婆婆那些见不得人的事才觉得万分恶心。一想到自己是长盛的儿媳妇,红芳就像吃了一只活苍蝇,忍不住地干呕。她把福元的脸和长盛的脸在心中比对了一下,先是发现眉毛像,又发现鼻子和眼角像,最后又发现两人全是阔嘴方下巴,其实最像的不是长相,而在神态,——村里只有两个人走路时端着肩膀,那就是福元和长盛,——天麻麻黑时走在路上,从背影上很容易把两个人认错。结论成了板上钉钉,红芳不由自主疏远了福元,在一个床上睡,总要离开他一尺远。福元以为这是因为打了她的缘故,懒得计较。兰英看到儿子媳妇不在自己跟前嘻嘻哈哈推推搡搡,眼里清静多了,心里也不闹得慌了。红芳不和她搭话,兰英更是一天叫上她十八回,指挥她干这干那,亲手调教起了媳妇子。红芳不发作,知道自己怀不上娃娃,在婆婆和福元眼里越来越不值钱,她忍着,认为这是老天爷对婆婆的报应,偷汉子、借种子,活该断子绝孙。

吊儿郎当了一段,毕竟是个勤快人家出身,红芳决定不窝在家里挨打受气,她要跟上村里的几个媳妇子去贩苹果,骑着自行车去河西的沟里收上苹果,再带到城郊的村子里去卖,清早出门,天黑透了再回来,可以少看几眼兰英那张又骚又酸的脸。自行车有现成陪嫁过来的"飞鸽",红芳去集上买了一担竹篓子,绑到车后衣架上,又跑去隔壁借杆秤。

隔壁婶子听见有人叫,撩开竹帘子,见院子里站着一个媳妇子,一顶大草帽遮住了大半张脸,迟疑地问:"谁呀?"红芳抬起头来说:"我啊,婶子!"隔壁婶子笑道:"红芳呀,不收秋不打夏的,你戴这么个大草帽子干啥,我都没认出来。"红芳说:"婶子,借你的秤用几天。"婶子说:"秤你梅子婶借去好几天了,你找她去要吧。"忍不住又问,"娃,你这是打算干什么去?"红芳说:"我跟上人去河西贩苹果,闲着也是闲着,省得在家里让别人的眼窝不好受。"婶子担心地说:"你好人巴拉的,能做了买卖吗?"红芳大咧咧地说:"没事儿,把自己赔不进去就行。"出门往梅子家走。

梅子家红芳不想去,总觉得在梅子跟前没个遮拦,可又觉得梅子有些亲切,就好像面对知道自己病根的医生,听她说几句话心里才踏实。梅子看见红芳,一把拉住,低声说:"娃,你可把婶子害苦啦!"红芳笑道:"婶子,看你说的,我是那害人的人吗?"梅子说:"知道你没害人的心,我也是开句玩笑啊,你怎么就真的在你妈跟前说'青霉素'?"红芳说:"我说我的,跟你婶子八竿子打不着。"梅子使劲地握住红芳的胳膊,红芳忍着疼不吭气,梅子说:"第二天你秀娟姐就来找我,把我数落了个不亦乐乎!"红芳说:"你承认是你说的啦?"梅子吐吐舌头说:"我敢吗?可是做贼的心虚,我光能给人家秀娟赔好话。"红芳有点意外:"秀娟还这么厉害?"梅子说:"咬人的狗不叫!不看她是谁种下的?"红芳听她话里有话,盯着她看,梅子自知失言,改口说:"不看她是谁生的女子?"红芳着急借秤,没深究她的话,赔了个不是,拿上秤出来了。一路上,不爱计较的人动了心思:"真看不出来秀娟还是个厉害人,真不像跛子生的。"想到福元和秀娟可能都不是跛子生的,红芳觉得老汉真可怜,越发恨兰英了。

家具齐全了,红芳把秤插进篓子里,推上车子往出走。兰英在窗户里看见,骂道:"能死吧,能死吧,草鸡不会下蛋,学着公鸡打鸣,离败家不远啦!"红芳自顾推着车子走路,秀娟在屋檐下打毛衣，看她一眼，忍不住问："你和福元商量过了吗？"红芳冷冷地说："商量什么，我又不是他妈，他能听我的吗？"秀娟叹口气，嘱咐："少带点，路不好走。"红芳"哦"了一声，发现自己有那么一点怕秀娟，大概受了梅子的话影响的缘故。

出了门，红芳飞身骑上车子，一路往约好碰头的地方赶。拐上村街，前面走着一个人，背影像是土匪长盛，红芳想骑慢点，等他拐了弯，可是车子闸不好，转眼到了长盛身边。长盛回过头来，见是红芳，露出一口白牙朝她笑，红芳觉得一阵厌恶涌上心头，竟然朝地上吐了一口唾沫。长盛的笑就僵到了脸上。吐过后红芳就后悔了，觉得没必要，又怕长盛报复，就想逃开，心里一阵发慌，车前轮偏上了干结光滑的辙泥，歪歪扭扭就倒了。脸红脖子粗地回头看看，长盛正要赶上来扶车子。红芳怕人看见，爬起来顾不得拍拍身上的土，扶起车子推上就跑，膝盖火辣辣地疼，心里咒骂着兰英骚货、害人精。听见长盛在背后喊叫："红芳等一下，红芳……"脸上越是烫得不行，勉强骑上车子，飞一样往前赶，心里恨得要死："真是一对厚脸皮！"

红芳怎么也不以为长盛竟然敢追她，就想把这事告诉福元，想起福元，又恨起了福元的软弱和薄情。

一伙媳妇子骑着自行车，带着篓子，像群麻雀呼啦啦飞到河西的沟里。开始收苹果了，红芳才发现自己的秤不见了。回想一下，很可能摔倒时把秤丢了，那么秤就是被长盛捡去了，那么长盛追着喊自己，一定是要还秤呢。红芳懊悔得不行，只得跟别人共用一杆秤。出师不利，又不知道回去怎么找那个人要秤去，心里乱糟糟的。

长盛手里提着一杆秤，大摇大摆地走进了福元家的大门。跛子和秀娟下地去了，兰英一个人坐在院子里，膝盖上放着个簸箕，挑米里的石子儿，抬头看见他，吓得脸都白了。

长盛笑嘻嘻的，自己拉过把椅子在兰英面前坐下，搭话说："就你一个人在家吧？"

兰英扯过身子，慌慌地张望被长盛高大的身躯遮住的大门，手在簸箕里抖。长盛笑眯眯地望着她说："慌什么哩，这是在你家的院子里，看你跟个贼一样。"

兰英定定神，脸上荡漾出些柔情，嗔道："你这是来干什么，怕我活得不安生吗？！"

长盛踢踢脚边的秤说："我给咱媳妇子送秤来了。"

兰英狐疑地问："她的秤怎么到了你的手里？"

长盛嘿嘿笑起来："媳妇子看见我，像见了恶鬼，慌慌张张车子也骑不稳了，摔了一跤，秤掉出来了也不知道，我紧喊慢喊，她就没影儿了。这不，我把秤给你送来了。"长盛没有说红芳在他面前吐唾沫的事。

兰英低下头去扒拉着簸箕里的米说："她的秤你不还给她，还给我做什么？"

长盛嘿嘿地笑："看看你酸成什么样子，连你媳妇子的醋也吃！"

兰英翻他一眼说："你拿上秤赶紧走，你让我把秤还给她，这是不让我在儿女跟前活人了。"

长盛说："这点我倒没想到，我光顾上来看你了。"盯着兰英看。兰英飞快地看他一眼，低下头去依旧扒拉着米说："都什么岁数了，半截子都入土了，你还操那个心！"

长盛说："就是说么，都这个岁数了，还能干成什么，你还怕人说什么啊？"

兰英不禁羞笑一下，撇着嘴说："我怕你家桂香把我吃了，你看她每次见到我又是往地上吐唾沫,又是撵鸡打狗的,她这辈子恨不得把我吃了。"

长盛笑笑说:"你怕她干什么,她一个哮喘病人,你还怕她?"他长叹一声:"唉——,要是她早早得病死了就好了,就没人管咱们的闲事了!"

兰英剜他一眼,骂道:"你们男人可真没良心,还有这么咒自己婆娘的!就算她死了,你又能怎么样,儿女都这么大了。"说完望着长盛,眼里却荡漾着羞羞的笑意。

长盛垂下头去,摇着说:"可不是吗,人家你一辈子不下地干活,咱们不能像别人那样钻庄稼地里快活啊。"

兰英又羞又恼,抓起一把米来,扬手要撒长盛,长盛也不躲,望着兰英,脸上竟荡漾着老年人慈祥的笑。兰英一时呆了,索然地放下了手。日影把梨树的影子移到了一边,院子里静悄悄的,只有几只鸡"咕咕"地来去觅食,两个人都被晒出了汗,谁也不出声不动窝。

门口有了脚步声,一个女声叫道:"叔,你什么时候来的?"长盛回头看见是秀娟,赶紧站起来说:"一会儿了,一会儿了,你干完活儿了?"兰英打量打量秀娟的脸色,见她笑着,也笑起来,多少有点谄媚的味道。秀娟一边收拾手头的农具,一边说:"你快坐啊叔,我洗洗,给你倒茶去。"长盛有些慌乱地说:"不了不了,我还有事情,先走啊。"看看兰英,兰英不动声色,他就冲秀娟笑笑,抬头往出走。

长盛刚走出去,秀娟把脸刷地搁下来,疾步走到兰英跟前,盯着她妈低声问:"你又让他来干什么,你还让不让我们这些做儿女的出去见人?福元和红芳知道了,你还有什么脸活在世上?"

兰英头也不抬,把手里的簸箕摔到地上,簸箕里的米像黄色的水浪翻腾了一下，撒到了地上。兰英弯着腰用手去掬米，突然仰起脸来冲女儿叫道："厉害死你吧！我还不全为了你们这些畜生，你们都长成了人样，我就成了龟孙！"

秀娟气得脸都白了，争辩道："你要真为了我们，就不做那些见不得人的事情了，我也不是现在这个样子！"

兰英没见过女儿这么厉害，见她这个样子，倒牵动了慈母的柔肠，低声下气地说："娃，你不知道……"

秀娟鄙夷地打断她说："我怎么不知道，我什么都知道！"转身跑进了屋里。

兰英看着她的背影被屋门吞没，动动脚，又看看地上黄灿灿的米，又看看赶着跑过来的鸡们，弯腰把簸箕倒扣在米上，站起来拍拍膝盖上的土，跟着进了屋。

院子里太阳太好，屋里反而显得更暗。秀娟脸朝里躺在床上，兰英冲她后脑勺咬咬牙、瞪瞪眼，又小心翼翼地坐到床沿上，把女儿的辫子解开，用手指替她慢慢梳着。秀娟瓮声瓮气地说："你今天就给我说清楚！"

兰英说："你这女子！你妈还没那么没羞没臊，那个人不是来找我的，他是给红芳送秤来的。"就把红芳丢了秤的事给秀娟说了。

秀娟说："我不是问你这个！"

兰英问："那你问我什么？"

秀娟说："你别装糊涂，我前几年问过你！"

兰英的手在秀娟头发上停了下来，斜睨着女儿的后脑勺，眼睛里交织着疼爱和痛恨，但这神情转瞬即逝了，她不敢让女儿看到，终于她的手又动起来，低声说："福元是那个人的亲生，你，你不是。"

秀娟"嚯"地坐起身，眼里噙着泪花，望着她的亲妈，慢慢地问："我真是我爸的亲生？"

兰英看到女儿眼睛深处跳跃的火星，她真不忍把它吹灭，可是她已经无路可走，只说了一句没头没脑的话："你亲爸是公社的秘书。"

秀娟眼里的火星熄灭了，但她没有放弃，她平静地望着亲妈，等待着她的解释。看到秀娟这样望着她，兰英忍不住笑了，有些羞涩又有些难为情地埋怨："你这女子，这种事情，让你妈怎么个开口法……"

第十四章

红芳在娘家当女子时给村里的包工队当过小工，有把子力气，车载肩挑的并不怯阵，只是没有做过买卖，又先把秤给丢了，就没敢跟别人一样，——别的媳妇子接了一百五十斤苹果，她只接了一百斤。她们不去县城卖，城里的市场要求固定的摊位，还要收税，不划账，媳妇子们两人一组分散到城边上的村子里叫卖。红芳少心机，别人做买卖是价钱好商量，分量上做手脚，红芳不懂，买主要尝她就挑红的大的给一个，分量不足要添一个，她也让随便拿，只是价钱上没得商量，反其道而行。没想到买卖反而比别人的好，一百斤苹果没怎么动地方就卖完了，用的是和她相跟的海峰媳妇彩霞的秤，人家却没卖出去几斤。红芳心里过不去，又帮着彩霞卖，转了两个村子才卖完。点点钱，竟然赚了五十多块，相当于过去当小工时十天的收入，红芳一下子就爱上了做买卖。她决定去城里买一杆秤，用上些日子旧了赔给邻居婶子，丢了的那杆，她不打算去要了。相跟的彩霞正好也想去城里买几斤毛线，两个人欢欢喜喜进了城，天要黑了才往回赶。

两个媳妇子并排蹬着车子，额头上的发丝在晚风里飘动，一路说说笑笑进了村，彩霞先回了家，红芳自己哼着流行歌曲往回走，和村街、巷子里的人打着招呼，笑模笑样地来到自家院门口，一下车子，好心情突然就没有了，一点也没了，像一盆泼出去的水，干干净净，一滴不剩，脸也板起来了，自己都能觉得下巴像坠了秤砣，直把脸往长里拉。红芳不明白自己这是怎么回事，试着笑了笑，发现真是一点高兴劲也提不起来了，仿佛一进这个大门，就有扫兴的事情在等着她，而她的鼻子已经提前闻到了不祥的气味，她觉得自己马上要变成一个犯了错的孩子，等待着她的是大人板起的面孔和严厉的责骂。

她就带着这样的糟糕心情进了大门，很纳闷怎么会这样，但是当她看到院子里坐的那些个人，她又感到一股勇气从丹田升到了胸口，没什么做的不对的，她所做的都是为了把自己的日子过好，她有权利为了自己的光景奔波，这是她自己的事情，别人看不惯是别人的事情，她才不用在乎别人什么脸色！就这样红芳在他们面前稳稳地走近，把车子放好，又迎着他们的目光走过去，——其实天很黑，灯泡瓦数不高，谁也看不清谁的表情。

红芳一直向厨房走去，口袋里的几十块钱让她无师自通地学会了一点矜持，她憋着一口气，没有像往常一样主动跟他们打招呼，——她是个心无芥蒂的人啊，今天不知道怎么了。跛子先开口了，他像个妈一样唠叨了一句："红芳，以后回来早点，别让一家人为你操心。"红芳像个气球，被扎了一个针眼，一下子就笑了，话又多起来，本来要进厨房，回头拉把凳子又坐下来，大声说：

"哎呀，本来早就卖完了，又到城里跑了一趟，把人家隔壁婶子的秤丢啦，给人家买了一杆新的，用完了赔人家么。"秀娟拿起脚边的秤，笑着说："这不是你的秤是什么？"红芳叫了一声："呀，可不是吗，怎么在你手里？"秀娟说："不该你破财，正好被我拾上了。"红芳说："是吗？真的！"眼睛却不由去看兰英。兰英早转过脸对跛子冷冷地说："也不看看几点了，还不去把火捅开，还吃不吃饭了！"老汉赶紧一扭一扭去了厨房，嘴里说："马上就是饭，都是现成的。"

福元这时搭讪道："赔了吗？"红芳这些日子不好好搭理他，今天突然觉得他挺可怜的，委屈中生出些怜爱来，嗔道："不会说话不会别吭气？赔了赚了反正比跟上你跑车轻松。"福元有点讨好地说："把你能的，你还能成了万元户！"秀娟白他一眼，轻声问红芳："挣了吧？"红芳说："挣了，挣了五十多块呢！"秀娟喜道："真不赖，第一回做买卖就挣了，挣得还不少，没看出来你还挺有本事。"红芳说："今天还没敢多带，只带了一百斤，明天带一百五，就能挣七十多！"秀娟说："快去洗脸吧，累了一天了。"红芳觉得秀娟今天对自己有些客气，还有些巴结的意思，这可不是她平日的做派，好像有什么短头被自己攥在手里。但这个念头一晃就过去了。红芳中午只吃了个冷馒头，还真饿了，她站起来，突然感到浑身发软，两腿像灌了铅，还真是累了。

福元听红芳说挣了五十多块，算算比自己跑车挣得不少，压抑不住的兴奋，顾不得兰英的目光，追到厨房巴结红芳："你可以吗，我还以为你肯定赔了！"红芳拿毛巾擦着脸，笑了，原本以为家里会为自己做买卖的事生一场气，没想到谁也没难为她，她心里已经很知足了，甚至都原谅了福元的无情。

兰英瞪着福元低三下四的背影，低声恨道："真没出息，迟早要被媳妇子降住！"秀娟剜她妈一眼低声说："哎呀，你就别管人家了！"兰英板着脸，嘴撅得像个葫芦把子，摆起家主的谱，等着晚饭端上来。

晚上，福元像是在红芳身上发现了什么新鲜东西，比往日勇猛十分，起劲地折腾，也会了点温柔劲。红芳却突然又想起丢秤的事情，明明是土匪长盛追着自己喊，怎么秤又到了秀娟手里，而秀娟今天说话的口气和神态都很不正常，一副做贼心虚的样子，这事情非常蹊跷，红芳再缺心眼也觉得不对劲得很。福元在昏暗中看到红芳若有所思的神情，跟往日没心没肺地闭着眼睛又有不同，更加激动。红芳咬着嘴唇，拼命地不让自己那点心思被倒腾出来。终于，福元一身大汗翻倒在一边，长叹一声："真美呀，你觉得怎么样？说说么！"红芳半响才说："哎，我觉得有点不对。"

"有什么不对？"福元爬起来有些得意地望着她。红芳的眼睛在昏暗中有两个光点一动不动，突然盯着福元说："咱姐有些不对头。"福元失望地倒了下去："她能有什么不对！"红芳说："我的秤明明是让土匪长盛拾上了，怎么到了秀娟手里？"福元说："也许是长盛知道是你的，给了秀娟。"红芳说："那为什么秀娟说是她拾到的，不说是长盛给她的？"福元说："管他谁拾的，给了你咱就赚了一杆秤！"红芳被他逗笑了。福元问："你笑什么，不是这么个道理啊？"红芳笑了半天，才醒悟过来福元肯定不知道自己的身世，不知道自己亲妈和长盛的关系，不知为什么，这让红芳有点激动，深埋在体内的母性突然被唤醒了，她不由抱紧了福元，像抱着一个孩子。福元推推她，没推动，抱怨道："哎呀，搂什么呢，热死了！"红芳固执地搂着他不放，神往地说："明天卖完了苹果，我再去一趟城里，听说城里有个老中医治不孕很有名，我让他看看，吃一段中药吧，中药便宜，调理个一半年也许能怀上。"福元说:"过几天我不太忙了,用四轮子拉着你去吧。"红芳说:"不用,我卖了苹果捎带就去了,离城里没几步路。"福元说:"不着急,慢慢看吧。"红芳哼道:"说得好听,怀不上娃,我怕你把我打死!"福元说:"主要是咱妈着急。"红芳说:"我就是不愿意吃你妈的脸子肉!"

小夫妻今天都睡不着,开始计算福元一天挣多少,红芳一天挣多少,加起来一天挣多少,一个月是多少,一年又是多少。福元惊喜地说:"呀,乱七八糟下来一年能落差不多四万哩!"两口子兴奋得更不睡了,商量着年底把房子拆了重盖。红芳说:"在院子里重盖,不如再批一块地基,咱们再盖个院子。"福元不高兴了:"你还是要分家,我妈就我一个儿子,分出去让人笑话!"红芳也不高兴了:"你就是怕你妈!"福元口气软了下来:"我不是怕她,我也没办法,关键还有咱姐,咱要分家的话怕她多想,好歹等她找下个人家再说。"红芳说:"媒人都不敢上门了,猴年马月秀娟才能找下人家!"福元说:"操你自己的心吧,你要能怀上娃娃,咱家也能顺一点了。"红芳不吭气了,到底是自己肚子不争气,睡吧,明天就去抓药,不信别人的地是地球上的,自己这块地就是月亮上的,光撒种子不发芽。

睡的虽然晚,天不亮,两口子都起来了,启明星挂在左邻茅房里的槐树梢上,村庄还在稀落的鸡叫声中沉睡,福元给车里加水,红芳做了两碗鸡蛋挂面。吃完了,晨曦刚露,两口子一起出了门。其实红芳一醒来就觉得浑身的骨头酸疼——跑不惯路,昨天来回上百里,累的,——根本就不想起床,可是心里有一股子劲儿冲着,咬牙起来了。约上伴儿,一路来到了沟里,红芳接了一百六十斤苹果,比别人多十斤。

红芳的买卖依旧是最好的,到半下午已经卖完了,就一个人去了城里看病抓药。

回来自己煎着喝，药里有很多晒干的爬虫，看上去很恶心，苦中发甜，味道很怪，但红芳不换气就喝下去了，感到一股暖流直入丹田，把五脏六腑、七经八脉该通畅的地方都通畅了，脸色也红润起来，虽然风把皮肤吹粗糙了，看起来却精神焕发。

只是红芳一煎药，兰英就把自己屋子的窗户关上了，她不能闻中药的味道，可是又不能阻止媳妇子，——人家是为了给她生孙子，为了她不断子绝孙啊。兰英躲在屋子里，可是药味还是能从窗户缝里、门缝里钻进来，她难过地躺在床上骂自己："把我死了吧，快把我呛死吧，呛死我你们就都舒坦啦。"后来发现这不是自己的错，就开始骂媳妇子："张狂死吧，挣不了几个钱，全给了药铺子，还不知道肚子里有没有那件家具！现在的媳妇子都是娘娘，挣一个钱要十个钱的本钱，我们家上辈子造了什么孽，要遭这样的报应！"

红芳全当没听见，她一声不吭，把药端到院子里，放在梨树下的小饭桌上，晾凉了，"咚咚"一饮而尽，完了还要抹抹嘴，仿佛喝的是冰糖蜜水。兰英趴在窗户上眊见，气不过，摔摔打打一阵，就逃出院子去了。可是那药味仿佛一条缠人的狗，老是咬着她的裤脚不放，无论她躲到村子里什么地方，躲到谁家去，药味总能尾随而来；又仿佛一条蛇，冷冷地滑滑地直往她鼻子里钻，一直钻到心里去，在那里撕咬。兰英被追得疲惫不堪，撕咬得痛苦不堪，简直要疯了，她在"梅兰竹菊"和"叶"们跟前咒骂自己的儿媳妇："老天睁眼，让她被药毒死吧，毒死我再给我儿娶个十八的。"往日总是顺着她说的"梅兰竹菊"们这回却怪她不该这么说，怎么说人家也是为了接续你家的香火啊。

有人把闲话传给了红芳，红芳也不恼，反而每天留下三二斤苹果，带回来给家里人吃。那些有虫窟窿的苹果，没人买，可味道尤其甜蜜，虫子是天才的优选家。剩回来掏干净，放盘子里，全家人都爱吃。吃了人家的嘴软，连秀娟都帮着红芳煎药了，有时候跛子也凑热闹煎上一回。兰英没有呵斥跛子，她也想早点抱孙子，而且渐渐也闻惯了，可她还是要关窗户，还是要跑出去，这时候就有了某种仪式的味道，不蒸馒头也要蒸（争）口气，婆婆的架子不能放下来。

兰英躲出来就要在村街上走，走在村街上总不免碰上土匪长盛。她已经不像从前躲瘟疫那样躲着他了，家里人都出去后，长盛总会不失时机地踱进院子里来坐坐。当历史成为谈资，南无村的人们出于善良的本性认可了很多事情，连兰英有时候都会产生错觉，仿佛面前这个男人才是自己真正的家人。

第十五章

而秀娟对于这个家来说，仿佛无所不在，又仿佛从不存在。

每天，红芳卖完苹果回来，秀娟就已经把药熬好了，洗过脸，正好晾到能喝。因为这点儿关心，红芳觉得秀娟并不像别人嘴里说的那样怪，打心底跟她亲近了不少。红芳想，姑姑都是很亲侄儿的，看来秀娟也不例外，就问秀娟："姐，你挺喜欢娃娃的吧？"秀娟笑笑说："喜欢，娃娃谁不喜欢。"红芳没心机，一时高兴就说："那将来我们生两个，一个过继给你，给你养老送终。"秀娟冷笑一声说："就怕你一个也生不了，你以为生孩子是喝凉水？"红芳不知趣地继续边笑边说："哎呀，只要能怀上，生孩子有什么难的，我姥姥生了我妈姊妹九个，听说有几个没养活的还没划在数里。"没看见秀娟已经皱起了眉头，脸上的血色刷地退去，好像一张白纸。红芳还在"咯咯"地笑，秀娟起身一声不响地走了。红芳面对突然空荡荡的厨房,心想,看来秀娟还真是个怪人哩。

下雨的日子,红芳不出去卖苹果,就和秀娟坐在自家门楼下打毛衣。福元不出车,整天睡得无聊,也拉把椅子过来跟她们说笑。兰英和跛子坐在屋里看电视,看的多是相声和小品,老两口"嘎嘎"地笑,倒也其乐融融。院子里的雨扯天扯地地下着,雨雾中院子显得很安详,整个村子也很安详,雨声喧闹又寂静。福元话不多,很能笑,笑起来很大声,仿佛跟屋子里的亲妈比赛谁笑得声音高。红芳嘴皮子活泛,像这淫雨一样叨叨个不休,间或"嘎"的一声大笑,倒能穿破雨幕,整个巷子里的人都能听见。秀娟的眼睛像荡漾着笑意的湖水,打着毛衣忙里偷闲地望红芳一眼。不知怎么,就说到了小时候的事情,秀娟少见地话多起来,给弟弟、弟媳描述她在姥姥家的幸福时光,说那个时候娃娃多,到哪里都是一群一伙,热闹得不行,不像现在计划生育,一个两个的单蹦儿,娃娃家找不到个玩伴儿。红芳总联想到自己,感叹一声说:"像咱这样的,不用人家计划,自己就不会生育。"然后自我解嘲地干笑两声。福元斜她一眼责怪道:"你嘴就不值一分钱!"红芳难为情,笑得更厉害了,腰都直不起来,毛线团眼看就要滚到雨地里,害得福元爬起来拼命去追,一脚插进软泥里,差点又滑倒。秀娟和红芳被福元的狼狈样逗得大笑。

福元把毛线团扔到媳妇子怀里,假装生气地坐下来,半晌不说话,不看人只看雨地里打起的水泡生生灭灭。秀娟看看弟弟,却对红芳说:"不会生娃娃才好哩,你知道生娃娃多吓人?生出来是娃娃,生不出来就是爷爷。"红芳好奇地问:"姐,你见过生娃娃?"秀娟停下来手里的活计,脸色先白了,问福元:"你记得咱小妗子怎么死的吗?"福元微笑着说:"记不得了,我十一二岁的时候她殁的吧?"秀娟说:"你太小,记不得,小妗子就是难产、大出血死的,第一天像杀猪一样叫,第二天前晌没了声音,后晌又叫。我们这些女子家在院子里听着,没把人吓死。我偷偷跟着姥姥进去看了看,没看到人,就看到一大盆血,我腿一软,就坐到了地上。"红芳听到秀娟的牙齿"咯咯"响,问道:"姐,你冷吗?叫福元给你拿件褂子去。"秀娟摇摇头,飞快地笑笑,有些气喘的样子。红芳问:"后来呢?"秀娟说:"后来赶紧送公社的卫生院,半路上人就冷了。"秀娟讲完了,谁的脸也没有看,像松了口气,拽了拽毛线,又开始打毛衣。福元一侧的眼角皱着,像是牙疼。红芳一下一下拍着胸脯说:"妈呀妈呀吓死我了,我不吃药了,我不生娃娃了,害怕得不行!"福元嘲笑她:"多少人生娃娃都没事,天上掉块砖头就刚刚砸到你的头上?"红芳说:"呀,那可不一定,不怕一万就怕万一。"

都不说话了,福元不住地冷笑。红芳突然问道:"哎,姐,你不找婆家是不是害怕生娃娃?"说完自知失言,捂住嘴,惊恐地去望福元。福元已经向她瞪起了眼睛,只等秀娟翻了脸就打算给媳妇子点颜色看看。秀娟手上没停,笑笑说:"也许是吧,你说是就是。"红芳赶紧辩解:"不是我说的,是别人这样猜想,问我哩。"福元看到秀娟的脸色没变,这时也打圆场:"什么别人猜想,别人怎么知道,都是咱妈跟人说的。"秀娟说:"不嫁就不嫁,我自己的事情跟任何人无关,我自己能劳动养活我自己,我还做不了自己的主?别人愿意怎样想就怎样想,嘴长在别人脸上,我管不了!"红芳小心翼翼地说:"我还是那句话,我要生两个,过继一个给你养老。"秀娟笑笑说:"就怕到时候你舍不得。"红芳说:"有什么舍不得?还不是一家子?"秀娟说:"我打算好了,秋后就和你们分开自己过。"

"啊?"小两口大眼瞪小眼,不知该说什么。秀娟平静地说:

"我都和双锁叔说好了,我搬到村里的老磨坊去住,算是村里批给我的地基,我单独成一户。双锁叔说能行,让我年轻的时候自食其力,老了就是村里的五保户。"红芳和福元被逗笑了:"骗人哩骗人哩,哪有你这么年轻的五保户!"秀娟也笑了,三个人笑得东倒西歪。好容易止住笑,又听见兰英和跛子在屋子里大笑,于是又被感染得笑个不停。

下雨天睡得早,红芳在被窝里"吃吃"地笑,福元问:"你喝上老鼠尿了?"红芳说:"你才喝上老鼠尿了!"福元笑道:"那你笑什么,神里巴经的!"红芳转过身来说:"不知道咱姐还会讲笑话哩,讲得还不赖。"说完又"咯咯"笑,福元想起白天的事情,说:"嘿嘿,嘿嘿,你小看呢!"

小两口忘记了,秀娟哪里是个会讲笑话的人。她心里藏着多少事情,从没对人说起过,连亲妈兰英都没有。十多年前,程和平被抓走的当天夜里,秀娟半夜里惊醒,发现自己睡在磨坊院的偏房里,她从没进过程和平住的屋子,可是黑暗里眼前那房顶、那墙壁、那家具摆设,分明就是程和平的卧室,她爬起来拉开窗帘,窗外雪光里依然是磨坊院里的梧桐树,西南角上是茅房带着雪帽子的坍塌的土墙。秀娟没有惊恐,只是想不清楚这是怎么回事,后来她摸着火柴盒,点亮了油灯,才发现又回到了自己的卧室。她围着被子坐在灯前,眯缝着眼望着微微颤抖的油灯火焰,火焰分三层,最里面是黑色的焰心,第二层是蓝绿相间色的内焰,最外面那一层是红黄色的外焰,还有一个毛茸茸的光圈,罩着火焰,仿佛画儿上菩萨脑后的祥光,秀娟没有去想程和平,程和平的立眉毛、笑眯眯的眼睛自己从昏暗的油灯光芒里显现。除了跛子爸,程和平是这个世界上第二个抱过秀娟的男人,跛子和秀娟亲,小时候总喜欢把女子架在脖子上串门儿,他给予了秀娟比兰英更多的母爱;而程和平,这个莽撞的知青，他的大胆虽然没有打破秀娟内心的坚冰，却唤醒了她身体里的一部分感觉和意识，他的心思秀娟很明白，但她没有欲望去拒绝，就像同样没有欲望去接受。秀娟不清楚程和平的悲剧和自己有多大关系，她只知道他留在南无村就是为了自己，因此，一个心如止水的人也泛起了涟漪，只是，这个时候，那个往自己的心湖里投石子的人已经从自己的世界里消失了。如果程和平还在眼前，秀娟或许永远不会为拒绝他而不安，偏偏他被判了刑，她那善良的心性就不由她一天里不想起他好几回，以至于魂梦里竟然到了他曾经的住处。

那之后，秀娟每每路过磨坊院，都忍不住要朝里面望一眼。直到磨坊被废弃，一度住过一个长治县来的剃头匠，然后一直空荡荡到现在。

当年的民兵连长双锁，现在已经是金娃之后的第三任村支书，部队复员回来的怀亮，成了村委主任。在秀娟眼里，双锁是唯一一个可以和程和平有联系的人，她曾经暗地里让双锁给程和平捎过一件毛衣，那已经是程和平入狱后好几年的事情了。由于程和平父母想办法的原因，他已经不在原先的监狱服刑，双锁没能打听到程和平的去处，他善意地把老姑娘的那件毛衣藏了起来，告诉她已经托人送进去了。往后，秀娟每年秋天都会托双锁给程和平"捎"件新毛衣，她不自知的负罪感，让她不去在乎双锁会做怎样的猜想。最早的那几年，秀娟以为程和平会给她写封信，可是双锁一直没能拿给她，她也就不去想这件事情了，——她是个不用给别人找原因就能原谅别人的人。

直到，她已经完全想不起来程和平长什么样子。有一天，双锁喝醉了酒，在自己家里痛哭，婆娘劝不住，就问他心里有什么不痛快的。双锁抽抽搭搭地说："你去给我把秀娟娃喊来，我有话对她说。"婆娘和他一起保守着一个秘密，她专门有一个柜子锁着秀娟织给程和平的毛衣，她每到换季的时候都要关上大门翻晒好，换上新的樟脑球，——这更多的是为了报答程和平当年为自己男人开脱罪责。婆娘说："你死呀，你可不敢告诉秀娟毛衣都在，这不是让娃死哩嘛！"双锁说："我不傻，我没喝多，我就是想和那女子说说话。"婆娘想办法瞒着兰英叫来了秀娟，回到家双锁已经坐在那里喝凉茶了。秀娟坐下后，双锁用长辈的口吻说："娃，你一个人也不是长法子，有什么你就跟叔叔说，赖好叔叔是一把手哩，你有什么要求你就说。"秀娟就说："叔，我想搬到老磨坊一个人过。"这个想法她之前并没有过打算，现在话赶话说出来，仿佛就在嘴边上挂着。双锁并没有吃惊，和婆娘交换个眼色说："行，磨坊空着也是空着，这事我能定，只要我兰英嫂那里你能说通。你嫁出村去咱就不说了，退一万步说，你要一辈子不出村子，将来你就是五保户。"婆娘嫌男人说得难听，双锁说："话难听，理是这个理，你说呢秀娟？"秀娟笑笑说："搬到那里，我这心里就安然了。"

　　家里各人有各人的营生，不到天黑聚不齐，兰英守在家里一辈子舒舒坦坦，现在感到不是个味道了，感到不满足了，空荡荡的家里一个人坐也不是站也不是，总觉得缺点什么，总觉得心里有疙瘩。缺点什么呢？缺个孙子当爷爷的哄着啊；疙瘩什么呢？闺女不出嫁老在家里当娘娘啊。越是一个人在家，越要琢磨这些不顺心的事，家务事也懒得干，电视也没心思看，算了，不如串个门子去。

　　兰英出了门，远远望见二三"梅兰竹菊"在巷子口闲话，快步过去凑个热闹。近前一看，是土匪长盛的老婆桂香领着孙子和两个相好的婆娘说笑，兰英掉转屁股就往回走。早被一个婆娘看见，抿着嘴朝兰英的背影伸伸下巴,桂香会意,也不用转头就知道是谁,在哼哼唧唧的孙子头上打了一巴掌,提高嗓门说:"哎呀,我的好孙子哩,我叫你爷爷行吗?把人累死了!什么时候我能熬出头来,学学人家那些没儿没孙子的,也享几天清福。"一个婆娘假作不满地说:"看把你轻巧的,人家谁没有儿,就你有儿?"桂香说:"我没本事,我的儿是自己的老汉种的,人家有本事的都让别人的老汉种哩。"那两个婆娘都尖利地浪笑起来,说:"你这个婆娘,嘴就不值钱!"桂香说:"我倒要看看那有本事的能借种生儿子,怎么借种生孙子,她要能从自己屁眼里生下孙子,我给她提鞋倒尿盆子!"几个婆娘嘎嘎地笑起来。

兰英不想听,耳朵却自己支棱着,一个字都没漏。兰英脚下加紧,脖子都僵硬了,嘴唇瑟瑟地抖,恨不能过去揪住桂香照脸的扇她,可自己毕竟理亏,怎么说也是偷了人家的人,理不直气就不壮,只能打掉牙往肚里吞。走到自家门口,转念又想,跟桂香有过节在明处,不能在那几个婆娘眼里成了软松,叫她们到处去宣传她,不蒸馒头还蒸口气呢,于是又掉转身往巷子口走去。那几个婆娘看见兰英铁青着脸直撅撅地过来,都知道她的厉害,自己惹不起,一时乱了方寸,也不会说笑了,说一声:"火上还坐着水呢。"仓皇逃走了,进自家院门前,面色紧张地回头看看,想知道那两个冤家之间会发生些什么。桂香心里也在打鼓,莫名其妙地打起了孙子。兰英昂首挺胸从她面前走过,拐进了村街上。

桂香松了口气,更加不平起来,朝地下唾了一口,嘟囔道:"脸皮比城墙还厚,一辈子穿开裆裤,辱没先人!"兰英想,才不接你的骂呢,接了就等于承认是骂我了,我不接你你只能自己生气。不屑地哼了一声,真不那样生气了,甩开腰胯自顾走。她一辈子没下过地,皮肤保养得好,身材也比当小媳妇时不差多少,不像桂香她们被粗重的活计压得腰也塌了，屁股像磐石，腿早成了罗圈子，自然跟她没法子比。兰英知道桂香在盯着她看呢，走路的姿势就有些得意，有些卖弄，胳膊像风中柳条一样摆，双手像浪里跑船一样甩，腰腿像黄花闺女一样俏，脚下像三月柳絮一样飘，都有些电视里的模特走猫步的意思了。桂香一辈子恨的就是不如她，眼光像两条毒蛇射出来，蹿到兰英背上一口一口地咬着，这会儿气喘得都不匀了，跺跺脚骂一句："妖精！"又去打孙子解气。再抬起头来，妖精已经不见影子了，就朝没人的村街上恨恨地吐一口唾沫，气急败坏拽着孙子回家去。

桂香含恨回到家，长盛正和没结婚的老儿子小生在院子里削木料上的树皮，桂香一肚子的气要冲长盛撒——如果不是自己的男人馋嘴，妖精再骚也不能骑到自己头上撒尿啊——待要找茬，看到儿子，心里就凉了半截子，桂香这辈子和长盛生了三个儿子，三个儿子都没有像了人高马大的长盛，一个个黑瘦干瘪，都随了妈了；人家兰英借了个种子，福元活脱脱就是比着长盛的模子长的，不是种子不好，是地不如人家的肥啊，同样的种子播到水地就是庄稼，播到旱地连草都不如啊。可是桂香不能认输，人活一口气，跟兰英明争暗斗了大半辈子，纵然明知自己已经落败，也不能耷拉下翅膀让人家踩到背上拉屎，越是落败，越要高姿态，宁让你恶心死，不能把自己窝心死。打定主意，桂香把孙子交给老二媳妇子，去了趟茅房，出来向门口走去。媳妇子狠狠剜她一眼阴阳怪气地喊："妈，饭时分了你还去哪里？"桂香没好气地说："打鬼去！"出了门。

兰英是去后巷的柏叶家串门子，坐下来就说了碰上"那死婆娘"的事，本来也没有要说的事，美美地骂了半天。柏叶附和着添油加醋地说了桂香半天坏话，两个人叽叽嘎嘎地说笑到该做饭了，兰英心情很好地说走呀，掀门帘出来。柏叶一直把她送出院门，两个年过半百的婆娘又在门口低声嘀咕了半天，又说走呀做饭吧。这才分开。

后巷不如前巷路平整，兰英边走边想："那死婆娘别还在巷子口站着卖！"走上村街，瞭见自家巷子口没人，正要随口骂一句，眼前却闪出一个背影，跟自己不到十步远，正是桂香。桂香这回改变了战术，不骂了也不气了，只是哼哼唧唧地唱，唱没词的乱弹，腔调夸张而快乐，尾音能绕到美国去。兰英看着眼前这个狗熊般摇摇摆摆的背影，那哼哼呀呀的怪调像无数牛毛针扎到自己心上，别提多恶心，她紧走几步，想越过她去。可是桂香脑后长着眼睛，兰英快她也快，兰英慢她也慢，总是保持十步的距离。兰英对自己说不生气不生气，可是那怪腔怪调像一阵一阵的小旋风煽动着她心头的火苗，兰英的脸都憋紫了，生怕叫别人看见，低了头只顾走，百十步的路仿佛走了十万八千里。终于桂香得胜回营了，兰英回到家饭也不做，钻进屋子就躺下了。

跛子回来见冰锅冷灶，叫了两声怎么不做饭，兰英冲出来没头没脸把他收拾了一顿，又回去躺着。老汉逆来顺受惯了，就自己动手做饭。秀娟回来见跛子在厨房里忙，问："我妈呢？"跛子低声说："你妈就不是个人！"偏偏兰英起来上茅房，听见了，站在当院就骂："我不是人，我是猪，我是狗，把你们都伺候好了，我没用了，快让我栽茅坑死了吧！"秀娟不满地站在厨房门口说："谁又惹你了，神经！"兰英终于有了敌人，指着秀娟的鼻子骂："祖奶奶，你还有脸埋怨我？我烧把子高香能把你打发了，叫我死五回都行！"秀娟哭着说："我吃你啦，喝你啦？我没有手？不能劳动？我在这个家受的罪还不够，还要到婆家去受罪？"兰英一肚子不痛快都发泄到了闺女身上："你真不知道丢人的深浅，你辱没先人！"秀娟眼睛瞪得老大，说不出话来，跛子心疼闺女，伸过手来拉她，秀娟甩开叫道："我不活啦！"捂着脸摇摇晃晃冲进了自己的屋门。兰英还恨恨地站在那里，可不敢高声了，低声骂："死了你吧，都死了才干净！"

老汉慌慌地颠到闺女屋门口唤道："秀娟，秀娟！"兰英面目狰狞，低声骂："她死不了，她不把我气死，怎么能舍得死？！"

晚上福元回来，觉得家里气氛不对，啥也不问，默默地到厨房冲了碗盐开水泡了个冷馒头，吃了就往自己的屋子里头钻。刚躺下，跛子在外面喊："福元，福元？"福元不吭气，也不动弹。老汉只好撩开门帘，探进一张疲惫的老脸说："福元你出来，你妈有话跟你说。"福元睁开眼，皱着眉头问："谁又惹她了？"跛子说："可能受了外人的气了，我问不出来，你过去跟她好好说话。"福元听说亲妈在外面受了气，翻身就跳下床，冲冲地往兰英屋里走，带起的风差点把跛子掀倒。

福元站到兰英床头问："妈，跟谁呢？你告诉我，我把他活劈了去！"兰英哀哀地叹口气，望着儿疙瘩说："娃，你要心疼妈，就听妈一句话。"福元等着这句话。兰英眼里放出光来，脖子上涨出青筋，语气却异常温柔地说："你这个媳妇子三年了老鼠也没怀上一个，你还打算跟她过下去？"福元像被抽了一鞭子，晃了晃，松懈下来，身体前倾望着亲妈，像要把她的话听清楚，把她的脸看清楚，但半边脸已经抽搐起来。母子俩正王八看绿豆，大眼瞪小眼，一个人头上挂着门帘冲进来扑到兰英身上哭叫道："你杀了我，你让你儿杀了我！"

——红芳今天多挣了十几二十块钱，心里高兴，听见福元在兰英屋里，顾不上去厨房洗手就找了来报喜，偏在门帘外听见兰英的话，一头就冲了进去，把门帘都拽了下来。

福元看清是红芳,把她往外扯,红芳揪住兰英不撒手,把兰英拖下了床。兰英爬起来没头没脑往外冲,嘴里说:"我哪敢让你死啊,你们是两口子,要死也是我死,我这就栽茅坑去!"福元赶紧拉住亲妈,一脚把红芳踢翻在地上。红芳翻了几滚,捂着肚子闭上了眼睛,脸色苍白,豆大的汗珠从额头上渗出来。跛子跑进来,跳起来扇了儿子一巴掌,熊熊地瞪着他,身体抖得厉害,显然怕福元还手。福元不知被跛子的凶相镇住了,还是觉得对媳妇子下手重了,倒呆住了,像个木头人。跛子拦腰把兰英搂住,呵斥福元:"你痴什么哩,还不快把你媳妇子弄回去!"福元这才反应过来,弯下腰把红芳抱起来。红芳像个死人一样,动也不动。

邻居们赶来劝架,走到院门口听不见响动了,都站下来支棱着耳朵听动静。院子里交织着"呜呜"的女人哭声,分不清婆婆、媳妇还是闺女。偏院子里养的那两只大白鹅,"嘎嘎"地追逐着,还嫌这家里不热闹。

第十六章

　　长盛吃过午饭，悠闲自在地踱出家门，步态有些蹒跚，几十年粗重的劳作使他的腿脚已经不大灵便，慢吞吞的步子加上花白的背头和缠着胶布的玳瑁眼镜，让他看上去有点书卷气。"文革"中有那么几年，他白天做工，晚上被拉去批斗，因为有修盆修锅的手艺，他被派做焊工。"文革"结束，摘掉特务的帽子后，长盛发现自己的眼睛真被焊光照坏了，就理所当然地又戴上了眼镜。兰英多年来一直不好好搭理他，直到福元结婚一年后，有一次在村街上碰面，兰英第一次在他面前站住了，微微侧过脸上下打量着他说："状晃鬼样子吧，真成了个书生了。"长盛在眼镜片后面望着她，像个老人一样面露慈祥的笑容，然后兰英说："老不见你在巷子口坐着啊？"这句漫不经心又意味深长的话，长盛已经等待了二十多年，他有些矜持地说："行啊，以后每天去坐坐，参加那帮子'等死队'。"其实他在心里像一个得到大赦的囚犯一样快乐,看出来这么些年在兰英的心里他还是比跛子七星更像个男人。

　　这会儿,长盛走到村街口上站住了,朝对过巷子里兰英家的门口看了一眼,没看见兰英搬着小凳子坐在那里。兰英没在门口坐着,说明她这会儿不在家,或者不是一个人在家,长盛就不该走进那个院子。可是今天长盛实在没别的地方可去,又不能折回家去看桂香的脸色,街口也不合适久站——他没有站在街口等人来扯闲的习惯——,只能由着腿慢慢往前走。走到了兰英家的院门口,收住脚,朝里望望,跛子七星正坐在树荫下,挥着苍蝇拍歼灭小桌上的飞物。看到院子里不是红芳和秀娟,长盛悬着的心放了下来,略微想了想,就走了进去,步幅明显比刚才快些,有力道些。

　　跛子听到有脚步声,一扭头看见是长盛,他下意识地朝长盛背后望望,没看见兰英,就有些不知所措。

　　长盛一直走到小桌的对面,站在那里微笑着问跛子:"一个人在家啊?"

　　跛子把手里的苍蝇拍放到脚边,看看长盛身上的短袖汗衫,尽量控制着自己的情绪,不冷不热地说:"坐下吧,喝茶吗?"

　　长盛在对面的椅子上坐下,从汗衫口袋掏出一盒"黄公主",拔出一支来递向跛子。跛子不由接过来,拿起桌上的火柴,划着了,火苗抖抖地向前伸去。长盛摆摆手说:"你点,你点,我不抽烟,装一盒专门敬人的。"跛子只好缩回手给自己点上,吸一口,拿起茶壶来给长盛倒水。

　　树影婆娑,长盛像个乡镇干部一样很弟兄地望着跛子微笑,悠悠问道:"你的腿怎么样了?"

　　跛子有一点慌乱,冷哼一声说:"不如你啊!"

　　长盛笑着摇摇头,叹口气:"不行了,腰上骨质增生,两条腿关节炎，天气一变脸就走不成路，眼睛又坏了，——还不胜你哩！"

跛子望望长盛，没有吭气。他几十年没有和这个男人说过一句话，想不到这辈子还能这样面对面地坐着，他有些想不通自己没去找他，他竟然自己找上门来了！跛子缺乏和长盛当面锣对面鼓的准备，他再次感到了这个土匪对自己的压迫，好像做了亏心事的不是对方而是自己。

刮过一股小贼风儿，长盛端起茶杯喝了一口，依旧笑眯眯地望着跛子，想问句什么，嘴动动没问。

跛子终于熬不住了，扭扭身子说："你家老三小生说下媳妇了吗？也不小了吧？"

长盛端坐在那里，笑着回答："可不是，二十五六了，正说着呢。就熬他了，他一办事，就松心了。"

跛子望了长盛一眼，点点头，"哦哦"两声，看见一只苍蝇在桌上飞，弯腰去拾苍蝇拍。

长盛看着跛子把那只苍蝇打死，望着他手里的苍蝇拍说："今年雨水大，秋庄稼收成错不了。"

跛子把苍蝇拍放到脚下，端起茶杯喝了一口，坐正了身子正儿八经地说："就是怕棉花苗狂长。"

绕开家里人，话题就宽了，谈了半天庄稼收成，长盛说："收成再不好，也不会像六零年，那个时候，人和牲口抢着吃豆饼、棒子芯子，能晒干磨成面儿的都吃了。"

跛子面色凝重起来："没饿死的都是便宜啊，哪像生在现在的娃娃，都赶上好时候了！"

谈天说地，把一下午的时光就打发过去了。长盛很客气，跛子也很给他面子，说说笑笑，不像一个村的老邻居，倒像远房的表兄弟多年不见。

天麻黑时，兰英第一个回来了。走进大门，看见有两个人坐在那里说话，到近前才看清楚是谁和谁，兰英瞪起了眼，看看这个，又看看那个，"嘎"一声就笑了，笑得腰弯了下去，直起来时指点着两个男人笑道："哟，看人家这两个人，说笑得这么热闹！"

两个老男人都笑嘻嘻地望着她，跛子眼神闪烁地说："做饭吧？"长盛就站起来说："回呀回呀。"跛子客气道："在这儿吃吧？"长盛说："不了不了，家里就好了。"

长盛往出走，跛子站起来没动地方，兰英送长盛出来，跛子就去厨房生火了。

兰英把长盛送出门口，说："你慢着走。"长盛说："回去吧。"听到自行车铃铛响，抬头看见是红芳带着两个篓子过来，长盛想打个招呼，红芳冷冷地说："看路，看路！"下了车子，绕过他俩进了院门。兰英站在门口，让过红芳，顾不得看长盛，扭过脸怒视着媳妇子的背影，嘴里念叨："死了吧，厉害死吧，怎么不死在外面！"

只听见红芳在院子里高声说："啊，爸，你在家里呢？！"

听不见跛子的回答，兰英不想就回去，站在门口等福元和秀娟回来。回想刚才见两个老男人坐在一起的情景，不由偷偷笑了，嘴角像年轻时一样撇了起来。

吃晚饭时红芳没有上桌子，拿个小碗拨了点儿菜，一个人坐在一边吃。兰英把脸拉多长，有心挑拨几句叫福元再收拾她一次，可知道没用，——这媳妇子是属驴的，越打越不上套。跛子话挺多，只是不说长盛来过的事情，偶尔观察一下兰英的脸色。

红芳先吃完了，把碗筷放回厨房去，出来依旧坐回凳子上看着院子里灯光照不到的地方，还是不说话。福元扭过头来瞪着她说：

"你把个脸子吊着给谁看？"

红芳闭上眼睛说："吃完了，等着洗锅哩。"

秀娟说："你累了去歇着吧，我洗。"

红芳就站起来往屋里走，福元手里端着碗瞪着她，红芳到底害怕挨打，走得很快。人已经进屋了，福元还不依不饶地瞪着门口，跛子呵斥道："福元，吃你的饭！"

福元没吭气，兰英不依了，挖苦老汉："看把你厉害的，摆起老子的谱儿了，喊！"跛子少见地反驳道："难道不能啊，我不是他老子？"兰英剜他一眼说："人家教训自己媳妇子，碍着你什么事了？"秀娟插嘴说："妈，你也太过分了，人家红芳就是不会生娃娃，你看你一天把人家压制的！"兰英低低地训秀娟："你这死女子多管闲事，她不会生我没让福元和她离就高待她了，你还要我把她当娘娘敬着？家里有你一个娘娘就够我受了，我再供奉一个？！"秀娟见她妈说话不好听，脱口道："生娃娃是两个人的事，还不知道是谁的毛病哩！"兰英呵斥道："再胡说把你的嘴撕了！"跛子悠悠地说："也是，应该让福元也检查检查。"福元笑道："我好好的，检查什么？"一家人都忍俊不禁，兰英爱怜地打量儿子一眼说："谁肯信，要是我娃有毛病，我下半辈子把她红芳当娘娘敬着！"

歇着凉闲聊，福元到底不是心思，先回屋了。兰英斜着儿子的背影悄声对跛子和秀娟说："真没出息，一会儿不见媳妇子就活不了！"自己"咕咕"先笑了，听着的两个人也笑了。

福元打开灯，看见红芳和衣躺着，知道她醒着，就说："脱了睡吧。"红芳也没有拗，三两下扒光了，却不躺下，坐在那里满腹心事地低着头。福元躺下来仰望着媳妇子问："你发什么神经呢？"红芳看看他，把灯关了，依然坐着说："和你说件事，你别生气。"福元笑了笑,算是应承。红芳趴到他耳边说:"后响长盛又到咱家来了。"福元说:"来就来了,又不是没来过。"红芳说:"不一样,咱爸还在呢!"福元不说话,闭上了眼睛。红芳说:"他这是欺负咱呢。"福元不耐烦地转过脸去说:"你别听人胡说八道。"红芳说:"你看你这个人,要是真的呢?你没听咱爸咱妈每次吵架都因为那个人?"福元说:"真就真,假就假,一辈人不管两辈人的事。村里哪个男人女人没个相好的?"红芳拧福元一把,嗔道:"你呢,你也有?交代!"福元叫唤着挣扎:"我有个屁,种你这一亩三分地还没个收成,还能顾上种别人的?"话脱口,想起秀娟那会儿的话来,直觉得胸口发闷,像有人用屁股坐在上面,就转过身去。

过了会儿,红芳说:"不管它真假,人要脸树要皮,那个人要敢再来我就给他难看!"福元重重地叹了口气说:"你还嫌这个家不乱!"红芳坚决地说:"乱就让它乱到底,反正我眼里不揉沙子!"福元说:"好好看你的病吧,该操的心不操。"红芳说:"各归各,就是为了将来给娃一个干净的家。"摸过福元的手,搁在自己腿间。福元转过脸嘲笑媳妇子:"你啊你,不是我说你哩,没心眼儿!"

睡得早福元醒得也早,竟然起到了红芳前头。红芳起来倒尿盆,福元已经给小四轮加水了。福元听到红芳出来就扭过头朝屋门看,小两口相视笑笑,红芳亲热地问:"你什么时候起的?"福元笑笑算是回答。

弄好两碗醋泼葱花汤面,小两口头对着头吃,福元先吃完,没有像往常一样抹抹嘴去检查小四轮的拖斗是不是销紧了,他掏出一颗烟来抽着,歪着头望着小四轮。红芳放下碗,望着他笑:"那个人,你还不动弹?"福元依然望着小四轮,若有所思地说:"摇不着了,死活发动不起来。"红芳也看看那边说:"没看见你摇啊?"福元站起来大步走过去,拿起放在地上的摇把,左手扳住风门柄,右手摇起发动机,身体倾斜,摇得飞快,半截烟挂在嘴角,青烟顺着他的脸颊往上爬,他不得不把一只眼睛眯缝起来。

红芳把锅碗都洗涮了,过去推自己架着篓子的自行车,福元还没有把拖拉机发动起来。红芳扶着自行车把站在旁边,有些担忧地望着男人脸上淌下的一道一道的汗水。福元终于放弃了,他再次把摇把扔到地上,站直了身子撩起衣襟来擦汗,看看红芳说:"肯定是火花塞淹了,得去城里买一个。"红芳说:"我卖完苹果去城里抓药,给你捎一个吧,你告诉我哪里卖呢?"福元笑了:"你不懂,我借海峰的摩托跑一趟城里吧。"红芳说:"那你今天还出车吗?"福元说:"算了吧,我回来把车拾掇拾掇吧,拖斗还得换两块新搭板。"红芳说:"那我先走了,她们还等着我。"推上车子走过福元身边,福元看看车轮子说:"气足吗?我给你打点气?"红芳笑了,讥讽他:"你今天怎么了,肯替我打气了!——算了吧,我昨天刚打的。"福元说:"把你能的,有本事啥也别靠我!"红芳抿着嘴笑,快乐地出门了。

福元把拖拉机的火花塞拔出来,用塑料布裹上放进了衣兜里。正洗手,兰英出来倒尿盆,左顾右盼一番,问道:"走了?"福元说嗯。

兰英蹲完坑,站在茅房里系裤带,头露在墙上望着儿子问:"又坏了?"福元把手上的洗衣粉泡沫洗干净,站起来说:"我去城里买火花塞。"兰英问:"怎么去呀?"福元说借海峰的摩托,已经走出院门去。兰英翻了儿子的背影一眼,莫名其妙地笑了。

第十七章

福元骑着摩托车进了城,先买了拖拉机的配件,然后去了县人民医院。

医生用戴着塑料薄膜手套的手指把福元黑褐色的阴茎拨拉得歪到一边,握住他的阴囊,从指缝里把睾丸紧绷绷地挤出来,另一只手里拿着一串佛珠般的黄白色的塑料珠子,选择大小差不多的对比着。福元一手提着裤子,一手提着衣襟,有些难为情地望着医生刮得干干净净的脸。医生终于找到了跟福元的睾丸差不多大的珠子,举给他看,告诉病人:"五号,你这个最大的才五号!"他放开福元,小心地把手套脱下来扔到纸篓里,示意福元系上裤子。

等福元在他对面坐下来,医生才眨巴着眼睛问表情迷惘的病人:"小时侯是不是得过腮腺炎?"见福元依然迷惘,解释道:"就是痄腮,你有没有得过痄腮?"福元想笑,咧了咧嘴说:"得过，谁没得过痄腮啊！"医生笑了："得过？那就是腮腺炎合并的睾丸炎，你的睾丸七八岁上就停止了发育，根本没有生精能力。"福元说："你也看见了，我那个东西挺大啊，比一般人还大。"医生又笑了："那没用，生孩子关键看睾丸大小，阴茎再大也没用。"福元诧异地问："你是说我媳妇不会生娃娃是我的毛病？"医生也诧异地望着他说："怎么不是你的毛病？！你不生精子啊，她怎么怀孕？"福元就傻了，他一时想不通，来做检查是为了证明不是自己的毛病，怎么反倒成了自己的毛病？医生以为他不信任自己，想了想说："这样吧，我给你开个化验单，你先去化验一下，咱们看看化验结果？"福元挤出点笑，有些失神地摇摇头。医生说："也好，我就是看你从村里来的，替你着想呢，——你要想化验也可以，凭二十年的经验，我敢说你白花钱。"福元羞涩地笑笑，问："能治好吗？"医生直起身来靠到椅背上，打量着病人，微笑着说："小伙子，我不骗你，希望几乎没有。你要是个城里上班的，我就给你开些补药，就那么吃着；你要是村里种地的，还是回去吧，将来抱养一个，别花这冤枉钱了。"医生可真是个好人，福元终于坚持不住了，心里一阵透凉，眼泪自己从眼眶爬了出来，他赶紧站起来，一边用袖子擦着泪一边往出走，手扶住门，回过头来用红红的眼睛看着医生说："走啦，叔叔。"医生冲他眨眨眼睛。

医院门口各种车辆横七竖八地塞着，人也一团一团的，显得比菜市场还要乱，福元默默地推着摩托车出来，第一次发现自己跟别人不一样，这个文化水平不太高的人，居然有了跟世界的距离感，产生了对生命和活着的、不曾有过的全新的思考，并且几乎就在那个时候，从此改变了他对于别人的一贯的态度。有时候，命运的不公加于不同心性的人身上会产生不同的效果，恶毒的人会因此更加恶毒，善良的人会更加善良，福元显然属于后者。命运的不公，不但加深了他的善良，暴露了他的软弱，还逼他显示出了不曾示人的温柔和体贴。——老辈子人都说"生的不像养的像"，他的心性到底还是像了把他养大的跛子。

福元没往回走，骑着摩托出了城，把郊区的几个村子转了个遍，好歹在一个村街的十字路口找到了红芳。

红芳架着篓子的自行车靠在电线杆上，人正就着苹果啃一个冷馒头，听见摩托车响，抬眼看见是福元，"嘎"一声笑了，骂道："你怎么死到这里来了？"福元支好车，不说话，静静地笑着，从衣兜里掏出一个塑料袋递给红芳。红芳接过来说："什么好东西？"疑惑地打开看，是两个烧饼一个猪蹄。她惊讶地盯着福元叫道："你不过日子啦！"福元笑道："心疼你都不知道！"感动的情绪让红芳有些失措，她拿出那个油汪汪的猪蹄子递向男人："你把这个吃了，我不能吃太油的。"福元讥笑她："快算了吧，我还不知道你，跟猫差不多！"又一本正经地说："你快吃吧，就是给你买的，我在城里吃过了。"红芳就玩笑地说："那你吃个苹果吧，不要你的钱。"脱下草帽扔人家房子后屋檐下的地上，坐到帽檐上，把塑料袋放在面前，两只手捧起猪蹄子就啃。福元看看篓子里，还有半篓子苹果没卖出去，伸手拿出一个来，用手擦擦，一边吃一边思考该不该把去医院的事告诉红芳。

红芳觉察到男人望着自己，歪着头问他："看什么看，没见过啃猪蹄子？"福元笑道："看你那个样子吧，还说你不能吃油的，你几百年没吃过油的了？"红芳羞臊地骂："滚滚滚！"突然发现福元的眼睛有点红，担心地问："你跟人打架了？"福元笑着摇摇头。

有人过来问苹果的价钱，红芳赶紧把啃了半拉的猪蹄子放回塑料袋，跳起来做买卖。福元想帮忙，插不上手。红芳忙里偷闲说："你先回去吧，你还要修车哩。"福元说："我和你一起回！"买苹果的人开玩笑："哟，还带个保镖，怕把你的钱抢了？"红芳更加赶起了福元："你看你这人，干你的正经事去，别在这里让人笑话了！"福元说："你的药方子呢，我再去趟城里替你把药抓了。"红芳着急地说："不用了爷爷，你快回去，我完了自己去，又不远。"福元有点恼了："张狂的你！"红芳还是怯他，含混地说："你个男人家能干什么，我还要问问那个老中医几件事呢。"福元本来是想把方子拿走不让红芳抓药了，见媳妇子心劲很足，就顺着坡下驴："那我走了，你早些回来。"

回到家，福元一句话不说，钻进屋里去睡。母子连心，兰英觉得不对劲，悄悄跟进来坐到床边问："娃，你怎么了？路上把人撞了？"福元脸朝里，头在枕头上摇摇。兰英把手放到儿子额头上，试试不烧，心里更着急，埋怨："祖宗，有什么事不能和你母子说的？"福元转过身来，满脸都是泪水。兰英看见吃惊不小，一边拿手给儿子擦泪一边央求："这是怎么了，和你妈说呀！"福元拉住亲妈的手，勾着脖子压抑地抽噎了半天，直到兰英急得要骂起来了，这才把满脸的泪水在枕头上蹭干净，沙哑着嗓子说："我去医院检查了，是我的毛病，不是红芳的问题。"

"检查？检查什么？"兰英目不转睛地望着壮硕的儿子，脸一点点白了，终于愤怒地一拍自己的大腿骂起来："我这是图了个球啊！"儿子对亲妈的愤怒一点也不了解，只顾自己流泪："医生说这辈子都治不好，让抱养个娃呢。"兰英斜眼盯着儿子，恨他，又可怜他，不能相信他的话。

屋外院子里，跛子刚刚收听完单田芳播讲的评书联播，笼子里的母鸡"咯哒咯哒"地叫得正欢，报告着它们的功绩，跛子念念叨叨地走向鸡舍去投放饲料。听不到风声，只有阳光在"吱吱"地叫。

兰英到底没有哭，倒渐渐恢复了平静的笑，温柔起来，把手在崽子头上摸着，像望着婴儿，对福元说："别伤心，这事也说不来，也许你不指望了反而有了；就算命里没有也没办法，总不能不活人吧，治不好就抱一个，一样的能养老送终。娃你睡着，我去给你做碗鸡蛋汤。"站起来走出去，又返回来低声嘱咐道："娃，这事千万不敢告诉红芳，要不你一辈子都栽到她手里了，咱们一家都在她手里活不出来。"福元冷笑道："她敢！"兰英对儿子表现的态度很满意，口气更加神秘地说："你爸和你姐也别让知道。"福元听话地点点头，神情像极了一个婴儿。

秋后，秀娟到底搬走了，像她在那个雨天告诉福元和红芳的那样，搬到村里的老磨坊去住，自己成了一家人。这等于向南无村的人宣布，她永远不会嫁人，这辈子不打算出这个村子了。

秀娟搬家那天，红芳哭成了个泪人，她拉着秀娟不停地问一句话："姐，你怎么就要搬走，你怎么就要搬走？你不是嫌我不好吧，你是不是嫌我不好啊？"秀娟笑着说："你看你这个人，我自己要搬，关你什么事情啊，真是可笑！"福元和跛子默默地往小四轮上装秀娟的铺盖和几件简单家具，父子俩谁也不吭声。出乎全家人意料的是，兰英之前因为秀娟说要搬出去，大骂她女子："你着了鬼了，你不得活了，你让我把脸往裤裆里装着活下半辈子啊！"真到秀娟要搬的时候，却没有拦她，也没有送她，只是恨恨地骂了一句："我就当你已经死了！"

往后，秀娟做了好吃的带回来给老汉和妈尝，兰英还是难掩对女儿的亲热。每次秀娟回去，兰英都要把她送出大门，望着女子从巷子里拐到村街上才作罢。而且据梅子对婆娘们说,她把自己的私房钱和被老金菊要剩下的几件首饰都悄悄塞给了闺女,村头二福家心直口快的媳妇子莲在巷子口拦住兰英,大声地笑着问:"婶子,是不是真的?"兰英说:"什么真的假的,真的假不了,假的真不了!"她的牙已经不那么好了,笑的时候露出槽牙上镶的钢圈来,这样的银牙让她显得和村里其他"梅兰竹菊"以及"叶"们不是一样的人。

梅子和村里的"梅兰竹菊"以及"叶"们都认定秀娟分家后兰英要大病一场,准备好了看笑话,也准备好了几箩筐的宽心话要劝解兰英,但都瞎操心了,兰英到底没有让她们如愿,她没有躲在家里遮羞,反而每天搬个小椅子在门口闲坐,张望着巷子口的村街。一会儿工夫,土匪长盛就从那里出现,迎着兰英软软的目光慢慢地踱过来。等到他走到跟前,兰英就站起来提着椅子进了院子,日渐衰老的长盛像条忠实的狗跟在她后面,院子里的小桌旁永远摆着两把小竹椅。如果跛子在家,就和兰英一起坐在门口望着巷子口,长盛照旧走过来,然后三个老人一起回到院子里去喝茶。浓酽的大叶茶很苦,余味却多少有些甜丝丝的。

秀娟搬走后,跛子接替她给红芳熬药。福元不会生育的事情,跛子已经知道了,老汉没有告诉红芳,——他不知道自己在以后的日子里,除了给媳妇子熬药,还有什么事情可干。没人劝阻,红芳自己放下了蒸蒸日上的副业,填补了秀娟走后家里劳力的短缺,——有福元一个人跑车,没有上学的娃娃,家计也不是那么紧张。红芳几次从地里回来,都碰上长盛在院子里坐着,有时候是两个人,和兰英;有时候是三个人,还有跛子。红芳没心机,却是个要脸面的,年轻人心里不舒坦,脸色就不好看。看到红芳回来,跛子赶紧去做饭,兰英也送上个笑脸,说句热热的话,可红芳不领情，死活不看长盛一眼，更不会搭理他。有时兰英和长盛在院子里坐着说话，红芳扭头出了大门，在巷子里骂野狗野猫："呸，死不要脸的畜生，不好好在你家卧着，到处跑骚，看我不打断你的狗腿子！"长盛屁股底下就开始长刺，坐不住，一脸尴尬地对兰英说："走啊，家里还有活儿等着哩。"兰英剜一眼门口，有些敢怒不敢言的意思，自从福元查出问题，她就替儿子在媳妇跟前矮了一截，也曾想找她交交心，说说自己的过去，启发启发她，到底碍着婆媳关系，有些话没法子出口，心里多少有些愤恨红芳傻、不开窍。

终于，长盛再也不敢来了，无论红芳是否在家，他只是在院门口坐坐，不肯走进去。有时候在村街上碰上红芳，老汉赶紧就躲开了。

午饭后，红芳在床上歪着，兰英不敢开电视，怕吵了媳妇，轻手轻脚出了大门，提着把小椅子去了巷子口。几个"梅兰竹菊"正坐在那里闲天，看到兰英就问："福元媳妇子还没动静啊？听说是你们家福元的问题？"兰英撇撇嘴翻翻眼珠说："我家那个媳妇子是个死人，不开窍。"都是过来人了，知道开的是什么"窍"，都"咕咕"地笑，调侃兰英："你调教调教么，抱上孙子才是真本事啊。"兰英像个小女子一脸顽皮地笑着，神秘地说："一辈不管两辈的事，看她自己的造化吧。"

突然都不说话了，看着长盛从对过巷子里慢慢踱过来。兰英没看到长盛，她刚刚闻到了熬中药的味道，回头朝自家门口张望着。跛子不知什么时候出现在门口，朝这边张望着喊："哎，哎——，'秀娟'！'福元'！"兰英远远剜了他一眼，扭脸对身边的人"扑哧"笑了。"梅兰竹菊"们笑骂道："死婆娘，叫你呢，耳朵叫驴毛塞住了？！"兰英说："不用理他，一天没个值钱的事情！"

跛子分明看见兰英坐在巷子口的电线杆下，听不见答应，以为没听见，就对别人喊："叫一下福元妈！"这时候长盛走到了巷子口，笑着问兰英："你耳朵没背呢吧，我远远的都听见叫你了。"兰英翻他一眼说："你听见了你去。"长盛刚要把提着的马扎往地下放，闻声说："我去就我去。"径直朝跛子走去。"梅兰竹菊"们"咯咯"笑成一片。忽然有人一指大路口惊呼道："快看，是北记家上大学的女子淑珍回来了，你快看，就是穿花裙子的，马上就要拐弯了！"

"哎，我听人说那女子穿裙子不穿裤衩，图凉快哩！"

马上有人大惊失色："胡说哩！"一片"咕咕咕"的意义含混的笑声。有谁家新过门的媳妇子骑着自行车从面前过，讨论的对象因此转移，归根到底依旧是一片"咕咕咕"的意义含混的笑声。

红芳自行车后面插着把锄头，"咣哩咣啷"地从巷子口过去，给兰英打了个招呼："妈，我到地里去呀，福元要回来得早，让他来接我。"兰英笑着答应下，又翻着眼睛对着媳妇子的背影无声地骂了句什么。下地的媳妇子们到了巷子口，都把娃娃放下了，渐渐地，"梅兰竹菊"们都不能稳坐了，不时抢身出去把小祖宗拉回来，粗鲁地用两根粗糙的手指擦去娃娃挂着的鼻涕涎水，骂骂咧咧个不休。兰英显得那么清闲，清闲得坐不住了，站起来说："诶呀，暖壶里都没热水，这两个老家伙喝什么呢？"转过身慢慢往回走，背影看上去依然是那么爽利的一个人。

已经是大半后晌了，有那饭早的人家已经开始生火，炊烟被微风扑在院子里，从家门口爬出，慢慢地在巷子里流淌，巷子变成了一条河流，前面在水流中间有两个老头坐在那里聊天。兰英恍惚觉得，四十年来他们一直就坐在那里，脚都在土里生了根，——这个想法让她像个年轻媳妇一样羞涩地笑了。

第三卷　秀　娟

第十八章

  太阳把红芳的脸上晒出了紫色的斑,那个时候她已经三十四五,身上少女的影子荡然无存,体态和神情都从少妇向着中年妇女发展。南无村小她一轮的新媳妇们抱着孩子开始在巷口闲聊后,红芳不再熬喝了十多年的治疗不孕的中药。那个时候她每天喝的药比吃的饭还多,已经甘之如饴,突然停了药,总觉得丢了什么东西,好一段时间每天恍恍惚惚。

  红芳向福元提出抱养一个娃娃,她主张要个女子。作为男人的福元说:"怎么都行,只要将来我死了有人发落。"红芳骂他:"出息!"福元说:"你最好问问咱妈。"红芳说:"忘不了她!"红芳朝透明的塑料门帘外望望,婆婆兰英和跛脚的公公七星正坐在梨树斑驳的树影里小声说着话。

  这两年,兰英和跛子都开始到巷子口坐着了。村里的娃娃们都长大上学了,有的上了初中去了别的村,跟兰英相仿的"梅兰竹菊"和"叶"们再无孙子可骂,每天都在讨论买"人身"保险的问题。更重要的是,"土匪"长盛的老婆桂香去年得肺病死了,这个世界成了兰英一个人的。

花甲之后,兰英对跛子好得不得了,四十年后她终于良心发现了。

大姑子秀娟依然不肯嫁,但她已经不是当妈的兰英心里的病了,她就像一块好在脸上的疤,好看是不好看,疼是肯定不疼了。秀娟每天骑着她的自行车,车龙头上架着锄面已经磨得很圆很小的锄头,去属于她的地里干活,或者推个别人早就不用了的小平车把地里的产物载回她住的老磨坊院子。在南无村的人眼里,她生活得很平静,没有人去打搅她,甚至连狗都不大愿意进她冷清院子里转转。没人再提起那个叫程和平的知青,那个一度生活在大家中间的小伙子,仿佛从这个世界上消失了。自从搬进老磨坊程和平曾经住过的屋子,秀娟就不再为他打毛衣,她早起早睡,安然地享受着一年又一年的平静生活,谁也不知道她心里是怎么想的。直到有件事情发生在她的身上,让一切都变了样儿。

抱一个娃娃的事,兰英私下和跛脚的老头子商量过不止一次了,跛子的说法是:"咱不管人家,人家自己都不着急,你急顶个什么用?"这要搁在从前,兰英不但要骂跛子,还要连儿子、媳妇一起骂,但兰英竟然听从了跛子的,几次想问问小两口,话到嘴边,又生生地咽下去了。

红芳掀开门帘出来,笑眯眯地走到老两口跟前,蹲下来笑,不知道该怎么开口,回头喊:"福元,你出来!"兰英嗔怪地斜睨着媳妇子,她早习惯了她的缺心眼儿。福元趿拉着拖鞋出来,站在妈的身后,望着媳妇笑,红芳笑得更说不出话来,福元骂她:"你喝上猫头鹰尿了？"红芳说："你才喝上猫头鹰尿了！"又对兰英说："妈，福元想抱一个娃。"福元皱皱眉依旧笑着说："怎么是我想抱，你不想吗？"兰英低声呵斥："住嘴，多光彩的事情，要让全村子都听见吗！"红芳伸伸舌头。

跛子泄露了兰英的秘密："你妈早有打算了，就等你们问呢。"

福元绕过来，也蹲在兰英面前，三个人静静地望着兰英一个人。兰英一手摇着蒲扇，发了话："我娘家侄子媳妇已经怀了七个月了，这是第三胎，你舅舅早就说已经有一个孙子一个孙女子了，叫他们早早地把娃娃刳掉，那两口子惜子得不行，宁挨罚也要生。现在犯熬煎了，前面两个的学费都不知道到哪里去找，这个再生下来还不把他爸的腰累折？"红芳附和道："就是就是，现在的娃娃上学比吃比穿，上不起了。"福元说："你别说话，听咱妈讲。"兰英接着说："你舅舅知道你们跟前没有娃娃，就想着娃生下来送给你们，怕你们要面子，不敢说，先和我商量，我也不敢做主。"说完打量下小两口的表情。

红芳说："还要什么面子，福元想娃都快想疯了。"笑着看福元，福元翻她一眼，问他的妈："不知道是男的还是女的哈？"跛子发表意见："你管它是男的还是女的，女子更好。"自觉失言，赶紧看了兰英一眼，怕勾起她的心事想起秀娟来。兰英正沉浸在儿子和媳妇的目光里，笑容里泛起多年不见的妩媚，提醒小两口："'侄子外甥过继，一辈子生气'，你们想好了啊。"红芳笑呵呵地说："这是侄子还是外甥？我糊涂了！"福元说："按说该叫我表叔，该叫你表婶。你说对吗妈？"兰英笑得用蒲扇撑住了地，捂住嘴不能回答。跛子说："到娃娃这一辈已经是拐弯子亲戚了，我和你妈死了这门亲戚就快断了，不算侄子，我看能行。"红芳和福元也表示同意,事情就这么定下了。

一家人在梨子树的阴影里围在一起说了一下午的话,数红芳最能笑。突然,跛子对红芳说:"你到磨坊去叫秀娟,让她来吃晚饭。"红芳说行,站起来就往院子外面走。

估摸着红芳走出巷子口了,兰英弯下腰低声问福元:"这个二杆子不知道是你的毛病吧?"福元摇摇头,又皱起眉来教训他妈:"你别再叫她二杆子了,我就娶了个二杆子?"兰英定定地看着儿子,"嘎"一声笑了,跛子也笑了。福元忍不住,也笑了,他坐在地上,双腿叉开,看到脚边有只蚂蚁,就用指甲围着它画了一个圈,蚂蚁仓皇地奔逃,始终不敢越过那个圈子。这些年福元苦重,变得黑瘦,手臂上绷起粗大的青筋,家里人就逼着他把四轮子卖了,买了一辆拉人的机动三轮摩托,每天在镇上的国道和一级路交叉口等生意——在这件事上,兰英和红芳的意见保持了高度一致,——活儿轻省了,人却一直再没壮实起来。人心里藏着事情多半都是这个样子的。

最早想让福元抱个孩子的,是秀娟,只是她没说出来。这几年秀娟的话越来越少了,红芳是和她说话最多的人,那是因为红芳是个没心计的人,对这位不愿嫁人的大姑子,她偶尔也会和别人说说她的闲话,但当她们面对面说话的时候,秀娟是从红芳的眼睛看不到别人那种古怪的眼神的,——红芳看着秀娟的时候,眼神从来不躲躲闪闪。即使是这样,秀娟也没有提出来让红芳抱个孩子,回到那个家里时,她会替跛子给弟媳妇熬熬药,也会问:"你不嫌苦?"仅此而已。没人知道她多么渴望弟弟能有一个孩子,前好几年她就想让他们抱一个娃了。——她渴望着能有个人来让自己疼,而这个人只能是福元的娃娃。

话多话少，秀娟从来是个豁达的人，这么多年里，谁家有红白喜事都能看见她拉把小凳子，坐在灶房旁的大盆边洗碗。那些年兰英嫌她丢人现眼，骂她，她依旧我行我素。这些年兰英也不骂了，但在那样闹哄哄的场所看到这一幕，也不会去跟女儿说句话。四十岁的人了，每天两晌下地，秀娟也没有晒出像红芳脸上那样的紫斑来，——真正白净的人是晒不黑的，顶多在夏天变红，一个冬天就捂过来了，——但皱纹是不可避免的，眼睛已经不再和秋天的晴空一样清亮，头发里也有了白丝丝。一切都显示着秀娟作为女人最好的岁月过去了，像一块没来得及开垦播种的地，被荒草覆盖着，就连草也要渐渐黄了。但秀娟还是姑娘家的身材，劳动使她的胳膊和腿变得粗壮，可那腰身你从背后看去，总要误会是谁家十几岁的小女子。

村里有闲话说，别看秀娟是吃了秤砣铁心不嫁，但在这件事情上，当妈的兰英只要还有一口气，那就是"帝国主义亡我之心不死。"可是眼见的，那些刚刚长到半截子的娃娃们，望着秀娟的眼光，分明是在看什么稀罕物儿了。

红芳站在老磨坊的院子里喊："姐——，你在吗？"

她不愿意进秀娟的屋子里去，这么多年秀娟的屋里还是那么简单，一张木板床上挂个电灯泡，除了福元给她买的一台电视机，实在没其他可看的，跟刚住了三天人的一样。电视机搁在那张掉了漆皮的旧桌子上，旁边放个没把儿了的破茶碗，盛着大半碗细沙，沙里戳着数不清的烧剩的香火头儿，红芳问过秀娟好几次，她这是供奉的哪路神仙，秀娟笑而不答，问多了，就说："就是求个心里安然。"

就听见秀娟在灶房说话："红芳，我正做饭呢，你进来吃根黄瓜。"

红芳进了盖着三片石棉瓦当屋顶的灶房,一边说:"做什么呀,别做了,咱妈叫你过去吃饭哩。"秀娟把一瓢面"嗵"丢回面缸里,递给红芳一根洗好的黄瓜说:"前天不是我才去过吗?这是怎么了?"红芳"扑哧"一笑说:"姐,你说抱个娃的话,男的好还是女的好?"秀娟静静地问:"抱啊?能找下吗?"红芳说:"咱舅舅的孙子,怀了七个月了。"

夕照从石棉瓦的缝隙里把黄红的光露在秀娟的右边脸上,红芳看见大姑子眼角的皱纹已经很明显,脸的轮廓跟婆婆兰英有些相似,她"嚓嚓"地嚼着黄瓜,笑模笑样地望着大姑子。秀娟笑着说:"我也觉得这个娃合适,再说舅舅也养不起三个孙子。"红芳骂着:"吃他娘十年药屁事没顶,还得让人替咱受罪!我也想开了,抱的娃更亲。"她眼里突然有了泪水,看看秀娟说:"就是给你说了空话,还说我多生几个送你一个养老呢!"秀娟也拿手去抹眼睛,又劝红芳:"行了行了,侄子照样能养老,我走不动了他还不给我端碗饭?"红芳说:"要是个女子到了还是人家的人,养大了又走了,还不把人心疼死呀!"秀娟说:"呸呸呸,肯定是个男的。"红芳破涕为笑:"看,你什么时候能掐会算了!"招呼秀娟出门,"走吧,迟了咱妈又骂呀。"

两个人出来灶房,见秀娟搭上了灶房门,红芳就要往院子外面走,秀娟招呼她:"你来帮我搬件东西。"说着推开屋门。红芳摇摇摆摆跟着进了屋,秀娟弯腰从床下拉出两个方便面纸箱子说:"一人搬一个。"红芳问:"什么呀?"秀娟笑着说:"别管!"红芳搬起一个抱到怀里看看秀娟说:"这么轻?"秀娟说:"不是重东西。"红芳笑着问:"到底是什么好东西?"秀娟笑道:"好东西就是好东西,问什么!"

出来屋门,竟然听到院子里的梧桐树上有喜鹊在叽叽喳喳地叫，两个人端着箱子抻着脖子望，果然在树杈间看到两只白肚皮的黑鸟跳来跳去，红芳说："姐，有些年没见过这雀子了！"秀娟说："就是啊，好兆头，一定是个猴娃蛋子！"

两个人说说笑笑，一路走回来，看到跛子和福元还在院子里喝茶，兰英大概到灶房生火去了。

福元见她们笑个不停，也笑着问："你们怎么了？都喝上猫头鹰尿了？"秀娟骂道："扯你的嘴！"红芳喜滋滋地报告："刚才在我姐的院子里看见喜鹊了！"老头子温柔地问："箱子里是什么？"红芳抢着说："我也不知道，你问我姐。"秀娟吩咐福元："找俩报纸去。"福元问："干什么？"秀娟说："放箱子里的东西，快点！"福元不屑地埋怨："什么好东西，还要摆到报纸上！"红芳说："叫你去你就去，这么不利索。"福元已经起身去了，秀娟和红芳把箱子放到地上。秀娟冲灶房喊："妈，你出来。"

就听见兰英在茅房里答应，一边系着裤子走过来，天光还很亮，她看到了地上的箱子，盯着问："谁买的方便面？"红芳说："我姐让从她那里搬的。"

福元把报纸拿过来了，铺在地上说："好家伙，我看你们到底要搁什么宝贝呢！"

秀娟问她妈："我舅舅那里说定了吗？"兰英说："那是我哥，又不是外人，他还要咱的钱啊？"秀娟就吩咐福元："去抱娃娃的时候，把这两个箱子带上。"福元说："人家不稀奇你的方便面吧？"兰英就骂儿子："你知道个屁，现在坐月子都在医院，坐月子的吃鸡蛋，伺候月子的都吃方便面。"红芳附和道："就是就是。"秀娟一边开箱子一边说："这里头不是方便面。"

夕照映红了灶房的墙，几双眼睛都跟着她的手去看，箱子打开了，满满当当都是月娃娃的小衣裳，最上面是几双小小的袜子和虎头鞋。红芳第一个叫了起来："妈，你看，你看我姐！"兰英默然地说："低声些，我没瞎！"

夕照里，秀娟又把另一个箱子也打开来，是几床小棉被和小棉褥子，她把它们指给家里人看："抱娃娃的时候用得上，得提前预备下。"兰英讥讽她："这是给人家抱娃娃还是给你抱娃娃？"跛子老头不满地说："你当妈的怎么跟娃说话？"秀娟知道这辈子她妈在心里都不会忘记对她的怨恨，习惯了，也不计较，看看福元，黑瘦的弟弟正在那里慢悠悠地笑，脸上似乎抹着霞光。

"姐，你可真细心！"红芳由衷的感激之情写在脸上，她把那些小小的衣物拿出来，一件件摆在报纸上看，抬头问："你多会儿做的，这得做个把月吧？"秀娟说："我地里忙，下雨天还要追肥料，这几件东西做了一年多。"老头子忍不住也拿起来看，那小小的衣服拿在手里，仿佛抱着孙子一样让他的神情变得有如一个老太太一样慈爱。兰英却低声地呵斥道："别抖了，不能拿回屋里去慢慢看，有人进来看见算怎么回事？"她讲的是有道理的，秀娟和红芳匆匆收拾进箱子，一前一后端回小两口的屋子里。福元不由自主地跟进来，站在身后看两个女人在床边摆弄小娃娃的衣物，秀娟回头看看他说："奶粉也得提前买下。"福元笑笑说："肯定要买啊，还指望吃红芳的奶？"红芳笑着回头骂他："滚！"

留下跛子看家，其他的人都去医院抱娃娃了。

昨天孩子一落地，舅舅就亲自来了，宣布了是个男娃的喜讯，他和妹妹兰英还有跛子妹夫商议，也别等出院后去家里抱了，干脆明天直接从医院抱走，一来趁当妈的奶没下来，还没给娃喂过奶——等回去吃过了奶，再要抱走就等于割肉，万一舍不得送了就麻烦了,那可是个男娃啊;二来产妇回去,村里人见只有大人没有娃娃,就说娃娃没成,夭了,计划生育也好过关。兰英说行。这样的事情自然是她定下个啥就是啥了。舅舅又找福元两口子谈话,传达儿媳妇的意思说:"罪替你们受了,住院费你们出了吧。"福元笑着说:"行,怎么不行!"红芳正在兴头上,也跟着说没问题。

次日一早,福元把自己那辆平时拉客人的三轮摩托车的车篷换了新帆布,密不透风,里面坐的是他的妈、姐和媳妇子。福元把车开得飞快,面色愉快而庄重,三个女人从帆布上那一小块方形玻璃里望着他的后脑勺笑,兰英斜着眼说:"看把他急的!"

福元把车停在新修的一级路的路口,等着那些呼啸汽车过去,他觉得这条宽阔的水泥公路就像一条河,自己正要渡过这条河去。穿过一级公路就是镇上的大街了,三六九的日子逢集,兰英早嘱咐过福元从化肥厂外面的小路往过绕,福元就只顾赶路,遇到邻邦村子认识的人也不打招呼。

舅舅已经在镇卫生院大门口等老半天了,正叼着半支烟张望着,福元的车一到,舅舅把烟头扔脚下踩灭了,果断地命令:"快走!"领着三个女人头前快步走,福元抱着那个装棉被的纸箱跟在后面。镇卫生院都是很旧的蓝砖平房,挂着雪白的门帘,找到病房,舅舅先进去,然后是兰英,秀娟跟着,红芳提着一兜鸡蛋躲躲闪闪地在最后面。福元在门口把箱子给了秀娟,他不打算进去,在门口蹲下来,脊背靠着墙点了根烟抽着。

病房里有三个床位,两边靠墙的床上各躺着一个产妇,都盖着被子,中间的床上没人,放着一个包袱。兰英只看了一眼躺在床上的外甥媳妇和伺候月子的嫂子,眼圈就红了。嫂子抹着眼泪说:"大人没问题,先看娃吧。"兰英就走向那张空床上的包袱,娃娃在里面睡得正甜。

这时候外甥提着个暖瓶进来了，笑着和姑姑、表姐、表嫂打招呼，说："福元不进来，在外面抽烟呢。"兰英说："他一个男人家，进来也没用。"秀娟抱起了娃娃，眼神亮亮地看了看红芳，把娃娃递给她。红芳手忙脚乱地接过来，看着那张皱巴巴的小脸儿傻笑。

外甥媳妇头搁在枕头上，在无声地垂泪，兰英拿过床头的毛巾给她擦擦，也落着泪劝道："娃，别太伤心，咱还不是一家子？以后你什么时候想见，骑车子来就是了。"又对嫂子说："别着急出院吧，多住几天，养好了再回去。"嫂子说："不了不了，这就回啊，就等你们把娃抱走呢。等下就办出院手续。"兰英看她一眼说："福元装着钱哩。"嫂子就吩咐她儿子："你去和福元把住院费算算。"

兰英已经开始催促着秀娟和红芳给孩子换新被褥了，她先把新被褥在床上铺了两层，又亲手把裹娃娃的包袱解开，让那肉肉的小东西在眼前滚着，一边说看这个小伙子，一边把娃娃从头到脚摸了一遍，又提起两只小脚看看脊背和小屁股，确信没什么毛病，才笑不拢嘴地把那小心肝捧起来放到新被褥上，小心地重新裹将起来。嫂子说等着等着，从娃娃的旧包袱里拣出一块旧布片低声对小姑子说："这是从他爸的裤子上剪下来的，贴着身子给娃垫上，保佑娃平安。"兰英吐吐舌头说："哎呀，我都忘了这了。"会意地接过来，又把娃娃解开，贴着小肉儿垫上，再裹起来抱在怀里，递给身边的红芳："把你娃抱上！"把红芳羞了个大红脸。

这时，福元探进头来低声喊红芳，红芳抬头看他，福元说："你出来。"红芳小心地把娃娃递给秀娟，小跑几步出去了。

秀娟把娃娃抱在怀里，目不转睛地看着那张丑丑的小脸。兰英和嫂子说着话。

门口只有福元一个人，红芳问："怎么了？"福元一只嘴角挑了挑，看上去像笑，他说："人家说让咱再出两千块。"红芳瞪起眼睛问："谁说的，舅舅？"福元说："不是。"红芳就明白了，苦笑："这又不是卖娃娃！昨天舅舅没有说这个啊。"福元说："表弟说他媳妇子昨天夜里给妗子说的，说让咱出点怀孕期间的营养费。"红芳鼻子里哼一声说："咱给她送过多少回鸡蛋了，她怎么不说？"福元说："算了，别说废话了。你说一句话吧，要行，一定不能让咱妈知道。"红芳怏怏地说："行，谁让我不会生呢，迟早还不都得这样？你带的钱够吗？"福元说："不够，差一千，我马上去海峰的修理铺问他借一千。"红芳说："傻子，你先给他一千，以后再给不行啊？"福元皱着眉说："给他算球了！"甩开腿紧着往外就走。

红芳是个心里藏不住事情的，回来再面对妗子和那产妇，依然在笑，但那笑容就有些僵。秀娟一心在孩子身上，兰英倒看出什么不对头来，但她没问。嫂子不容红芳开口，喋喋地嘱咐着什么时候给娃娃打疫苗，喂奶怎样定时定量，并说这是护士再三嘱咐过的。那产妇一声不吭，把头歪在枕头上默默垂泪。

说了半天话，舅舅进来说住院费福元已经交了，手续还没办完，让兰英一家抱上娃娃先走，以免一起走时碰上熟人不好说。兰英从秀娟怀里抱过娃娃，裹严实了，用块红色的薄手绢把娃娃的脸盖上，就往外走，秀娟紧跟，红芳红着脸歪歪扭扭走在最后面。一出病房门，福元在花池那头看见，掉头就跑。兰英抱着娃娃，缩着肩疾步走着，秀娟红芳跟在后面小跑，能看见福元已经发动了车子，掀起车篷的门帘等在那里了。

上车坐下，依然是兰英抱着娃娃，虽然她上了点年纪，秀娟红芳还是充分信任她的经验。红芳就忍不住笑："妈，你跑那么快干什么,又不是偷娃娃。"兰英也笑了:"你知道什么,谁身上掉下来的肉谁心疼,这可是个男娃啊,我怕她妈变卦。"红芳就说:"她变什么卦,连营养费都让咱掏了,我看她还怕咱变卦哩。"突然意识到说漏了嘴,吐舌头也已经来不及了。秀娟望着红芳说:"那会儿福元叫你出去就是说这啊!要了多少钱?"红芳先看了一眼婆婆,假意轻松地笑着说:"不多,两千块,要不是亲戚还不知道要多少呢。"兰英拉下脸说:"要不是亲戚,给多少钱人家舍得把个男娃娃给你?"红芳想不到婆婆的态度是这样,想起自己不会生养来,就闷在那里不说话了。秀娟冷冷地说:"要钱好,要了钱就糊了他们的嘴,将来这娃就不能说是她生的了,她敢跟娃说两千块把娃卖了?"

福元听不见她们说什么,他把车开得很平稳,就像船在无风的湖上悠,车篷是新换的帆布,密不透风,里面坐着三个女人一个婴儿,抱娃娃的是奶奶,奶奶旁边坐着姑姑,姑姑对面坐着妈妈。进村的时候,她们把说笑的声音压得很低,外面什么也听不到。

第十九章

  有苗不愁长。一家子已经开始商议给江江过满月的事情了，这个名字是妈妈红芳取的，因为他哥家娃叫海海，就随了这个名字。奶奶兰英不爱叫这个名字，她叫孙子小狗子，这个名字是从心上来的，怎么亲怎么叫，也不管红芳高兴不高兴。福元跟上媳妇叫"江江"，老头子七星变通了一下，叫"狗狗"，秀娟有时候叫"江江"，有时候叫"小狗子"，有时候只叫一个字："亲！"
  对于是否给江江过满月，妈妈红芳的意见是：过不过吧，不是自己亲生的，过满月，会不会惹人家笑话？福元向来没主见，只说："娃是咱妈的亲侄孙子，叫她定吧。"红芳这回多了个心眼说："你别去问，你去问万一不合适该让妈生气了，你让咱姐去问。"福元就去老磨坊找秀娟，秀娟听了说："过，为什么不过？养的比亲的更亲。我去跟咱妈说。"

第三卷　秀　娟

　　黄昏，从地里回来，秀娟洗了洗就过来帮妈做晚饭了。每次秀娟主动来，兰英都会心情很好，一口一个"娃"地叫着。这个时候最快乐的是跛子，老头子看着老伴渐渐看开了秀娟的事情，不再把娃当眼中钉肉中刺，望着她们的眼神就越发温柔得近乎迷离。此刻，手里摇着躺在自己亲手制作的童车里的孙子，娃娃苹果般的小脸和藕瓜似的一节一节的胳膊腿儿，总使老人想起秀娟刚生下来的时候，那是他的第一个孩子呀，他对她的爱和对她一辈子的祝福简直无法形容，知青娃程和平老来的那几年，老汉心里又欢喜又担心，喜的是小伙子样样都好，忧的是将来秀娟要跟上他走了可怎么办？后来，这一切的美好心愿和烦恼都化成了泡影，就像几十年后对兰英和"土匪"长盛的恨也化为了泡影。跛子并不是那么粗心的人，他能看出秀娟的长相和神气一点也不像长盛——近四十年的观察使他敢下结论，秀娟和福元不同，她绝不是长盛的种——，这使他对秀娟是自己的亲生多了许多幻想，而这幻想，兰英竟从来没让它破灭，而且看来这辈子都不会破灭，这给了老头子无限大的安慰。谁也不知道，他曾偷偷摸摸地去双锁家里问过程和平的去向，当年的民兵连长说："好我的七星哥哩，我和你一样是个种地的，我连监狱的门朝哪里都不知道啊！"

　　此刻，坐在梨子树下，望着兰英秀娟母女在灶房门口摘着菜说笑，老头子笑呵呵地摇着快一个月大的孙子，竖起耳朵来捕捉着她们的话音，希望能够插上几句。

　　秀娟说："妈，福元和红芳想给娃过满月。"

　　兰英压低声音笑道："这一对儿脸皮真厚！"

　　秀娟也笑了，责怪自己的妈："看你，先笑话人家了，人家就是怕外人笑话！"

　　兰英马上就成了一副同仇敌忾的面孔，厉声道："笑话？打破他们的脑瓜！我的娃我想过就过，谁看不惯谁别来，请他们去了？！"

跛子发表意见说："你这人真是，着什么急，这村子里谁敢笑话你？"

兰英喝道："静着！"

跛子不服气地发出"喊喊"的声音，把那母女逗得"咕咕"笑。

一阵摩托车声响，福元开着车从大门进来了。车没停稳，车篷的门帘被撩开了，红芳从里面跳到地上来，跛子适时地柔声责怪："慢着，看摔倒着！"红芳看到秀娟在，打招呼："姐，你来啦。"秀娟笑着说哦。

福元把车停好，走到跛子那里弯下腰逗了逗娃娃，才笑眯眯地到灶房里打水洗脸。红芳先去抱起娃娃，蹲到摘菜的母女面前去，兰英不搭理她，是嫌福元拉完客人又专门去地里接了媳妇子。秀娟冲灶房里说："福元，明天别去跑车了，和红芳去集上买菜吧。"福元没反应过来，红芳一脸惊喜地问道："给娃过满月呀？"她去看婆婆的脸色，兰英不动声色，这并不影响红芳快乐的心情，她从来不在乎这些个，她只知道自己的办法奏效了，就对秀娟眨了眨眼睛。

跛子很郑重地发表意见说："不用专门去买菜，现在谁家办事还自己买菜？都用'理事会'了，买菜、做席面、上菜全是人家的事，你只要找个总管管花销就行了。——该省的心不省！"

兰英没吭气。红芳就提高声音说："福元，咱也用'理事会'吧？"

福元正拿毛巾擦脸，嗡声说："怎么不用？"

红芳说："那你在你的伴儿里找个人来当总管吧。"

福元说:"海峰吧,他是副村长。我明天出车时跟他说。"

红芳说:"你今天晚上去镇上的修理部找他吧,叫他明天一大早就来商议。"

兰英终于发话了:"着什么急,天黑开车多操心,福元别去。明天去外村联系'理事会'的时候捎带告诉他还不行?"

于是又讨论用哪个村的理事会,一致同意北张村的张呆子手艺最好,席面不浪费,收拾得也干净。

最后兰英说:"红芳明天回下你娘家,让你妈找几把干净稻草,扎个'草芽儿',让你哥赶后天天亮前拿来挂到咱家门楼额上,还得写张喜帖,贴在'草芽儿'后面,村里人看见就知道咱们要给娃过满月了。"

红芳问:"妈,什么是'草芽儿'?什么是喜帖?"

秀娟就笑了:"这也没见过啊,'草芽儿'就是用稻草扎一个房子的样子,里面是个小草人儿,穿着红袄绿裤子。生的是男娃,大红喜贴上就写'栋梁之材',女娃就写'巾帼英雄'。"

福元说:"姐你别告诉她,没吃过猪肉也没见过猪跑?"

一家子都在笑话红芳的少见识,红芳不好意思地笑了,还像个小女娃一样红了脸,她不服气地问兰英:"妈,福元满月的时候喜贴上写的是什么?"兰英想想说:"那个时候兴写'雷锋再世',好像写的就是这个。"红芳就抱着孩子笑得坐到地上:"哈哈!"跛子叫着:"看娃摔了,看娃摔了!"歪歪斜斜地跑过来抱过小狗子江江。

理事会提前两天就来了,盘了灶给前来帮忙的村里人做饭。女人们聚在热气腾腾的屋子里和面蒸小花卷馍,一箩筐又一箩筐,同时说着一箩筐又一箩筐的闲话,那个子最大的婆娘叫俊的,高挑饱满,脸盘也还周正,只是眼白大黑珠小,嘴角老要撇来撇去沾着一点白唾沫。这是个会说笑的,即便儿子在外打工的时候犯强奸罪被判了无期徒刑,媳妇扔下娃娃跟人跑了,也还能泰然自若地坐在巷子口和人扇风,说我娃在南方太忙了,干的事情太重要了,好几年也没请一天假回来。又骂媳妇子脸皮太厚,跑到南方找自己男人去了,说出来可真够辱没人的哈哈。俊只把一村子的人当傻子,一村子的人只道瞒着她一个人,以至于她竟然从来没被别人戳破,还能掩耳盗铃地搜罗别人的笑话。

如今红白喜事都请理事会,男人们来了没事可做,就打扑克"斗地主",到吃饭的时间就每人拿一个碗,到大铁锅里打烩菜,端到桌子上去吃,理事会的人给桌子中间放一大盆冰凉的花卷,一圈手一伸盆子里就剩下两三个了。看那些碗里,热菜汤泡着掰碎的花卷馍,是嫌凉,吃着的,手里还举着几个。大都是从"六〇年"过来的,吃饭上一个顶三个,并且从来的传统是,一个人来帮忙,全家人来吃饭,还要给家里老得走不动的端一碗回去,小娃娃家放了学就全来了,吵吵闹闹时把大半个花卷馍顺手就丢到了泔水桶里,再从碗里拣出几片片过油肉来,扔给跟在屁股后面的狗们。兰英从窗户里看见,心里直骂:"这是来帮忙的?饿死鬼转世!"

好的理事会是为主家着想的,正日子前一天的晚上才做正经的菜:炸酥肉丸子、粉条丸子,炸豆腐片,炸好的整鱼和炖好的整鸡,头朝里尾朝外摆在磨盘大的洋瓷盘里,像巨大的钟表盘,都放在灶房里猫狗祸害不到的保险地方。

张呆子后半夜把火封了才回去,第二天天不亮就来了,把火捅开,开始用肉丸子和炸豆腐炖比前两天油水大很多的荤烩菜,犒劳那些早早来帮忙的邻居们。

正日子这天最有威严的是总管,脸色很庄重,眼神很大气,举手之间就是发号施令,但总是恩威并施,四个口袋里鼓鼓的装的全是没拆封的香烟,碰上有那敢于挑战总管权威的小年轻,只要厉声喊过来,悄悄给口袋里塞上一盒,马上就是亲兵了,叫干啥干啥。

早上来的小年轻不多,因为村外的国道边正建设一个大厂子,都去那里找活干了,都是些受苦的土工活,但据说工钱开得还及时。家里有农用车的,都开着大小"金刚"去拉土方,拉一车领一张票,最后凭票结账。中午的时候,都来吃饭了,总管给每张桌子上都放着个盘子,拆几包香烟放盘子里,抽的时候方便,也防止有人整盒的拿去,但也有那聪明的,拿出个抽完的空烟盒,把盘子里零散的香烟一支一支装进去,还是一盒。如若被总管看见了,只需要做个鬼脸,大多数时候总管会假装没看见,但一会儿派活儿到你头上的时候,懂事的就乖乖地服从,这样大家都有面子。

刚订婚的宾宾望见总管海峰刚转过身走向灶房,对同伴强说:"快,快装!"块头很大的强抓过一把香烟来就给自己的空烟盒里装,结果只插进去两支,其他的都撒在了桌子上。宾宾急了,伸手来帮忙,旁边的人都哈哈大笑,起哄。宾宾干脆把烟盒抢过来自己动手,强不给,两个人推推搡搡了半天,才装了半盒,看见周围的人都不吭气了,一回头,海峰就站在他俩背后静静地看着。强一吐舌头,把烟盒给了宾宾,宾宾临危不乱,很镇静地把烟盒装满,装进了自己口袋。海峰默默地转身走了,一桌子的人就起哄,把那一盘子香烟全部瓜分了。

谁也没想到,海峰又折回来了,还站在他们背后,有那听话的年轻人就缩起了脖子,不由低声嘟囔:"海峰叔!"海峰从后面把手伸进宾宾的上衣口袋,把那盒烟拿出来,举到桌子上,"哧——",烟盒撕成两半,烟又回到了盘子里。小年轻们都嘲笑地望着宾宾,宾宾扭过头,挑衅地望着海峰,眼里是不无胆怯的怒火。海峰从口袋里掏出一盒没开包装的"红河"，插到宾宾空着的口袋里，手在他头顶上拍着，慢悠悠地说："没烟了，跟你叔叔说么，咱还用干这寒碜事情！"若无其事地转身去了。宾宾吐吐舌头，转脸用得意的眼神打量着一桌子羡慕的人，说："打牌！""哄"一声，无数的手都伸向他被烟盒撑起的口袋，吓得他一个后仰，从板凳上翻倒在地上，捂着口袋死活不撒手。

满院子的人都被这边的闹剧吸引，秀娟正忙着迎接晚来的亲戚，告诉堂屋里的婆娘们来的是娃的什么长辈，让她们根据情况把亲戚带来的圈儿馍切开。这些雕龙画凤的面塑工艺，寄托着亲戚长辈们的美好祝福，蒸成一个大馍圈儿，是要把娃娃牢牢套住保平安的，按照风俗不能全留下，要给人家"回"几块，婆娘们最乐意干这样延续风俗的事，这时候显得人人都是行家里手，有往出拿的，有往里装的，低声地交流和讨论着规矩和数量。秀娟从堂屋门口忙里偷闲朝这边望，笑着责怪道："这些娃们，就不知道歇一歇。"

兰英的哥嫂和娃娃的亲妈亲爸半上午来的，兰英陪着在红芳的屋子里坐着，和红芳的娘家人一起对娃娃的胖瘦和长相品头论足。兰英嫂子说："嘴长得像红芳。"红芳不好意思地说："又不是我生的，怎么能像了我？"兰英嫂子就说："你看这女子傻的，谁养的就像谁，娃娃都是看着长得么。"于是又说起谁谁家都是抱的孩子，神气长相比亲生的还像，可笑死了。兰英不像红芳那样没心没肺，不喜欢听这些，笑脸说出去看一下，出来一放下门帘，脸就沉下了。

兰英在院子里找到总管，低声念叨了两句，海峰就一路走进堂屋，撩开红芳屋子的门帘说："亲戚先坐席，要走远路咧！"兰英嫂子说："不远，不急。"那媳妇却对没吃过自己奶的亲骨肉没有当初被抱走时那么动情，对婆婆说："坐吧，听人家的安排。"

一屋子的人就出来坐席,被总管安排在堂屋里的桌子上,那是身份特殊的客人才能坐的席面。海峰又到每个屋子里喊了一遍:"亲戚先坐席,让亲戚先坐!"又到院子里赶那些已经坐满桌子的村里娃娃:"起来,让亲戚先坐,人家吃了要赶路,路远!"有几个热心的男人也帮忙喊:"亲戚,亲戚!亲戚都坐下!"

大门口等着吃饭的老少婆娘和娃娃们已经挤满了半条巷子,人们进进出出,一派红火喧嚣。

坐下来才发现找不见了跛子,他该陪兰英哥坐的。海峰进来出去找福元,也不见,有看见过的人说父子俩顶了几句嘴,就都不知道去哪里了。海峰就心急火燎找到兰英说:"婶子婶子,我叔叔和福元都寻不见,总得有个人陪人家喝酒吧,要不你先坐?"兰英把颧骨那里的肉都耸了起来,笑着说:"我多会儿坐过席?还喝酒哩,你婶子是那有出息的人吗?"海峰为难地说:"红芳呢?"兰英说:"找福元去了,让我给她看娃娃呢。"海峰说:"怎么办呀,让我秀娟姐陪人家?"兰英问:"合适吗?"海峰说:"合适,又不是出嫁女。"

海峰在院子里找到秀娟,拉住她胳膊说:"姐,你先顶顶,我叔叔和福元回来你的任务就完成了。"秀娟是男人的性格,也不考虑一下,就坐到桌子上了。

兰英的哥嫂在家里每顿饭都习惯喝二两的,有不花钱的酒当然要放开喝个够,秀娟陪不起酒,那妗子就劝道:"娃,喝一点,喝一点这世上就全是顺心的事情了。"一来二去,秀娟就喝了几杯,看着舅舅妗子都成了四只眼睛,再有人劝,仰脖就是一杯,一点也不辣,跟凉水没什么两样。

外面的流水席已经开了,红芳送自己娘家的人走半天了,这边兰英娘家人还在喝。海峰进来敬酒,才看到秀娟的眼神都喝直了,赶紧出去悄悄吩咐红芳:"赶紧赶紧,把咱姐搀出来,再喝要出事了。"红芳小跑进堂屋,把秀娟往出劝,秀娟不走,口齿不清地说:"娃满月他姑姑高兴,我要再和他亲爸亲妈喝两杯。"那亲爸亲妈也看出表姐喝太多了,帮忙劝,几个人好容易把秀娟从座位上拉起来。正要往兰英屋子里送,兰英闻声从红芳屋子里出来,低沉地喝道:"送她回自己家里去,别在我这里丢人!"红芳叫道:"妈!"海峰说:"送过去送过去吧,你妈屋里人也满着呢,万一咱姐要吐要哭的,不好看。"

  秀娟没吐也没哭,她从站起来的那一刻就神智不清了,什么也听不到,只感觉天旋地转,云里雾里地飘。几个人把秀娟扶出来,海峰一眼看到吃完抹嘴准备走的宾宾和强,喊一声:"宾宾,看外面谁的三轮摩托在,和强把你姑姑送到老磨坊去。"那两个二十郎当岁的少年不敢磨蹭,赶紧往院外跑,可巧强叔叔新买的三轮摩托就在巷子里,他正是开着它来的。几个人把秀娟架进车篷里,红芳也打算上去照顾秀娟的,还没上车,那舅舅妗子和江江的亲生爹娘也出来了,要回去,红芳只得嘱咐强开慢些,和兰英一起送客。

  三轮摩托"突突"地开出巷子,亲戚还在寒暄,就看见跛子从邻居家出来了,原来是和儿子生了气,找人喝茶解闷去了。接着福元也开着三轮摩托回来了,车停下,下来一个媳妇子和脸上抹着紫药水的半大小子。是红芳姑姑家的媳妇子和姑姑的孙子,那会儿小孩子好奇要开福元的摩托,结果撞到树上,把脸蹭破了皮,福元饭也没顾上吃,赶紧带他到镇上去抹紫药水去了。

  亲戚都送完,流水席也接近尾声了。红芳想起该去看看秀娟时,已经大半后响了,可是理事会等着算账哩,一时还走不了。跛子因为陪客的关键时刻没影儿了,已经挨了兰英不知多少的骂,这时埋头扫着院子里的垃圾,将功折罪。

第二十章

天压黑时分，红芳捎带送了借别人家的几件物什，来村口看秀娟。走进老磨坊，推秀娟的屋门，竟没推开，就趴着门喊："姐，姐——？"没人应，再看看门，是从里面闩上的，就拿巴掌拍门，一下比一下重，嘴里喊："姐，我是红芳，开门来！"还是没动静，红芳就觉得后脖梗子发麻，怕秀娟是出了什么事。正要出去找人来，有人在院门外面喊："秀娟？"是跛子听说秀娟喝多了不放心，也赶来了。红芳已经控制不住自己的声调，大着嗓子说："爸，我姐把门从里面插着，叫也不答应。"跛子就叫了几声，果然没声响。红芳说："爸，不会有什么事吧？要不你在这里看着，我去叫福元。"跛子说："跑快点！"

红芳气喘吁吁跑回来找福元，福元听说了并不急，笑着说："喝多了就是这样，叫不醒。"但他还是马上就开上三轮摩托，拉着红芳到了老磨坊,老头子还在那里叫喊,已经有两个热心的邻居过来看究竟了。福元把车停门外,走进来瞅瞅,门是暗锁,没有钥匙是绝对打不开的,除非撞开,但福元觉得没那么严重,不必要撞门,他推开仰着写满紧张和期待的脸哀求地盯着自己的老子,又走出门去,打开摩托车的工具箱,找到一把长改锥,笑眯眯地走进来对邻居们说:"没事,没事,又不是冬天怕煤气中毒,就是喝多了,回去吧,都回去吧。"跛子和红芳也机械地跟着赶人,邻居们就不甘心地退了出去,眼神闪闪烁烁,站在院子门外不肯走,低声地议论着。

福元把改锥的刀头深深地插进锁眼里,握住那木柄使劲一旋,鼻子里发出"嗯——"的一声,锁子就被撬坏了,卡轴心的弹簧断了,锁心跟着螺丝刀随便转。跛子眼睛一亮,伸过手去握住球形门把,还是转不动。福元把改锥交给老子:"拿着!"腾出两只手来握住门把,又是"嗯——"的一声,那门就开了。他把门推开,红芳趴在他背上探头探脑地问:"在吗?咱姐在吗?"福元往进走着拧回脖子说:"你自己不会看?"

从福元的背后,红芳依稀看见秀娟背朝里躺在床上,屋子里酒气熏天。福元打开墙上的电灯开关,就看到床边吐下一滩秽物,秀娟黑色的裤子扔在地下,皮带像一条蜿蜒的蛇。跛子一蹿一蹿地奔了过去。红芳轻手轻脚地往跟前蹭,她绕到床那边,看到秀娟脸色苍白,干结的汗水把发丝贴在脸上,鼻孔里呼出很粗的气息。

红芳蹲下来轻轻地叫着:"姐,姐,你难受吗?"秀娟睁不开眼睛,无力地抬起一只手掌,轻轻地摇了摇,又像没骨头一样放到了床上。红芳仰头看看站在床尾的福元,福元说:"凉茶解酒,我回去端一壶凉茶来。"松了一口气的跛子催促道:"快去,快去!"他把闺女的裤子拾起来,搭到一把旧折叠椅上,跟在福元的后面去门背后拿笤帚,又跑到灶房去用小铁铲在炉子里挖来满满一铲草木灰,撒在呕吐物上,小心地把它们扫进簸箕里,端到院子里,倒在梧桐树根上。

跛子回来,对正伺候秀娟喝水的红芳说:"你看着她,我回去把你妈换过来给你姐洗洗。"红芳说:"爸,等下福元过来开车送你过去。"跛子气鼓鼓地说:"用不起!"

跛子在家看着娃娃,福元开着摩托车拉着他妈来到磨坊。兰英进了屋门,一眼看见秀娟的样子,沉着的脸就如同阴云里爆发了闪电,骂道:"你说你这算怎么回事,你是我奶奶,你是我奶奶还不行吗!"红芳不满地嚷道:"妈,你也不看我姐难受成什么样子了?"兰英说:"该,她逞能哩么,自作自受!"红芳嘟囔着:"这人心真狠!"低头看见一行泪水越过秀娟微微有些皱纹的鼻梁,和另一只眼睛流出的泪水汇成一股,终于消失在枕巾的沙漠里。兰英的怀里还抱着个茶壶,狐疑地望着搭在椅子上的秀娟的裤子。三个女人半晌都不言语。

福元给屋门换好了新锁,进来拿过茶壶放到摆着电视和香炉的木桌上,倒了一杯酽茶,递给红芳。红芳说:"姐,起来喝一口凉茶吧。"秀娟撑起身子抖抖地握住茶杯,"咕咚咕咚"两口喝干,又躺下了,似乎不愿意看她的妈。

兰英在那把旧折叠椅上坐下,命令福元:"福元你和红芳回去,我和你姐待一会儿。"福元迟疑地问:"你呢?"兰英拉长着脸说:"我一会儿走回去就是,又不是在城里京里的!"福元就望向红芳,红芳有些心烦地看看他,低声对秀娟说:"姐,那我先回,咱妈在这里招呼你。"红芳站起来欲走又止,俯身问道:"姐你吃点什么呢?我到那边给你去端碗丸子汤吧?"秀娟摇摇头,没言语。红芳只好跟着福元走了。

听到摩托车声远去,兰英过去把门关上,回来依然坐在那把离床很远的椅子上,声音毫无感情色彩地问:"怎么了呢?"秀娟躺着没动,声音喑哑地回答:"没怎么。"

"你把我当傻子,我吃的盐比你吃的饭也多!"当妈的紧逼不放。

秀娟咬着牙不说话,头晕得厉害,懒得理人。

兰英有气,毕竟不如年轻时的心肠硬,不由坐到床边来,声音柔和了些,转着眼珠问:"大白天的,脱了裤子干什么?"

秀娟说:"我难受,准备睡觉呀,就脱了。"

兰英把手放到秀娟的薄被子上,尽量用了慈母的语调问:"秀娟,今天就咱娘们俩,你说实话,你不愿意嫁人,是不是怨恨我?你说实话。"

秀娟冷笑:"你真可笑,我不嫁人,怨你干什么?有意思吗?"

兰英长叹一声说:"娃子,你苦,妈知道,你不嫁人,就是让妈活着不如死了!你六岁的时候碰到妈和那该死的'土匪'在你梅子婶子家的炕上,吓破了胆,妈也知道。你觉得妈不是个正经女人,可是你知道妈为了谁?还不是为了你和福元?妈命不好,嫁了个'武大郎',成了人的笑话;妈怎么忍心再生一窝'武大郎',让儿女也成笑话?妈错了吗?天地良心啊,妈要是为了自己,让我死到大年初一!"

秀娟"呼"地转过身来,红红的眼睛瞪着亲妈,不耐烦地嚷:"你别说了!告诉过你多少遍了,我不嫁人,和你没关系没关系,你以后别再说这些话了!"

兰英斜睨着闺女,试探地说:"不是为了那个知青娃吧,为了谁也不值得搭上一辈子么,再说了,那个娃还不知道死活哩⋯⋯"

秀娟一摆头,眼泪飞溅着,嘶声叫:"你别在这里麻烦我了行吗?我这么活着我愿意,你别管我,你走开行吗?!"拉起被子蒙住了自己的头。

兰英抹了把眼泪,歇斯底里地说:"把我死了吧,把你们都死了吧!"站起来,直撅撅地走出门去,把门摔上了。

村街上的路灯照不了多深,兰英摸黑走进巷子,将近自家院门时,看到有个人正站在门口朝着灯火依然通亮的院子里探头探脑地张望,她收住脚问道:"那是谁呢?"一个女人受惊的声音回答:"婶子啊,是我。"

"谁呢?"兰英上前几步借着光仔细看,"玉翠啊,怎么不进去?"原来是强的妈玉翠。

玉翠说:"我家强说来你家帮忙了,还不见回去,我来找,看见院子里早没外人了。"兰英说:"强不是在那个什么厂的工地上干活吗?"玉翠担忧地说:"就是呀,人家工头说他后晌就没去。"兰英说:"小伙子家的能有什么事?也许中午在我家喝多了酒,到谁家玩扑克去了吧?"玉翠说:"兴许是呢,我到宾宾家问下去,婶子你回去吧。"兰英说:"你不进去了?给你端碗菜吧,剩下可多菜呢,天气热了,明天怕就放坏了。"玉翠:"那就端一碗,我先送回去再到宾宾家去找强。"

玉翠跟着兰英进了院子,到厨房里端了一碗做酒席剩下的菜,说了几句闲话走了。

兰英心情好了些,想去看看孙子,问福元:"红芳看着小狗子呢?"福元说哦。兰英就进了红芳的屋,红芳是个没心机的人,看见婆婆进来,笑着问:"我姐好些了吗?她不吃点什么?"兰英早趴在孙子跟前,有心无心地说:"别管她,死不了。"红芳说:

"看你说什么！"又问："刚才谁来了？我听见有人说话。"兰英说："玉翠找她家强，娃不知道到哪里云游去了。我让她端了碗菜。"红芳说："我姐中午喝多了，就是她家强和宾宾送的，开着辆新三轮，肯定是跑到镇上打台球去了。"兰英只顾和一个月大的孙子说话，并没有听见媳妇子的话。

第二天一早，秀娟过来拿喷雾器，要去给刚绣穗的小麦喷洒防止吸浆虫的农药，先进来看小侄子。红芳见她眼睛肿肿的，脸色也灰白，说："姐你好点了吗？要不你给我看娃，我给你打药去算了。"秀娟依然是她那恬淡的笑，说："不用不用，一点酒毒不死我！"红芳对她做个鬼脸，指一指婆婆屋子的方向。秀娟似有似无地笑笑，并不当回事。

秀娟出来碰见兰英，当妈的亲热地问："娃，有炸好的鱼，你这几天过来吃饭吧？"秀娟说行。跛子知道闺女没把她妈的话当话，补充说："打完药过来吃早饭。"秀娟又说行。

前脚秀娟走，后脚玉翠胳膊底下夹个碗又来了，红肿着眼睛，带着哭腔说："该死的强到现在还不见影子，宾宾昨晚也没有回去。"她看着兰英，试探又决绝地问："说是两个娃昨天晌午开三轮送秀娟回去，就再没见影子？"兰英的脸就开始变酸："看你说的，秀娟一个女人，能把两个小伙子吃了？"玉翠说："好我的婶子哩，我不是那个意思，我就是想问问秀娟知不知道两个娃后来干什么去了，——刚才我去老磨坊，秀娟的门锁着哩，有人说看见她到前面来了，我就跟过来问问，捎带把碗还了。"兰英依然沉着脸说："我问了，她不知道，她喝那么多酒，话也不会说了，怎么能知道？"玉翠就开始抹眼泪，有大哭一场的意思。兰英硬硬地说："你还不到工地上问问，别是出了什么事工头瞒着你！"玉翠也没听出这话里的毒来，只觉得很有道理，直魂飞魄散，转身就走，走

第三卷 秀 娟

了两步又回来,把碗还给兰英说:"婶子,你的碗。"

兰英望着她慌慌张张的背影,低声骂了句:"那嘴门上也不安个栅栏!"她本来想回屋里看孙子,想到玉翠可能去地里找秀娟,就急急地出了门,抄近路向河边的地里走去,她走得飞快,不想被别人看见,她这一辈子可是从来没下过地的。

同一时间,福元正把一个客人拉到县城的火车站,客人进站后,他没有走,在车站前面和几个同样开三轮的抽烟闲谈,他不多来火车站,向他们打听下一趟列车什么时候到站,想顺脚拉几个回本乡镇的客人,——如今油价又涨了不少,福元不想放空。一转头,就看见宾宾和强正蹲在候车室外的台阶上抽烟,他想起两个娃的妈昨晚找他们的事,想告诉他们一声,就喊了一声:"宾宾——!"宾宾一抬头看见是福元,没有答应,慌慌张张拽了一把蹲在旁边的强,两个人跑进了候车室。福元想这两个娃这是哪根筋不对了?也不跟家里人打个招呼就坐火车走啊,想去南方打工?寻思了半天,觉得为他们的父母着想,应该问问这两个娃打算去哪里,就走向候车室。

这趟火车就要来了,人都排着队剪票,福元进去的时候,看见宾宾和强刚进了检票口,他喊了一声:"强——,你妈找你哩!你们去哪里?"两个娃飞快地跑向了站台,也没见拿什么行李。福元跟过去,检票员拦住了他,冷漠地说:"送人不能进站,去买站台票。"福元正犹豫是不是该去买张站台票,从弹簧门的玻璃里看到那些开三轮的都涌向了出站口,显然生意需要抢,他就想:"算了,没钱了他们就会回来的;看见我就跑,肯定不想让我知道去哪里,问了也不会说。我还是抢客人去吧,不能放空费油。"

福元送完客人,回村里吃午饭,路过国道边的厂子工地,看到强的妈玉翠正在那里跟工头哭闹,他把车开过去,喊道:

"嘿——，嘿——，嫂，你家强和宾宾坐火车走了。"玉翠惊愕地望着他，福元笑着说："我刚才在县城火车站看见俩娃，叫他们，他们转身就跑。"玉翠用巴掌抹了抹脸上的泪水问："你没问他们去哪里了？"福元说："我想问哩，娃跑得太快，上火车了，我没票，人家不让我进。"玉翠问身边的工头："这俩娃干得好好的，怎么跑了？"工头的眉头拧成了疙瘩，不耐烦地把烟屁股扔地上说："谁知道！现在你知道人没死我这里就行了！"转身气哼哼摇着头走了。

　　福元对玉翠说："嫂，回去吗我捎你。"玉翠拉住他说："福元，你赶紧拉我去县城火车站！"福元笑了："迟了五百年了，火车这会儿到上海了！"玉翠突然面目狰狞，厉声怒骂儿子："死娃子，好生把你死在外面！"

第二十一章

就有闲话在村里传开了，说宾宾和强这俩娃，那天趁着秀娟醉得不省人事，把比他们大了一辈的老女子糟蹋了，两个小畜生怕秀娟告他们强奸，畏罪潜逃了。有那持反对意见的人说不对，谁不知道秀娟是男人的脾气，真要被人害了能不气死？可是你看秀娟还跟以前一样，侍弄着她那两亩口粮田里的麦子，跟没事人一样，不像，你肯定是瞎说。

南无村家家都在议论这件事，只有兰英家最清静，舌头最长的妇人也不敢到兰英跟前翻这闲话，都知道她是一门理：你来说闲话，你先不是好人！因此一家人像傻子一样耳根清净，乐呵呵地过日子，没有去寻思快成了疯子的玉翠怎么突然就不来找她家强了。兰英整天看着小狗子不出门，红芳满村子跑，偏她又是个没心机的，人家的话拐个弯儿她就听个表面的意思，也从来不琢磨别人古怪的眼神。

这天红芳在老磨坊里，帮秀娟清洗完准备装新麦的化肥口袋，急着回去看看娃娃，路过宾宾家那条巷子，就看见强的妈玉翠倚着水泥电线杆，正和人说话，有个婆娘靠墙站着听，只能看见半个身子，看不见脸，可能是宾宾的妈巧香。玉翠背对着巷子口，没瞅见红芳过来，正压着嗓子骂人："我正要去找那个老逼，问她个不是，她以为她的老女子真是尼姑子？凭什么我们两个好小伙子非要弄她个嫁不出去的老女子？肯定是她女子守不住了，借酒撒疯勾引我娃哩么，她美过了，把我娃吓唬得跑没影了，她还装得跟没事的一样。我看就是家传，她母子年轻时偷汉子，她也偷人，她们一家子都偷人，那个娃娃说不定就是福元和城里哪个小姐生的私娃子……"她正骂得得意，突然看见巧香瞪起眼睛看自己身后，赶紧住了嘴，但是已经太迟了，红芳早就闪到脸前，两只手弯成爪子从她额头到下巴齐齐抓下，就是十道血印子。

玉翠像杀猪一样嚎叫起来，伸手去抓红芳的胳膊，红芳不言语，脸刷白，一手揪住玉翠的头发，一手就去扯那妇人的嘴。巧香呆了一呆，赶紧去抱红芳的腰，红芳依然扯着玉翠的头发不放手，嘴里只念叨着："扯你的狗嘴，扯你的狗嘴！"玉翠满脸的血，号哭着一头撞向红芳，把两个女人都顶在墙上。

这时有一对串村卖菜的夫妻和一个路过的男人叫嚷着过来把她们分开了，又有两个半老太太过来，说着一些惯用的毫无针对性的劝架的话，指责打架的双方"真可笑"，应该"快回家去"。红芳并不回去，靠着墙根坐下来，刷白着脸，喘着大气，指着玉翠骂："你再胡说一句，你再胡说一句试试，我就坐这里等着，你再说一句立马、立马扯烂你的狗嘴！"年纪大身体弱的玉翠果真不敢乱说了，只披头散发地大哭："我的强啊，你死到哪里去啦，你妈回去就上吊啊——！"一个老太太劝说她："强妈，你能打过年轻的？快回去洗洗脸，别让人看笑话！"另一个老太太过来拉红芳："女子你也起来回去吧，你不知道她嘴不好？别和她计较啊。"红芳不起来，把脸埋进两个膝盖间放声大哭。

兰英是个爱看热闹的，听见街上闹，把孙子给了跛子就跑出来村街上看，碰上玉翠满脸的血，还关切地问了句："这是怎么了？和谁啊？"没人搭理她。走到跟前一看，红芳坐在地上，声调就失了控："红芳，这是怎么哩呢？"红芳抬头看见婆婆，眼神说不清是亲还是恨，只说了个："妈你别管！"起来就往家走，屁股上的土也不知道拍打下。人也就散了，只有几个留下来围着宾宾妈巧香，看来打算探问议论一番。

兰英恼恼地跟进了家门，红芳已经回她屋里哭上了。跛子小心地问："怎么回事？"兰英沉着脸说："和玉翠打架，把人家抓了满脸血。"又说："该，把那个神经婆娘的嘴扯了才好！"在院子里站了站，寻思还是该去问问红芳怎么一回事，就进了屋。

红芳已经不哭了，在床上躺着。兰英立在地下问："好好的怎么在街上干上了？"红芳依然咬牙切齿地恨道："该死的婆娘嘴里不好受，在街上宣传我姐的闲话。"兰英就紧张起来："你姐和个死人没两样，有什么闲话？"红芳厌烦地说："你坐在家里什么也不知道，人家都说娃满月那天宾宾和强送我姐……"她看看婆婆的脸色，接着说，"那两个小坏崽把我姐祸害了，害怕告他们，就跑了……"又看看兰英，"也不知道是不是真的。玉翠和巧香在街上嚼舌头，正好被我撞见，我先把那个浪婆娘抓了个满脸花，又扯她的嘴！"红芳又激动起来，用袖子去抹眼泪。兰英把目光从红芳脸上挪到墙角，那里靠着一个给娃娃洗尿布的塑料盆，呆了半晌，低声恨道："辱没先人啊！"慢慢转过身，撩开门帘，出去了。

红芳见兰英回自己屋里了，怕玉翠男人来闹事，自己要吃亏，就跳下床，从堂屋里把自行车推出来，飞身上车，去镇上叫福元去了。走时叫公公把院门关上，自己回来叫门再开。跛子抱着娃娃不明就里，问着怎么了怎么了，红芳什么也不说就走了。跛子关了院门，回屋想问问兰英，兰英躺在床上，闭着眼一声不出。

红芳找到福元，福元并不想回去，不耐烦地说："别听她们胡说八道，咱姐不是那种人。"红芳吓唬他："咱妈可气病了，回不回由你吧。"福元是个孝子，一听就把红芳的自行车放三轮子上，两口子风一般赶了回来。

回来一看，当妈的真的病了，不吃不喝，也不和人说话。秀娟正坐在床边掉眼泪。

小两口商议了半天，福元去院子里了，红芳把秀娟叫到自己屋里，悄悄地探问："姐，到底是不是真的？"秀娟坦荡地看着弟媳妇说："什么真的假的，你也神经了？"红芳不好意思地笑了："我当然不信……咱妈问你了吧？"秀娟摆摆手说："问了，我说没有，她不相信么！"红芳也不相信秀娟的话，但她愿意相信大姑子，就说："谁再胡说八道，我扯她的嘴！"秀娟说："再有几天好太阳，麦子就骄了，电视新闻里说南边已经开始割了；我没工夫和咱妈生这肚子气，她愿意睡就睡着，我回去呀。"红芳说："只要老天爷不捣乱，也不用慌，反正都是要联合收割机，到时候我和福元帮你去拉麦子口袋就是。"秀娟说行，那我走呀。

秀娟来到兰英的屋里，对睡着的妈说："你这人真可笑，老了老了看不开了；我都四十岁的人了，还不知道个事情的反和正？用你对我这个样子？我一个人要干的活儿还很多，没工夫和你生这口气，你爱睡就睡着吧，我走了。"秀娟说走就走，到院子里抱过小侄子亲一亲，又还给老头子，低声说："爸，我走了她就起来了，你不信看着。"红芳捂住嘴地笑,福元没听清说的是什么,也跟上笑。玉翠家没敢再来闹,一院子的紧张空气就散了。

估摸着秀娟走出巷子口了,兰英突然冲出了屋门,站院子里冲门口骂:"厉害死你个奶奶,你脸比那城墙还厚,我丢不起这人!你和没事人似的,我们怎么出去见人?你把我气死吧……"她的头发也睡乱了,起来得太快,这会儿只觉得头晕目眩,赶紧说:"福元给我拿个椅子。"福元拿把椅子放在她屁股后面,兰英坐下来,谁也不看,把脸冲着大门口。

红芳接过公公怀里的江江,抱回去了,说:"太阳太毒了,我让娃回去睡会儿。"跛子说:"我去做饭,福元妈你想吃什么?"兰英说:"什么也不吃,气也气饱了!"语气已经是很松动。福元说:"生气顶什么用?要是真有这事情,等那两个小坏崽回来,我把他们都骗了。——可是看我姐的样子,不太像。"兰英瞅瞅儿子:"你懂个屁,肚子大起来才像啊?你姐心善,从来是不害人的,吃了亏也不吭气,——我就是生她这个气,你说她年轻的时候死活不嫁人,现在落下这个名气,活着窝囊不窝囊!"福元说:"还不是你这辈子太争强好胜,遮盖了我姐?"兰英斜儿子一眼说:"哦,你们都怨我吧,好歹把我气死了吧!"起来就回屋里去了。跛子埋怨儿子:"她好不容易起来,你又惹她干什么?没事你去给你姐帮忙,一会儿叫她过来吃饭。"跛子是最心疼闺女的。福元不高兴地说:"这还用你嘱咐?我姐就那二亩地,现在又都用联合机,我捎带就给她干完了,倒是熬煎咱这一大家子的吃喝吧!"

就听见有人进了院子问:"我婶子在吗?"福元一看是宾宾的妈巧香,心里就有火儿,说一声:"屋里呢。"干他该干的事情去了。

巧香尴尬地笑笑,对灶房里的跛子打个招呼,一边往屋里走,一边喊着:"婶子?"进屋看见兰英脸朝里躺在床上,于是在床边坐下,就开始"呼哧呼哧"地哭了起来。兰英转过来,阴沉地望着她说:"我养的女子不正经,勾引了你家娃,让你伤心了?"兰英的刀子嘴是没几个人能招架了的,巧香抱的就是个服软的态度,撩起衣角擦着泪说:"说实话哩婶子,我也不知道究竟是怎么回事,都是玉翠那个逼胡说呢,村里谁不知道秀娟的为人?要造孽也是两个小畜生造的孽……可是婶子,说实话哩,我家那宾宾再淘气,他从小就不是那胆子大的,强也是个木疙瘩,我真不相信他俩娃能做出这种不是人的事情来。也许,是个误会?秀娟没说什么吗?我们不能问,婶子你当妈的就没问一问?"

兰英不是糊涂人,听人家说的在理,也就坐了起来,一边说:"我也不相信有真事情,可人嘴里带毒啊,还有那不要脸的婆娘自己站在街上宣传,也不怕她儿将来说不下媳妇。"听到这个茬儿,巧香又哭了起来:"该死的宾宾,也不给家里打个电话,不管他妈的死活。婶子,不怕你笑话,不知道哪个嘴长的把闲话翻到了我亲家那头儿,人家捎来话了,说收麦前宾宾不回来,那就是逃犯,就要和我们退婚,你说这刚花了万把块钱订了婚,人家要反悔了,到哪里去要钱啊!"

巧香哭得很凄惶,兰英有心劝劝她,又不愿意让她觉得自己理亏似的,就说:"不行就报案,让派出所去找。"可把巧香吓着了,抓住兰英的胳膊说:"婶子,你要报案我就给你跪下!"又哭了起来。兰英趁机拿她一把:"不报案也行,你去跟那个烂婆娘玉翠说,她要再敢到处煽风,说我女子的坏话,就是逼我报告派出所哩。"巧香一万个应承:"行行,婶子,我去骂她,我就说去骂她哩,都是她那张嘴不好给我惹下的事情,我家宾宾要真退了婚,我就提上尿盆子天不亮去她家大门口骂街。"兰英说:"你坐一下,我去上茅房。"伸脚去勾地上的鞋,巧香赶紧弯下腰去,从床底下帮她把鞋拉出来,嘴里说:"我不坐了,回去做饭啊婶子。"

半夜里,跛子正睡得好,被人推醒了,睁眼看,昏暗中兰英坐在自己的单人床上,眼睛里仿佛有星光。老头子问:"你神经了?"兰英低声说:"福元爸,我说了你别生气,其实要是咱秀娟真怀上了,生下个带把的来,那也算是咱的亲孙子你说呢?"跛子马上就说:"我看你真神经了,这是人话吗?"兰英又羞又气,探身抓住跛子脑袋下的枕头一把拽出来,又砸到他身上去。

跛子不敢动了,嘴还硬着:"你想想这是当妈的能说出来的话吗?"兰英一把揪掉他身上的毛巾被,低声骂:"你就是个绝户的命!"跛子只好坐起来,盘起腿来望着压制了他一辈子的厉害人,强压住心头的火气说:"可我看不是这么回事。"兰英问:"不是这么回事那两个小畜生跑什么呢?"——关于这个问题,老两口讨论了大半夜,睡觉的时候,窗帘早就发白,院子里梨树上的麻雀已经开始吵闹成一片了。

舅舅又来了,茶也不喝,一脸的严厉,把妹妹和妹夫叫到屋子里,黑着脸说:"秀娟的丑事都在邻邦村子传成笑话了,再不能由着这女子了,四十岁的人了不嫁,不出是非才怪。你们当爹妈的不管,我这当舅舅的可不能不管了。"从自己口袋里摸出根烟来点上,望着兰英接着说:"咱村原来在省里的纺织厂开车的小贵你还记得吧,这几天回来了,说他的一个战友在矿务局上班,婆娘年前死了,跟前有个不到十岁的娃,愿意找个农村的女人。我看和秀娟合适,你俩当爹妈的说句话吧,小贵就要回省城去了,要行就让人家来见个面。"

跛子问:"有多少年纪了?"

兰英说："我女子一结婚就当后娘啊？"

舅舅看看他们说："四十多岁吧，不大；我看跟前有个娃是好事，秀娟的年纪恐怕也不能生了，她的日子也过了小半辈子了，将来总有个养老送终的吧。"

兰英就开始抹泪，跛子也开始抹泪。舅舅叹口气说："都别太难受，个人有个人的命，也许娃这是要过好日子了。"

兰英央求哥哥："秀娟那里还得你去说，叫花子女子就跟我说不成个话，一提这事情就翻脸哩。"

舅舅把大手拍在膝盖上说："那就我去跟娃说，她娘舅还能害她吗？"起身就去了村头的老磨坊。

谁也料不到，秀娟竟然认命了，不哭不闹，只说要等把这季麦子收了再商议。一家子都觉得像是在做梦。

兰英有自己的小九九，想拖上两三个月，看看秀娟的肚子能不能大起来。可是人家那边催得紧，麦收后来见了一面，都还中意，秋播前就娶了过去。弟弟福元送的亲，回来说新房在一座旧楼里，据姐夫说很快要搬新房子。

自秀娟出嫁后，兰英几个月来想起来就哭，想起来就哭。新棉花下来后，兰英想起秀娟结婚时没来得及给娃做两床被子，就弹了几斤新棉花，给闺女做了一厚一薄两床被子，被子面是自己结婚时娘家陪嫁的好绸缎，火红的料子绣着绿牡丹，几十年没舍得用。又亲自炒了一袋子花生，让福元坐火车给秀娟送去。

福元扛着两个大编织袋下了火车，找到秀娟家，房子里已经换了主人，原来新房是租人家的。只好又到纺织厂找到舅舅村里的小贵，小贵说秀娟两口子回矿上去住了，把地址给了福元让他自己去找。福元先坐公交车，又换长途车，下了长途车雇了个小三轮，颠簸了十几里路，终于来到矿区。打听姐夫的名字，有认识的说在半山住，于是爬了半下午山，天黑时终于在一片棚户区找到了秀娟的家。

秀娟正坐在屋前洗一大堆工衣，看来是给别人洗了挣钱的。看见福元，秀娟满是皱纹的脸上乐开了花，赶紧把弟弟让进屋里，亲热地说："你姐夫还没下班哩，先喝碗水，等他回来一起吃饭。"福元看看低矮破旧的棚屋，问秀娟："姐，你娃呢？"秀娟倒了一碗水递给福元说："上初中了，住校呢。"福元端着那碗水，看着秀娟满是皲痕裂纹的手，怎么也喝不下去，眼泪大颗大颗地掉进碗里……

红芳使劲地推着福元："福元，快醒醒，怀亮哥来了，咱妈叫你出去说话。"福元心"突突"地跳，张开眼睛半天才发现做了一个噩梦。红芳把他拉起来，笑道："这人真有意思，快四十了做梦还哭哩！"福元边穿鞋边说："我梦见咱姐嫁了个恓惶主儿，难受死了，幸亏不是真的！"

福元走出来，院子里已经亮起了灯，村长怀亮正坐在梨树下和老两口说着话。福元打招呼说："怀亮哥你来了？"怀亮说："福元你坐下，我正和我叔叔婶子说事情呢。"福元坐下来，拿起小桌上的湿毛巾擦擦脖子里的汗，——刚才做梦吓出了一身的虚汗。跛子给儿子倒了一杯茶，福元端起来"咕咚"一口喝干。兰英嗔怪道："慢着，看呛着！"怀亮笑笑说："宾宾和强找到了，这两个娃受不下工地的苦，听说南方打工好挣钱，早想走，可家里大人不同意让去；那天趁秀娟喝多了，在她屋里翻箱倒柜，偷了七千块钱，跑到广州去做买卖，想着将来挣了大钱再还给她；结果一下火车就被人给骗了，住在火车站回也回不来，要不是去找他们，就要成叫花子了。两个死娃娃！"福元蔫蔫地说："是这么回事啊？"看看他妈，兰英的脸上也有些寡然的样子。怀亮说："两家的大人凑起了钱叫我还给秀娟,刚才我给她送到老磨坊,问她知不知道丢了钱,这女子光笑,到了一声没吭。"福元笑笑没说话。跛子说:"我女子从小就善。"端起茶壶给村长的杯子里加满水。

怀亮嘿嘿笑,鼻梁上都是竖纹,对兰英说:"婶子,眼看就收麦呀,多一事不如少一事,既然秀娟没说什么,我看这事情就算了了,也别经公了,两个娃都不是坏人,进回派出所不值得。玉翠不好意思来给你赔话,她已经去和秀娟赔过不是了。"看见兰英只是翻翻眼睛,没不情愿的表示,就站起来说,"那我回去了。"

兰英说:"怀亮在家吃了饭再走。"

怀亮说:"不了,家里等着哩。"

跛子拄着椅子说:"福元和你妈送送怀亮。"

母子俩把村长送出大门,兰英说:"福元去叫你姐过来吃饭。"福元说:"太迟了吧,她肯定做下了。"兰英斜儿子一眼说:"你没听怀亮说玉翠在你姐那里吗?她哪有工夫做饭?"

福元说哦,向老磨坊走去,心里想着那会儿做的那个梦,感到很庆幸。村街上有不少人在夜色里往家赶,晚风吹散了燠热,空气中氤氲着麦子熟透了的带着尘土味道的香气。

第二十二章

　　头天黄昏,秀娟在老磨坊院西南角上的茅房系裤带,目光越过土墙头上那丛狗尾巴草,看到一辆黑色的小轿车挂着一条又粗又长的尘土尾巴嗡嗡地开进了村子。那条黄色的大尾巴让秀娟想起了放臭屁的黄鼠狼,脸上浮现出恬淡的笑容。

　　第二天一早,村长怀亮笑眯眯地进了老磨坊院,秀娟正给梧桐树下那几只笼养鸡撒饲料,没听见他的脚步声。怀亮走到她身后咳嗽了一声,把她吓了一跳,回过头来看见是村长,就说:"呀,怀亮哥,把我吓了一下!"怀亮见她在喂鸡,就扯了几句关于鸡的闲话:"都会下蛋了吧,你一个人肯定够吃了。"秀娟笑着说:"我一个人每天炒鸡蛋也吃不完,攒上几天给我家江江送去,娃最爱吃鸡蛋黄。"怀亮笑得眼角布满皱纹:"都说姑姑亲侄子,你这是把江江当儿对待呢。"秀娟说:"可不,我还指望将来死了让娃发送我哩。"

怀亮抬头望望头顶梧桐树巨大的树冠说:"你看,这树有了病了,长出那么多芽子。"秀娟也望望树杈里密密扎扎的鹅黄色梧桐芽子说:"这树年头太长了,该生毛病了。"秀娟以为怀亮是来给她说砍树的事情,她想这是村里的树,虽然自己这些年借住在村里的老磨坊,也用不着和自己商议,自己什么时候做过让别人做难的事情?就主动说:"怀亮你要砍树就让人来砍吧,我把鸡窝挪到屋檐下就行。"怀亮笑呵呵地,又环顾了一圈老磨坊的破围墙说:"这墙还是老支书在的时候筑的土墙,都让雨淋化了;老支书为了给银娃丈人家盖房子,拆部队的旧仓库,才被砸死的,秀娟你记得吧?"不等秀娟回答,接着说,"我看眼下麦子也收了,反正是闲着,该拉点砖砌堵新墙了。"

秀娟就不知道该说什么了。她不知道怀亮是个什么心思。

怀亮问:"秀娟,这磨坊屋顶漏雨吗?要是漏的话,要赶紧把瓦翻翻新,秋天雨水多,别把椽子淋沤了。"

秀娟说:"怀亮你别操这心了,我让福元抽空帮我翻瓦就行。"

怀亮问:"福元忙着跑车拉客人挣钱哩,和咱看天种庄稼的人不一样,他最近有空吗?"

秀娟笑着说:"有空,他还能不管他姐的死活?"她望望颓杞的土墙,又望望怀亮笑眯眯的眼睛,"墙,砌不砌吧……也没什么值钱的东西……"

怀亮马上说:"墙不能叫你砌,你住的是村里的地方,不是你私人的地方,怎么能让你砌墙呢?"

秀娟干脆地问:"怀亮,有什么事你就直说吧。"

怀亮嘿嘿地笑:"也没什么要紧事,我和咱双锁叔商议过了,好歹你也算一户，分地的时候已经给你分了，我们考虑也该给你批块地基，——迟早你得有自己的房子，你说呢？"

秀娟已经不再俏丽的脸上，浮现出男人一样的豁达神色，笑着说："批不批吧，我都四十几了，这老磨坊差不多也把我打发了。"

怀亮笑眯眯地说："该批就要批哩么，你一辈子不出门（嫁人），一辈子就是南无村的人。你抽空和我兰英婶子商议一下，你的地基，村里不收宅基地费。"他压低声音说，"三分地，村里规定收五千块，最低也要收三千。"

秀娟说："我给村里添了麻烦。"

怀亮摆摆手："看你说的！"他嘱咐秀娟，"最好今天就和兰英婶子说一下。"又补充说，"不着急，不着急。"

秀娟说："这是我自己的事情，不用和我妈商议，我能做主；你批地基的时候别把我扔到村外的野地里就行。"

怀亮笑起来："看你说的，你是特殊户，优先照顾，你想批到哪里就是哪里，别人不能说啥，你说个地方。"

秀娟说："那就学校后边吧，将来江江上了学，娃想到他姑姑家吃饭近点。"

怀亮满口答应。他走后秀娟就打算去做晚饭，抱柴火的时候听见前排的银娃家里又唱起了歌。

就像怀亮说的，这几年村里批了不少新地基，房子一排排地盖过来，原来老磨坊和村子还隔着几亩地，现在早就连在一起了。银娃的工程队盖国道边那个厂子时挣了钱，就在他哥金娃当支书时批下的那块地基上又盖了一座新院子，银娃婆娘荷花自从和兰英打过那一架，二十多年来病病歪歪大门不出二门不迈，搬到新院子里后，不知哪路神仙显灵，不治而愈，仰着一张捂白了的大脸东家西家地串门，五十几岁的人了，又学会了骑自行车，神神秘秘地在邻邦村子进进出出，好像羊肉吃多了跑骚味。最近一半年，天天晚饭前有几个婆娘鬼鬼祟祟往她家里跑，人到齐了就关了大门唱歌，刚开始秀娟听调调以为她们唱的是《歌唱祖国》，暗笑这些土鳖婆娘学电视里的城里人唱红歌，后来听说她们在偷偷地搞"土教会"，才知道那是在唱经哩。每天去的有喝酒喝死的二福家的婆娘莲，还有先死了男人又死了儿子的小呆婆娘，按说都是些恓惶人，秀娟不明白这些恓惶人在地里累死累活干一天，不好好歇着，跑到闲人荷花家唱什么歌。前两天莲来找秀娟借钱，秀娟有心问问她们在荷花家干什么，话到嘴边又咽到了肚里，——她到底不是个多事的人。

倒是莲一眼望见秀娟桌子上的香炉，瞪着两个大眼睛说："秀娟，咱是个直肠子人，我看你也是个恓惶人，我和荷花说说，你也入教吧？入了教不得病，家里也不出事。"秀娟说："我不信那些个，我就信我自己。"莲过去端起装沙的茶碗说："那你烧香干什么？"秀娟笑起来："初一十五的烧一烧、献一献，家家不都是这样？你们信的那个教烧不烧香？"莲神秘地说："怎么不烧，天天烧，"她眨巴眨巴大眼，调皮地说，"实话说哩，供奉的是哪一国的娘娘，我真不知道。"秀娟惊讶地问："那你还信得什么教？"莲"嘎嘎"地笑着说："其实我也不信！"秀娟也笑了："你不信还每天去她家唱什么歌哩？"莲重重地叹口气："他先人地，这不是日子不好过，跟上她们瞎胡唱一唱，心里轻快了。"

秀娟利利索索借给莲五百块钱，莲眼睛里就有了泪花，低声说："信她娘的个脚的教，光知道叫我们给她家里干活，要是信她的教发钱的话，就好了！"秀娟说："嫂，知道你这几年不容易，有难处你就开口，我一个人，村子也不出，没有花钱的地方。"莲又说了二福死后自己的诸般难处，提起借钱给两个儿子结婚的事，抹了好几回眼角，这才走了。

日头半上午已经很毒了，收割后的麦茬地一块一块覆盖在深绿色的田野上，像一个绿色的巨人身披金色的铠甲，多亏有点野风，秀娟戴着草帽，背上的汗水还是浸透了半袖衫，周身散发着成熟的女性特有的甜腥腥的气味。她点完几垄玉米籽，四下望望，周遭地里已经没有人了，就到地头的菜地里摘了几个茄子，兜在装玉米种子的摘棉花用的布袋里，挂在锹把上往回走。

路两边的排水渠里长满了荆条，村里人都知道是编筐子的老罗圈种的，如今大家都知道种点经济作物了，主要是想多弄几块钱给娃娃交学费。秀娟记得小时候这条路两边的排水渠一年四季水汪汪的，长满了猪最爱吃的水葫芦，福元经常因为在这里捉黄鳝，腿上一回能钻进好几条水蛭，要她拍打老半天才能挤出来。路边是两排一搂粗的笔直的箭杆白杨树，叶片正面是绿色，背面银白，在小风里沙沙翻动，落下满地浓荫，人们下工的时候走在树荫里，扛着农具说说笑笑打打闹闹。如今杨树早被村里砍掉卖光了，路边插着两排指头粗的树苗，只有树顶顶上长着一把把叶片，不够羊一口吃的。

走回村头的老磨坊，秀娟没有进院子，只把锁着的大门推开个缝，把铁锹掸进院子里去，提着那袋茄子给村前的父母送去。几天没回去，她挺想江江的。远远望见十字路口憨憨家伸出墙头的石榴树荫里，她的跛子爸腿间夹着胖娃娃，和那一排被称作"等死队"的老汉汉说笑得正起劲。秀娟突然觉得她跛脚的老爸很可怜，也很伟大，这个人没有计较过她和弟弟福元是不是自己的亲生，更没有在乎过江江是抱养的孙子，几十年来他是那么疼爱她和福元，像个没有痛感的木头人一样承受着人们的唇枪舌剑，笑眯眯地又郑重其事地走到现在,现在又兴高采烈地在人前展览着他的"孙子"。秀娟想,这个人真的是没有一点点的脾气吗?世界上竟然有好到这个地步的人!

跛子远远望见闺女走过来,就站起身把娃娃放回身边的荷花童车里,把衣服和玩具也放进去,他弯着腰一边呵斥娃娃,一边和老汉们聊那没结束的话题,一边不时看一眼走近的秀娟。秀娟走到排排坐的老汉们近前,和叔叔伯伯们打过招呼,抱起了娃娃,亲着走着。那娃娃"哇哩哇啦"地表达着他说不出来的兴奋,把口水蹭了姑姑满脸。矮小的跛子把秀娟提的布袋放进童车里,推着车子,歪歪斜斜又郑重其事地跟在女儿的后面,脸上始终挂着淡淡的笑意,至今,他没有因为秀娟的不嫁说过一句抱怨的话。

秀娟抱着娃娃,无意间朝连喜家住的巷子望了一眼,看到他家的高门楼前,停着昨晚自己上茅房时看到的那辆黑色小轿车,她想,连喜回来看他妈了。

一进大门,跛子在秀娟后面大喊了一声:"秀娟——!"这其实是在喊秀娟的妈。果然兰英就从厨房里跑了出来,望着她的孙子夸张地哈哈大笑,"小狗子,小狗子回来了!"露出镶着银边的牙齿来。那娃娃也冲着奶奶张牙舞爪,秀娟一手提起装茄子的布袋,一手把娃娃放回童车里,对跟在后面的跛子说:"爸,你看着娃,我和我妈做饭去。"

兰英坐着把小竹椅,秀娟坐着小板凳,母女俩对面坐在梨子树的树荫下择菜,秀娟就说起了早晨怀亮去磨坊院找她的事。兰英警惕地问:"他让你什么时候腾出来?"

秀娟说:"他没说。"

兰英又问:"他让你腾出来,他要磨坊院干什么用?"

秀娟说:"他也没说。"

兰英就起了疑心，手上停止忙活，撇撇薄嘴唇说："平白无故怀亮怎么会来献好心？要白给咱一块地基！"

秀娟没来得及答话，在一旁支棱着耳朵的跛子哼一声说："他能有什么好心？把村里的树卖光了，把一座土山也卖光了，我看只要是原来集体的东西，他就要想办法变成钱装进口袋里去！"

秀娟埋怨道："爸，你一天在十字路口听闲话！人家怀亮对咱不错，别人说他闲话，咱不说。"

跛子就不吭气了，摇着玩具跟娃娃玩。

兰英不屑地说："怀亮要是撵咱出去，把磨坊院给别人，他就过不了我这一关！"

秀娟"扑哧"笑了："怪不得怀亮千叮咛万嘱咐让我先跟你说好，你还真不好打发。"

兰英也笑了，翻翻白眼说："他撵咱们道理讲不通，磨坊院是双锁当村长的时候分给你的，他凭什么要收回去。"

秀娟说："人家什么时候说要撵我了？人家不是还要白给我一块宅基地吗？"

兰英抬杠："宅基地不要钱，盖房不要钱啊？"

秀娟就烦了："我的事不用你们管，我已经应承人家了。"

兰英喝道："你敢！没世事了！"

这里正打嘴官司，大门口有人笑道："哟，怎么这么热闹？"是娃他妈红芳回来了。跛子就摇着娃娃说："江江，江江，你看那是谁，你看那是谁？"

红芳走过来叫过姐，过去亲了亲娃娃，去厨房"叮叮咣咣"舀了一瓢冷水喝。兰英低低地说了句："生水鞑子！"秀娟就推了她一把，娘儿俩"咕咕"笑。红芳出来，拿手背抹着嘴，笑着问："有什么好事，这么高兴？"

秀娟就说:"村里要给我这'五保户'批地基哩,不要钱,白给。怀亮让我选地方,我说把房子盖在学校后面,将来江江上学到我那里吃饭近些。"

红芳就说:"看这姑姑和娃亲的!就是不知道说句让我也到你那里吃饭的话。"——自打福元把小四轮拖拉机卖掉,换成拉客人的三轮摩托车,红芳就回到了地里和跛子公公一起打土疙瘩,可巧村里学校教语文课的老师桂圆回去生娃娃,村长怀亮就找高中毕业的红芳来代课,如今她已经当了大半年老师了。

秀娟说:"我倒把你忘了十万八千里!"

兰英揶揄媳妇子:"你说这村里再找不出第二个高中毕业生了?怎么看你也和人家桂圆不像,人家一看就是文化人,你教了一年学了,还是个'土八路'!"

红芳竟听不出话外音来,倒激动得又是眨眼又是甩手说:"就是就是,娃娃家在路上碰上叫我老师,我半天反应不过来是叫我哩,你说可笑不可笑!"她那没心没肺的样子让一家人笑得要死,兰英翻她一眼,又剜她一眼,红芳都以为那是婆婆和她亲昵,比谁笑得都欢实。

等到福元回来,一家人围坐在梨树下的小桌前吃着饭聊天,兰英把面条在小碗里夹断了喂娃娃,不小心喂了一根没夹断的,挂在娃娃下巴上,兰英赶紧去抢,娃娃红红的小嘴把面条一吸,"哧溜"一下把面条吸了进去,逗得一家人哈哈大笑,兰英更是前仰后合。自打有了孙子,每当秀娟过来,当妈的都不像以前那样指桑骂槐心里不平整了,这几年,兰英也认命了,人老了喜欢儿女在身边,她经常恍惚觉得秀娟是嫁在本村了,回来就是回娘家,——嫁不嫁人,闺女到底是门亲戚啊。

红芳突然问秀娟:"对了姐,你那磨坊腾出来,怀亮没说干什么？就那么闲着？"

福元抢话："你想搬进去？"被红芳打了一下，嘿嘿地笑，专心地吃饭了。

秀娟说："咱不知道，那会儿咱妈还问我哩，我不管人家的闲事，有块地种够我吃，有间房住不淋雨就行。"

红芳突然脸红起来，眼光闪闪烁烁地看看一圈的人说："别说，老磨坊是个好地方，院子又大……"她更加羞涩地笑了笑，鼓足勇气接着说，"我寻思桂圆的娃娃也能放下了，该回学校了，我不能占着位子不让人家回来吧……"

福元没耐心了，笑骂："说什么呢？囫囵西瓜西瓜囫囵的，你到底要说什么哩！"

红芳甩甩头说："你看，我在学校教了半年书吧，就觉得咱村应该有个幼儿园，——现在村里的学校都不设咱小时候的幼儿班了，娃娃家只能到了年龄直接就上一年级，有钱的人都把娃娃送到镇上的幼儿园了——，我寻思将来咱姐搬到新房子，老磨坊腾出来后咱在那里办个幼儿园，和江江差不多大的娃娃就不用每天送到镇上了，——公路上汽车那么多，天天跑太操心了。"

兰英只顾喂娃娃，跛子不发表意见，秀娟还没想好，福元开始嘲笑红芳了："你也不撒泡尿照照，当了三天假老师，这家里就装不下个你了！"

红芳看到没人响应自己，就吐了吐舌头说："我也就是这么想想，真要办幼儿园，办手续也麻烦哩，好幼教也不好找。"

此事就算作罢了，可是秀娟把它放在了心里，因为这事和江江有关系，凡是和侄子有关的事情，她都会放在心里。

吃过饭，老两口回屋哄娃娃睡午觉，秀娟帮红芳洗涮完，回老磨坊了。红芳回到自己屋里，以为福元早睡了，趴床边一瞧，那个人瞪着眼睛望着天花板。红芳在他腿上拍了一巴掌说:"吓死人了你!"低声笑着在他身边躺下。

福元眨巴眨巴眼睛,又砸吧砸吧嘴说:"你说办幼儿园能挣钱吗?"红芳揶揄他:"你钻钱眼儿里了?"

福元从牙缝里吸进口凉气,又"啧"一声说:"你说咱俩每天累死累活的,日子怎么就没人家海峰和彩霞过得好呢?"

红芳说:"你别提彩霞啊,我俩一年嫁过来的,我没人家好看,人家会生娃,我也不会,你妈老拿我和她比;现在你又拿我和她比,嫌我没人家会过日子,——你看见她好,干什么没有娶她?现在后悔也晚了!"

福元说:"你放什么屁哩!我是说就算海峰是副村长,他又没工资,在怀亮手里也弄不下钱,可你看人家的娃娃每天换几身新衣服,彩霞也穿得跟小姐似的,海峰的摩托也换了新的,"他嘴里发出嘶嘶的声音,"——不知道怎么回事!"

红芳说:"人家彩霞会造钱么!"

福元说:"早起我出车时,碰上过她好几回,从公共汽车上下来,胳膊下挎着一个包,看见我装没看见。"

红芳就瞪大了眼睛:"真的?我去问问她搞什么秘密活动!"

福元说:"不该问的别问,问什么问?"

"怎么了?"红芳的直肠子转不过弯了。

第二十三章

后晌下了一点雨,不过连地皮也没湿。秀娟蹲在院子里拿块瓦片擦钢锹上的泥巴,打算下地点种玉米,听见门口有汽车响,就朝那两扇木门望去。门被推开了,进来一个白胖的人,龇龇白牙笑着和她打招呼:"姐,在家呢?"秀娟拄着锹把站起来,愣了一下脑子才反应过来,扬扬手笑着说:"连喜啊,又白又胖的我都没认出你来!"连喜笑嘻嘻地走到她跟前,抬起戴着两个戒指的手摸摸自己的鼻子说:"我常回来的,你不爱串门么,这些年咱没怎么见过,我以前又黑又瘦你忘了?"秀娟说:"倒是常看到你的车,昨晚还看见了。"

连喜打量打量磨坊院说:"姐,和你直说吧,给你批地基的事,是我和怀亮说的,钱我也替你出了。"他黑黑的小眼睛望着秀娟,留心着她的反应。秀娟张大了嘴:"这怎么行,这不行、不行……"

连喜哈哈一笑:"你先别着急说不行,和你说实话哩姐,我是个做买卖的,不会干吃亏的事情,地基的钱我不会替你白出,我和怀亮商议好了,我要投资给咱村建一个纸箱厂,这磨坊院院子大,房子也多,是现成的厂房。到时候咱村的剩余劳力都招来当工人,姐,你就是第一个。"

秀娟说:"这是好事呀。"

"当然是好事,电视里常播这样增加农民收入的事情啊,我这也是致富不忘乡亲,你说呢姐?"见秀娟在点头,连喜一把抓住她的手说,"姐,这事情要办成,还得你帮忙哩。"

秀娟抽出手来,把两只手都挂锹把上,笑着问:"帮什么忙,我能帮什么忙?"

连喜堆出一脸苦涩:"姐啊,要办厂子,这房子得赶紧翻瓦一下,刷一遍白灰,围墙也得重新砌,我订的设备也快到了,"他为难地说,"我想让怀亮来跟你说说,你先把磨坊院腾出来,回兰英婶子那里住一段,这里我们抓紧给你批地基,怀亮死活不来,我就厚着脸皮来了,你是当姐的,不会骂我吧?"

秀娟没想到他说出这话来,这不是撵人走吗?好人也有点恼火了,冷笑着说:"我说连喜,还有你这样说话的哩?急也不是这个急法啊,——我找怀亮去!"

连喜赶紧去拉她,这时从门外汹汹地走进一个人来,几步来到连喜跟前,一迭声地说:"你和我说,你和我说!"原来早有路过的人跑去给兰英传闲话,告诉她连喜的小轿车在秀娟的大门口停着哩,兰英正和跛子在十字路口看着娃娃,把娃娃给了老汉,起身就来了。

连喜看清是兰英,从小知道她是个厉害的角色,赶紧赔上笑说:"婶子,婶子你别着急,咱随后再说,随后再说。"从裤带上解下手机来,按到耳朵上说,"打个电话,我先打个电话,婶子你先忙,随后我去家里看你啊。"转身往出走。兰英一直跟着他出来,盯着他上了车。连喜没敢回家,开着车出了村子。

秀娟拉不住,兰英就汹汹地找上村长怀亮的门来。怀亮家大门虚掩着,两口子正在睡午觉,听见有人进了屋,赶紧出来看,一见兰英的脸色,就明白怎么回事了。怀亮老婆赶紧说婶子坐下说话,兰英说我不坐,说两句话就走,她质问怀亮:"你这是逼我女子走绝路么,你还嫌她过得不恓惶?"怀亮嘿嘿地笑着说:"这个连喜,有两个钱就装不下他了!"往下就没话可说了。兰英盯着他说:"怀亮,今天我把话给你撂到这里,老磨坊是别人手里分给我女子的,你要撵她出去,就抬着她出去!"甩手走了。怀亮老婆要追出来理论,被他拉住了,——叫人扫地出门,这事搁谁头上也不会装怂,何况兰英。

兰英从怀亮家的巷子里出来,正好碰见荷花骑着自行车往村外走,她把脸扭一边去不看她。二十几年来,她们没有说过一句话,也没用正眼瞧过对方,如今的荷花已经不是当年逃难来的样儿了,她烫着头发,打扮得跟电视里的大城市女人一样光鲜,据说,她穿的都是儿媳妇的旧衣服,——南无村的婆娘们都说荷花家的小子在外面打工时,娶回个歌厅小姐来。兰英把脸冲墙走路,荷花偏偏盯着她看,还故意哼起了乱弹,兰英心头的火苗腾腾地跳,等着那婆娘过去,就朝地下吐了口唾沫:"呸,死不要脸的烂货!怪不得谁家儿子都不死,你死儿子哩!"荷花原本有两个儿子,老大十几岁上去河里游泳,一个猛子扎下去再没上来,(娶回歌厅小姐的是老二),那个老大从小就很怪异,经常憋着一泡屎爬到树上去,光屁股藏到树叶里面,等着有人从树下过,"嘟喇喇"屙人家一头一身，没少挨打，而且脾气极其暴躁，他被人从河里捞上来，赤条条被放在村外的打麦场上，老人们都叹着气总结：这娃原本就不是世上的人哟。大概就是从那个时候起，不怎么出门的荷花，就更不见人了。而现在，她深居简出是因为身份尊贵，作为"教母"，家里地里的活儿都有那几个跟着她的恓惶婆娘干，她自己骑着自行车在规定的日子里到邻邦村子里去"传教"。

兰英先回老磨坊看秀娟，大门已经锁上了，秀娟显然是下地点玉米去了，兰英低声嘟囔一句："没心没肺的女子！"转身去十字路口找老汉和孙子了。

红芳走进彩霞的院子，叫了声彩霞，厨房里有个男人答应了一声，海峰两手泡沫从那里走出来，他正在洗衣服。红芳听见厨房里有洗衣机转动的声音，绕过海峰扒住门框朝里看看问："哟，新买的洗衣机？什么牌子的？"海峰的小八字胡笑得撇上天去，说："海尔的。"红芳说："有钱哩么！"又揶揄他，"彩霞真有本事，她挣钱，你洗衣服看娃娃。"

海峰满不在乎地说："谁有本事谁掌柜，有钱花就行。"

红芳这才问："她去哪了？"

海峰说："上班去了。"

红芳就笑了："好家伙，才几天没见，当干部了还是当工人了？"她乐得身子直打晃，"还上班哩！"。

海峰"嗤"一声说："什么干部工人，她在城里给人搓澡哩！"

红芳就不笑了，"人家都是男人搓澡哩，女人也搓澡啊？"

海峰撇撇小胡子说："说你是山毛儿吧，一看就没去城里洗过澡，女人就不能搓澡？——你敢说你两口子洗澡时，你没给福元搓过背？"

红芳骂道："呸，那能一样？"转身往出走，"她回来叫她来找我，我和她有话。"

海峰冲着她的背影说："行，这几天她就说找你哩。"

夏至后白日时光长了，吃过晚饭彩霞来找红芳，天还没有点要黑的意思。一进门，这家人正围坐在梨子树下的饭桌上声讨"该死的连喜"和"袜子怀亮"，——一个男人要被人说成"袜子"，那他肯定是在大家面前树立不起自己的形象，用《三国演义》里的话说，就是"浮（扶）不起的阿斗"。福元最见不得人家欺负秀娟，龇牙咧嘴地发狠说："你们等着，我非让怀亮和连喜吃点亏不可！"兰英刚要表扬儿子，看到彩霞进来，一家人都住了口，又抢着招呼她坐下来喝碗米汤。彩霞温婉地笑着说："别管我，我刚吃过。"红芳给她找来把马扎子，彩霞说："不坐了，你要是吃完了，我到屋里和你说几句。"红芳说吃完了吃完了，两个媳妇子就进了屋。

兰英低声问福元："她来干什么？"

福元嘴里"嚓嚓"地嚼着咸菜说："我怎么能知道？"

兰英就对秀娟说："彩霞刚嫁到咱村那二年，多好的个媳妇子，一说话还脸红哩，你看现在打扮成个啥了——跟个花蝴蝶似的！"

秀娟埋怨她妈："你管人家了？这不是六个指头抓痒痒，多此一举嘛！"

兰英不服气地说："有什么神秘的事情，这么热的天气，要闷到屋里去说！"

两个媳妇子在红芳的屋里，没说什么神秘的事情，互相问着娃娃饭量怎么样，一天拉几次，夜里哭不哭，是不是打过防疫针了。红芳把娃娃姥姥买的几身小衣服翻出来让彩霞评说。闲话说了几箩筐，红芳先进入了正题："哎，今天后晌我找你去了，你不在。你真有福气，海峰还给你洗衣服，福元啊，想都别想！"

彩霞玉盘似的脸微笑着，她不止比红芳长得白，性格也安静，是南无村这一茬的媳妇子里顶好看的一个。彩霞漫不经心地说："我上班去了。一回来海峰就说你找我哩，这不吃了饭他看娃娃带洗碗，我就来了么。"

"哎哎，你到底上的什么班？"红芳是个急性子，受不了她这样慢吞吞的说话法。

彩霞静静地笑着，望着红芳，后一位急得就快上手打她了，才说："海峰不是都告诉你了吗？"

"真的是给人搓澡啊？"红芳有点失望，继而又抖擞起精神说，"现在搓澡这么挣钱？我看见你新买的洗衣机了都！"

彩霞依旧静静地笑着，望着红芳说："咱俩好，我才告诉你，你不能告诉人。"她又补充说，"我今天来就是想叫你也去和我一起上班，咱俩好，是个伴，我也想让你的日子过得好一些。"

红芳傻傻地望着她，等着她说话，彩霞就说："给男人家搓澡。"

红芳就真傻在那里了。

彩霞笑了，望着她的相好说："这就把你吓死了？！"

红芳立刻表态："不去，不去，给一万块我也不去，那还不羞死人了！"

彩霞笑着说："你低声点，人家听见还以为我要杀你哩！"

红芳捂住了嘴。彩霞悠悠说："看你想不想让自己男人和娃娃过好日子哩么！"

红芳也笑了，压低声音问："单独给一个男人搓啊？他光着你也光着？"

彩霞光笑不说话。红芳惊恐地瞪大了眼睛："呀，那要是他起了坏心眼，要和你那样怎么办？"

"怎么办？"彩霞冷笑着说，"正好问他多要钱！"

红芳又捂住了嘴："那不成了……"

彩霞笑笑说："你别以为谁就那么干净，就咱村里几辈子的男男女女，谁没个相好的？我也想开了，长着这么个东西，和谁还不是那么几下？能把日子过好才是第一。"

提起这个茬，红芳就不吭气了，院子里就坐着一个现成的例子！

红芳抓住了彩霞的手，眼泪汪汪地说："傻女子，你就不怕病？"

彩霞把随身带的小包的拉链拉开，把里面的东西倒出来给她看，红芳只认得那一串跟方便洗发水相似的避孕套，那些"湿巾""洗液"的她却是第一次听说。

两个人说好了，今天的事情谁说出去谁是龟孙，彩霞嘱咐红芳："你要是想和我一起去，就来家里找我，我一三五上白班，二四六上夜班，星期天上全天。"彩霞还说，"光彩不光彩，至少一年里你自己可以盖起一座新院子，不用再和老的住在一起憋屈。"

红芳晕头涨脑地只会摇头。

送彩霞出门的时候，面对一家人狐疑的目光，彩霞笑得跟没事儿似的："婶子我走呀，一会儿娃也该睡觉了。"红芳跟在她后面，歪歪扭扭，一副做了亏心事的样子。

这天夜里，有人从大门外扔石头，把村长怀亮家的窗户玻璃打碎了。转天正午，怀亮两口子去镇上买玻璃的功夫，有人用毒馒头把他家的狗药死，翻墙进来，把家里值钱的东西偷了不少。怀亮老婆到底是村长的媳妇，没有像村里其他媳妇子一样提着尿盆走街串巷地哭骂，她给在派出所上班的弟弟打了电话，公安人员很快就"呜啊呜啊"开着面包警车来查案了。

尽管怀亮一家一点没敢张扬，这事情还是在南无村迅速传成了笑话，男女老少都等着看村长一家的哈哈笑，人们密切关注着公安人员的查案动向，猜测着谁最可能够胆做下这样的事情，没人吭气，但大家心里似乎都有个七七八八的谜底在那里。一句话，做贼的就是大家都猜想得到的那一两个人。

第一个怀疑对象并不是福元，但是当妈的还是关住门把福元骂了一顿："我把你个没出息的土匪种，你寻思这是为你姐好啊，你这是要把那个恓惶人害死！"福元脖子上的青筋蹦起老高，红头涨脸地辩解："你说什么哩，狗才做那种事！"跛子老汉在一旁伤心："行了你们行了，别把娃吓着！"

红芳也急慌慌地跑回来了，她在学校听娃娃们嚷嚷公安局的来抓人了，想起福元说过要让连喜和怀亮吃点亏的话，赶紧往家跑，回来见大门关着，站在外面就喊："福元，福元！"福元开了门，没好气地说："你叫魂啊！"红芳看见福元，劈头就问："他们还没来抓你啊？"福元扬起巴掌说："嘚，再胡说我一巴掌扇死你！"红芳就笑了，跟着福元进了门。

兰英吩咐儿子："你去磨坊看看你姐，别把她吓着。"又骂跛子老汉，"你还不抱上娃娃去街上摆着，等着好事找上你啊！"老汉把娃娃放进荷花童车里，"吱吱呀呀"地推着出门去打探消息。

一家人心里都不安然，兰英又骂起了该死的连喜。

福元开着三轮摩托车，蹦蹦跳跳来到老磨坊，看见铁将军把门，车也没下，径直开到秀娟的责任田，只见满天没有一根云丝丝，遍地不见一个人毛毛，太阳炙烤着大地上的草木，一切都蔫头耷脑地在睡午觉。福元打开摩托车的工具箱，把那把长改锥别到腰里，拿上衣的下摆遮住，咬着牙发狠："不管是谁，要敢把秀娟叫去审问，吓唬我姐，老子就和你拼了老命了！"掉转头汹汹地往村里猛开。

福元把车停在怀亮家大门外那辆蓝白相间的面包警车后面，扬长进了院门。院子里设着茶摊子，坐满了被叫来了解情况的本村男女，一个公安抽着烟问话，一个公安捧着本子记录，怀亮的小舅子是副所长，在一边和其他人喝茶聊天，——他和这村的都是熟人，坐在一起反而显得过于庄重。福元一进院子就感到了这里肃穆的氛围，老百姓终究心怯大盖帽，他的火气就下去了一半，立在那里瞅了半天，没在人堆里看到秀娟，转身就往外走。有人在背后叫他："哎，你先别走！"

福元就觉得脑后一阵冷风，转过身，看到怀亮小舅子正朝他招手，这个人没戴大檐帽，头发贴在头皮上，还有点喜眉笑眼的，但他招手的动作因为幅度小频率快而显得很自傲，同时嘴里不断地蹦着一个字："来来来，来来来。"福元笑笑说："我还有事呢。"另外两个公安也停下手里的活儿，警惕地望着他，福元只好甩开步子，走到怀亮小舅子跟前去，想笑没笑出来，问："你说什么事？"那副所长示意其他两个人继续工作，指指面前的一把椅子叫福元坐下，又给他递上一支烟，眨眨眼问："我记得你在镇上给城里拉客人，这两天有没有你村的人用过你的车？"

福元说："没有。"

"跟你一起跑车的人，有没有拉上人来过你村的？"

"不知道。"

"实话告诉你,我们在我姐家门口发现了三轮摩托的轮胎印,就是你开的那种拉人的三轮摩托。"副所长微微皱起了眉头,饶有兴味地望着他。

福元瞪起了眼睛:"这村里又不是我一个人开这种车,你问问去,有这一样的车的人多哩!"

怀亮小舅子笑了,拍拍福元的肩膀:"我不是这个意思,我不是怀疑你,我哥(姐夫)说和你家关系一直不错,是不是?"

"嗯。"福元依然不能平静,腰里别的改锥顶得他难受。

"我姐家被人偷了的事,你最早听谁说的?"

"记不得了,都说哩么。"福元看看周围的几个本村的人——怀亮两口子不知道躲哪里去了。

副所长的眼睛看着他的眼睛,压低声音问:"你怀疑是谁干的?"

福元笑了:"那我不敢胡说,只要不是我就行。"

副所长也笑了:"行了,老弟,你要听到什么消息,过来跟我说说行吗?"

福元说:"行,怎么不行?那我走了啊。"

福元回到家,没说公安问他话的事,只说秀娟不在家,也不在地里。兰英说:"这女子能到哪里去呢?半后晌你再去看看她回来没有。"

第二十四章

案子当天就破了，做贼的就是怀亮家的邻居——玉翠的儿子强，同伙是怀亮老婆的相好巧香在外打工的儿子宾宾。公安在排查中找到了拉赃物的三轮摩托，发现是强的叔叔的，（就是去年秀娟喝多了送她回去的那辆），顺藤摸瓜把两个混在人堆里看热闹的坏娃抓住了。这两个人正是一开始大家都认定的那两个人，让南无村的人惊奇的只是公安的破案速度。人们都还记得，就在不到一年前，兰英的孙子江江过满月，就是强和宾宾送喝醉了的秀娟回老磨坊，趁机偷走老女子的七千块钱，跑到南方去，结果刚下火车就被人掏了包，最后被遣送回来的事情，当时就是村长怀亮觉得玉翠是近门邻居、巧香是老婆的相好，把两个坏娃袒护了，没送派出所，谁能想到养虎为患，让他们把自己祸害了。

那次从南方回来后，宾宾结了婚，媳妇刚生下娃娃，他就不死心地又跑到南方打工去了；剩下强一个人吊儿郎当在村里晃悠，孟良离开了焦赞，也翻不起什么大浪来，南无村算是有了些平静年月。可不知为什么，最近宾宾突然又回来了，每天和强纠集着玩伴们用扑克牌"爬山"，赌输了要翻本，就打起了怀亮家的主意。这回算是把怀亮老婆惹恼了，也不管近门邻居的交情了，也不拾相好的面子了，干脆利索地让弟弟把人塞进警车带走了。

福元在家里和地里都没找见秀娟，一家人正胡思乱想、心急如焚的时候，秀娟自己回来了。她一回来就过来找红芳，跟弟媳妇说办幼儿园的事情，秀娟说："我今天去镇上的幼儿园转了转，问了几个人，她们都说现在别说村里办幼儿园，就是镇上最好的幼儿园，也请不到像样的好幼教，现在幼儿教师很吃香，幼师毕业的小女娃娃，都被城里的幼儿园请去了，一个小村子要办独立的幼儿园，肯定办不成个样子，只能把娃娃们耽误了。"红芳红着脸说："好我的姐哩，我就那么一说，你倒放到心里去了！"秀娟说："我是替江江操这个心。"兰英说："办不成最好，你还不知道红芳的本事，把她的话也当真！"福元嘿嘿地笑："不怕，等娃上幼儿园了，我用三轮摩托接送就是了。"红芳揶揄他："好个有本事的娃他爸哩，三轮摩托顶小轿车使！"一家人都笑了，又一件事情告一个段落了。

夜里，红芳却少见地失眠了。这两天，彩霞说过的那些话让她觉得心里乱糟糟得像麻雀做了窝，越不去想，越是挥之不去，"光彩不光彩，至少一年里你自己可以盖起一座新院子，不用再和老的住在一起憋屈。"可是福元不是海峰，让他知道自己跟彩霞做一样的事情，怕是要动杀猪刀了。再加上派出所到村里来抓人，虽然是虚惊一场，也让人心里更加的没个着落。福元明天要出车，又不能打搅他，更不能对他说，就这样闭着眼睛思来想去，刚有点迷糊，听见那边娃娃一哭，又灵醒了。想到江江是抱养的，又联想到秀娟来：一个恓惶人，可又那么刚强志气，现在人家撵她走，她也不急不躁，倒让别人替她熬煎。

天不亮，红芳就爬起来，去河边找秀娟。她知道秀娟每天早早要去河边跑步锻炼身体。露水浸湿了田间的土路，黎明的空气像刚打上来的井水一样清凉，红芳顾不上这些，撩开大步走着，她不能替彩霞保守秘密了，她要把这事情告诉一个人，否则就得憋出病来。这个村里和这世上最值得信赖的人，红芳觉得就是江江的姑姑秀娟，只有她从来不会把别人裤裆里的事情当笑话到处去讲。

河已经干涸了，野草和水草纠缠在一起在河道里疯长。看见秀娟正对着河谷用手掌拍打自己的身体。红芳怕吓着她，离远喊了一声姐，还是把秀娟吓了一跳。秀娟几步走过来问："怎么了，咱妈还是咱娃？"红芳笑着说："神经过敏！咱妈和咱娃都不咋，是我找你哩。"秀娟说："回去说不行啊，起这么早，还跑到河里来。"红芳说："我一会儿还要去上课哩。"

大姑子和弟媳妇相跟着一边说话一边往村里走，走到村头的老磨坊，话也就说完了。红芳长出一口气说："可憋死我了！那我回啊姐，你一个耳朵进一个耳朵出，也别往心里去。"秀娟掏出钥匙开门，回头说："别到处和人说，看丢人哩。"红芳说："肯定不会，我就和你说了，咱妈我都没说。"秀娟就嘱咐："可不敢让咱妈知道。"

就看见莲骑着自行车一阵风似地过来，秀娟和红芳都和她打招呼："嫂，这么早去哪里啊？"莲下了车，笑得满脸皱纹，大咧咧地说："还能干什么，到亲戚家借钱去么，老二的日子定下来了，亲家要他两万彩礼，我又不是开银行的！这不，只能不要这张脸，向得亲的张口借去呀。"哈哈地笑着,飞身上了自行车去了。

莲先到办养鸡场的表弟家,表弟不在,弟媳妇说刚刚买了几百只优种小鸡,把本钱都贴进去了,借钱没问题,但要等秋后这一茬小鸡都下蛋了才有富余钱。弟媳妇很热情,非要让莲走的时候带一网兜鸡蛋,弟媳妇说:"眼下鸡蛋卖不上价钱,养鸡的又多,鸡蛋成了狗粪,姐你要愿意,我给你一卡车!"莲"咯咯"地笑着,把那一网兜鸡蛋系在车龙头上说:"过两天我给你还网兜来。"弟媳赶紧说:"不要了不要了,也不值个钱,网兜不要了!"

莲的自行车龙头上晃荡着那一网兜鸡蛋,蹬了三十多里路,来到纺织厂职工宿舍找自己的小舅舅。头发稀疏的小舅舅正在院子里给两条大狼狗喂食,他呵斥住两条狂吠的狗,圆圆的红眼睛看着莲亲热地笑着问:"莲啊,你怎么来了!"莲望着小舅舅,鼻子就有些发酸,眼睛也有些发涩,小舅舅只比莲大两岁,从小喜欢带着她玩,甚至,在他们懵懂的童年,他们还模仿大人在麦秸垛里玩夫妻那一套。小舅舅看见莲手里提着一网兜鸡蛋,责备她:"来看看舅舅,舅舅就高兴,带东西干什么!"接过鸡蛋兜,把莲让到屋里,倒茶给她喝,还给外甥女洗了一个苹果。莲问:"舅舅,我妗子呢?"舅舅有点掩饰地嘿嘿笑笑说:"她去找厂领导了,振国结婚要买厂里的房子,他和媳妇都在生产第一线,厂里有政策,双职工结婚每平方米优惠三百块,可就这咱这情况也困难,你妗子去找厂领导,看能不能分期付款。"莲一块苹果没咬碎,卡在了喉咙那里,赶紧端起茶来喝了一口冲了冲。

舅舅问:"你来有什么事情吗?"莲说:"二娃的日子定下了,五月初六,一是通知你和妗子,二是人家那边要两万的彩礼,我这几年困难,来找舅舅想个办法。"舅舅看看她,垂下头静静地笑着,一会儿抬起脸来说:"舅舅不怕你笑话,存折都在你妗子那里，这要在平时就不说了，眼下她也正熬煎给振国买房子，舅舅要和她说你的事情，她那个脾气你也知道，就是个吵架……"莲赶紧笑起来说："不了不了，算喽算喽。"舅舅说，你等一下。站起来拉把椅子放到衣柜前面，踩着椅子从柜子顶上拿下来一个鞋盒子，眯着眼睛"噗噗"地吹去盒盖上的尘土，打开来拿出一只旧皮鞋，从鞋子里掏出几张钞票，递向莲，难为情笑着说："别笑话你舅舅啊，这几百块钱是我偷偷藏的买烟钱，你别嫌少啊。"莲赶紧去推："舅舅、舅舅，这可不行！"舅舅沉下脸来了："你舅舅没本事，帮不上你大忙，让你笑话了。"莲慌了："舅舅，看你说的，我什么时候敢笑话你。"舅舅笑了："不笑话，就把钱拿上。"莲把钱接过来，揣裤兜里，觉得心里发堵脚下发飘，也顾不上笑了，说："舅舅那我走呀。"舅舅说行，穿着一件印着纺织厂字样的白背心，把莲送出门来。

为了赶上在自己的哥嫂家吃晌午饭，莲一路上拼命地蹬着车子。嫂子看见莲进门一头汗，脸色就不太好看，嘴里说："有什么重要事赶成这样，气都喘不匀。"她把莲让到炕沿上说："你坐着，我去给你倒碗水。"莲笑着说："嫂，我哥快回来了吧，等下我落落汗帮你做饭。"嫂子哼一声说："你是亲戚，坐着吧，我用不起。"

那嫂子一路说着阴阳不定的话，端着碗水回到里屋，看见莲已经歪在床上睡着了，发出像男人一样粗重的鼾声。

嫂子是个痛快人，两人做饭的时候，嫂子说："莲你也不用等你哥了，吃了饭该回就回吧，你哥的主我做得了。你看见我圈里的猪了吗，这个月底就下娃娃啊，我这猪品种好，一窝就是十六个！原来打算把猪娃娃卖了给庆交大学学费，我看我这娃的球势，连大学的门也摸不着，卖了猪娃娃的钱，干脆先给你家二娃结婚用算了。"莲望着嫂子笑，呵呵两声说："你不敢这么说，庆要考上呢？咱还是希望娃上大学哩。"嫂子张着大嘴"哈哈哈哈"一串笑，最后说："考上还不简单，他姑姑垫学费就是了。"

"他姑姑"就剩下个笑了。

莲骑着自行车，从一级公路拐上回南无村的通村水泥路，没有进村子，直接去地里找秀娟。她把自行车放在秀娟的地头，踩着地垄向秀娟走去。晚风里，田野上的暑气渐渐被大地吞吸，草叶上开始有了潮潮的水珠，太阳压山了，大地和人心一起即将归于宏阔和安宁。秀娟隐约听见背后有裤脚擦着庄稼苗的声音，回过身来，就看见莲正大步走过来。莲来到秀娟跟前，还有好几步远，抬起右手，"啪"，打了自己一个耳光，接着抬起左手，"啪"，又给左脸来了一下。秀娟赶紧抢上一步拽住她："嫂，嫂，你这是干什么呢！"莲憋了一整天的眼泪终于滚出了眼眶，用粗糙的手掌抹着脸上的泪水说："他先人地，今天算是把脸掉地下了！那些年二福跑车的时候，我没少接济他们，现在我有难了，都装孙子，什么他娘的亲戚！"秀娟就明白了，宽慰她说："嫂，你也别往心里去，都说远亲不如近邻，你有难处，还和我说。"莲等的就是这句话，一把攥住秀娟的胳膊："秀娟，我心里和你挨的近，就来和你说说，——你看，怎么能老借你的钱哩呢！"秀娟恬淡地笑着说："你有难处就开口，我一个人也没个花钱的地方，就是给我家江江补贴点奶粉。"莲说："走走，你坐上我的车子，我带着你回去。"

莲骑着车子，秀娟扛着铁锹坐在后面，先回老磨坊取上存单，又去了村里代办农村信用社业务的红良家取了五千块钱。莲一路起劲地蹬着车子，不断扭回头和秀娟说话，"死荷花，我天天给她家干活，找她借两块钱，像割她的肉哩，钱没借上，把我罗唣了一顿，火了就不信她的教了！"秀娟坐着后面，闻到莲身上浓重的汗息，知道她今天跑了不少的路，来到十字路口，把钱给了她，叫她赶紧回去歇着。

借给人钱的事情，秀娟从来没和兰英说过，对人对事，母女俩从来是两个态度。

晚饭时候，有消息说宾宾和强这次肯定要判刑，玉翠和巧香也顾不得脸面了，一面把男人打发出去连夜借钱，一面结伴到怀亮家来哭恓惶，好话、软话说了一箩筐，眼泪鼻涕流了一泊池，就差把怀亮老婆的恩德和王母娘娘相提并论了。怀亮老婆才吊着脸，把两个妇人骂得找不到东南西北。磨蹭了大半夜，两家又把加倍赔的钱拿了过来，最后怀亮老婆才答应明天给弟弟打个电话，拘留十五天后放人。玉翠和巧香千恩万谢地回去了。

十五天后，强回来了，不见宾宾的人。问强，强说不知道。问巧香，当妈的说是直接回打工的南方城市去了。问怀亮，怀亮光笑不说话。问怀亮老婆，怀亮老婆说："我只管放人，还管他去城里还是京里？"转脸就有那消息灵通的人士，传出这样的话来，说是宾宾在南方打工的时候，伙同别人抢劫出租车，把人给杀了，原本是跑回来避风头的，没想到因为偷怀亮家的东西进了派出所，结果牵扯出来那桩大案，直接就移交省城了，怀亮老婆的弟弟因此立了功，升了副科级，成派出所指导员了。真话假话，反正都在传这样的话，有那信的人这样说服不信的人："你没见巧香和怀亮家的多少年好得穿一条裤子，现在呢，谁还理谁呢？"

再后来，就传出宾宾已经被枪毙了。没人敢当面问巧香，只见巧香还是抱着孙子喜眉笑眼地站在村街上和人说笑，说她娃宾宾在南方工作忙,抱怨着这个死娃娃都顾不上回来看看。当然,这是后话了。

又据宾宾的媳妇艳艳后来跟人说,结婚后第一年的大年初二,宾宾骑着自行车带着大肚子的艳艳回娘家,公路上的雪被汽车压成了冰片子,一路摔了好几跤,宾宾就说等娃娃生下来自己就去南方打工,他发誓要赚一辆小轿车回来,这样艳艳再回娘家的时候就不用摔跤,也不怕天冷受冻了。艳艳眨眼滴泪地说:"谁知道他去抢车呢!"

第二十五章

后半夜里,秀娟醒了,也没做梦也没怎么的,就那么睁开了眼睛。借着窗帘透进的月白色,她看见床头坐着一个人,脸朝着门,只能看见个背影。秀娟一点儿不害怕,问着:"那是谁呢?"那人低下头去,不吭气,秀娟就那么看着他。一会儿,他点上了一支烟,抽着,还是不说话。抽完了,把烟头扔地下踩灭,脸依然朝着门说:"还是把大门上的锁头换了吧,二十多年了还是那把'固力牌'的,你一个人住,操心些,我现在也顾不上你。"秀娟就知道是谁了,她给他宽心:"不用换了,有人想用这里办厂子哩,我觉得这是好事情,你觉得行吗?"那人说:"你自己做主吧,你从来就是个有主见的人,不用问我。"秀娟在黑暗里笑了笑说:"我住的还是你的地方哩。"那人说:"就是来看看你,你好好活着,我走呀。"秀娟就出了一身冷汗,"呼"地坐起身来,眼前已经没人了。

秀娟就那么睁着眼睛望着黑暗里的房顶，脑子里很清楚，想到了那些死了的和活着的人，被墙砸死的老支书，被程和平当兔子打死的老会计，土匪长盛，跛子爸，梅子婶，程和平，福元和红芳，莲，宾宾和强，红霞，连喜，双锁，怀亮，还有自己的妈兰英和荷花，当然还有侄子江江，这些人在自己的眼前和演电影一样来来去去说说笑笑，使她很容易地就回到了过去的时光里，秀娟忍不住想：也许这世界上就只有自己一个人，其他的那么多人都是自己的眼睛制造的幻象，自己一闭眼，这些人就都跟着消失了，就像从来没存在过一样。要不，土匪长盛从哪里来的，程和平又到哪里去了？而如果没有这些人，光自己一个人活在这世上，要多悽惶有多悽惶，是什么样的神灵把他们这么多人安排到自己的身边，让自己觉得不冷清的呢？她想不通，但她早就知道自己活着是因为有这些人在，那她就应该让这些人过得好一些，少点熬煎，多点舒坦。

每天，她都是南无村起得最早的那个人，跑步到河滩上，再跑回来，村街上才开始有人走动。今天她起得更早，起来走到桌子跟前去，拉开抽屉拿出一把香来，劈出两根，用福元给她扔下的那个旧打火机打着了火，把香火点上，插到装沙的茶碗里去，沙里的香火头儿太多了，插了几下才进去。她就那么站着，双手合十，墙上也没有神仙的画像，桌上也没有神像，她也不跪，闭着眼睛，听见村落里开始有了那早起的人声，觉得心里很安然。

那根香烧完，她转过身来，捡起地下被踩扁的那个烟头，扔到墙角的铁皮簸箕里，出了屋门，又出了大门，回身用那把又黑又大的"固力牌"锁头把门锁上，跑步去了河边。

这一整天里，连喜让福娃的大儿子明用"小金刚"农用车去窑上拉了几车青砖，就垛在老磨坊北边的空地里，然后他找到村长怀亮，让怀亮再去和兰英说说。怀亮甩甩手说："你的事情你自己说去，我顾不上。"连喜没办法，又去找和兰英相好的梅子，梅子哈哈笑着说："侄儿子，你也在外面混了半辈子世事了，什么人能惹，什么人不能惹，你就没好好想过？你见过那打雁的让雁啄了眼的吗？"说得连喜也火了，开着车又去找怀亮："我看清了，得罪人的事情谁都不愿意做。不行算球了，感情这是为了我自己？——在哪里不是建个厂子？我到外村投资去还不行？！"怀亮嘿嘿光笑："行，怎样都行。"

黄昏，秀娟在老磨坊院西南角上的茅房系裤带，目光越过土墙头上那丛狗尾巴草，看到连喜黑色的小轿车挂着那条又粗又长的大尾巴，像一个放臭屁的黄鼠狼一样蹿出了村子，她急忙出了大门，远远望见小轿车拐上了去县城的公路。秀娟抬手锁上了门，就往公路的方向急急地走，从背影上看，上面的剪发头和下面宽宽的裤管都让她像一个男人，——那个丰腴高挑的人儿早就不知道消失到哪一国去了。

上了公路，才想到连个自行车也没有骑，站在那里东张西望。秀娟生在南无村，喝这里的水，种这里的地，四十多年来，没出过远门，没出过几次村子。对于她来说，整个世界就是南无村，南无村就是整个世界，南无村的人就是世界上所有的人，南无村的事就是世界上所有的事。在她眼前，连喜消失在公路上的小轿车，就像离开地球的火箭一样似乎再也不会回来了。好在过了一会儿，看到福元蒙着帆布的三轮摩托车"噔噔"地开过来了。

福元把车停下来问："姐，你要到哪里去？"

秀娟问："你碰见连喜的小轿车了吗？"福元说："碰见了，往城里开去了。"秀娟就跳上车斗，从小窗户里对福元说："快走，追上他！"

福元笑了："好我的姐哩，你寻思我开的是飞机？这破三轮怎么能追上捷达？"

　　秀娟也笑了："我有急事和他说哩。"

　　福元皱皱眉头，望着姐姐："你和他能有什么事？"

　　秀娟说："先不和你说呢，你要知道他的电话号码，给他打个电话。"

　　福元说："他的手机号只有村干部知道。"

　　秀娟说："那就去找怀亮。"

　　找到怀亮家，怀亮阴阳怪气地说："我已经把人都打发走了，你就别找他的麻烦了。"

　　秀娟说："你说的什么话！我这辈子找过人的麻烦吗？我是听说他要把厂子建到外村去，想和他商议商议。"

　　怀亮笑着说："有什么好商议的？你先和你妈商议通，让她同意在老磨坊盖厂子才行。"

　　秀娟说："不用商议，我同意。"

　　怀亮瞅着她光笑，笑得脸像开了朵菊花，眼神意味深长地说："你同意没用，我婶子那一关不好过，我知道。"

　　秀娟少见地拧起眉头说："你看你这人，我叫你给连喜打电话，你就打一个，叫他来，来了我就有办法。"

　　"我和他顶了几句，他生我气了，还不知道接不接电话。"怀亮靠在沙发上，一手拿起电话听筒，一手慢吞吞地翻着卷了边的电话本。秀娟出神地望着他翻动的手指。

　　连喜果然在电话里和怀亮拽起了脾气，但天黑前他还是又返回来了。来了坐在村长怀亮的沙发上，气哼哼地偏着脑袋抽烟，等着秀娟发话。

　　秀娟说："连喜，你有现成人吗？有人就连夜动工，把老磨坊的土墙拆了,砌成砖墙。那几间房子你该怎么拾掇就怎么拾掇,该进什么设备你就进什么设备。"她郑重地望着连喜。连喜眨眨眼,看看怀亮,又看着秀娟问:"秀娟姐,你能做了我婶子的主?"

秀娟说:"我妈那里是我的事,你不用管,你只要应承我几件事情,你就建你的厂子,我不挡你肯定没人挡你。"

"姐,你说就是,只要我能办到!"连喜也很利索。

秀娟说:"我记得你和我说过,工人要用村里的人?"

连喜说:"这你放心,第一个上班的还是你。"

秀娟说:"别人我不管,有几个人你一定要招上,你不招她们,我也不当你的工人。"

连喜说:"你说,你说了就算。"

秀娟说:"就是莲和彩霞,宾宾的媳妇艳艳,还有天黑了到荷花家唱歌的那几个婆娘。"

连喜和怀亮对视一眼,意味深长地笑了笑,——村里每家的事情,其实都是公开的秘密。连喜说:"姐,你是个好人,你心真好。这几个人我记住了,只要她们愿意来上班,我肯定招,我不招她们我就是女子养的!"说完了才觉得在秀娟面前发这个誓不合适,赶紧咬住了舌头。秀娟脸微微红了一红,站起来说:"怀亮是证人。就这吧,我回去和我妈说,你安排人动工就是了。"

怀亮婆娘记着那天受了兰英的气,半天躲在厨房不出来,这时候过来拉住秀娟说:"秀娟,你看你,饭都好了,吃了再走么。"

秀娟说:"不了嫂子,我去我妈那里吃。"

怀亮两口子和连喜一直送出大门来。

当天夜里,连喜叫来人,给老磨坊周围栽了几根杆子,每根杆子顶上吊上一颗二百瓦的大灯泡,连夜开了工。

没听到兰英家那边有什么动静,当天晚上秀娟没回老磨坊,第二天跛子也没推上娃娃出来,有人问红芳,直筒子的媳妇子吐吐舌头说:"病了,从我嫁过来第一次见人家病,我还以为她永远不会病哩。"红芳还神神秘秘地说:"福元天不亮就抓药去了,秀娟和我爸都贴身地伺候着哩。"

老磨坊院里六间没隔墙的正房,当年放着几台雄伟的钢磨,后来放过交公粮的奖品水壶、塑料凳子什么的,这几年一直空着;还有两间偏房,当年是知青程和平住的,后来秀娟一间当厨房,一间自己住。现在六间正房做了"鸿禧纸箱厂"的厂房,两间偏房一间还给秀娟住,另一间成了值班室,把院里养的两笼鸡都挪到了兰英那边。连喜给秀娟一个人开了三份工资,一份车间工的,一份烧水工的,一份夜间看厂人员的。连喜到底是生意场上混出来的,心就像那缝衣针屁股一样细,买了一辆小卡车,就让福元开上专门拉料送货。村委会把秀娟的宅基地也批到了学校后面。

老磨坊告别了它的清静岁月,先是连喜觉得那株生了病的梧桐树长得不是地方,也没和怀亮说说,就让人伐倒了。伐完树的当天,连喜就出了车祸,把腰给撞坏了,十字路口那些"等死队"的就说那树上住着神仙,按照老规矩,伐树前要给树干上贴张红纸条,上书:"姜太公在此诸神退位",就没事了。连喜去住院,把厂子交给村里一块儿长大的两个相好打理,那两个人趁着一个大太阳把村里烤没人的晌午,支走了秀娟,把值班的宾宾媳妇艳艳给轮着睡了,那媳妇子因为没了男人,从此就和那两个明着好上了,婆婆巧香气得得了鼓胀病,一天下地回来喝了瓢生水,喊了几声肚子疼,竟然就死了。莲和那几个婆娘没工夫再给荷花家干地里的活,可是每个月有那么几个日子,还是要跑夫她家干点家务活儿,擦玻璃,洗衣服,唱歌。有两个在纸箱厂干活儿的小年轻,女娃比男娃大着好几岁,也不是一个辈分的,打情骂俏,日久生情,男娃又不到领结婚的年龄,索性先私奔,钱花光了就回来结婚,生米做成熟饭,双方大人只能默认了。

老磨坊变热闹了,纸箱厂成了全村的中心,秀娟常常就被大伙儿忘记了。

兰英躺了半个月,起来了。就那件事情上,原本也不至于气病,只是人老了,一方面是心疼闺女没个安顿处,二方面也是借着这个事情,发泄一下对闺女一辈子不嫁人的怨怒,——其实早该病一场了,她一直坚持到现在。坚持了一辈子,不容易呀。

院门口的小桌上摆着茶壶茶碗,跛子推着小平车去纸箱厂拉废料准备回来生火,兰英揽着娃娃和长盛坐着喝茶,长盛给兰英讲纸箱厂的那些花花事情,兰英饶有兴味地听着,完了翻翻眼,嗔怪地笑着说:"秀娟哩吧,你说这女子好人的,可怎么了得啊!"长盛开玩笑说:"这女子跟了你了,要是跟了她亲爸,现在说不定是个大学教授哩!"兰英"呸"了一口,"别放屁!"又说,"出了暑就让福元去窑上拉砖,给秀娟打地基,你看看,老磨坊哪里还是个能住的地方?"长盛说:"在连喜那个纸箱厂干也挣不了几块钱,现在种地不用交公粮,国家还补贴钱,什么年代有过这好事情?我看还是安心把地种好是正经事情,你说呢福元妈?"兰英正要开口,孙子挣脱了她,歪歪扭扭地跑了,赶紧起身去追,喊着:"别跑,奶奶老了,追不上你,——看摔倒你个龟孙子!"

伸出墙外的槐树枝叶,给巷子里投下晶莹的绿色,长盛坐在树荫下,脸上挂着慈祥的笑容。

跋

  2009年冬至前，天气有几天回暖，母亲就催着要回一趟老家。我请了一天假，合并到双休日有三四天的空闲时间，就开车拉上父母和妻子、女儿一块回到洪洞县甘亭镇李村。近些年，由于村子周围几个污染厂子的相继停产，倍受创伤的乡村和田野渐渐恢复生机，几年的回乡挂职，让我的身心和灵魂重新体会到故乡的温存和博大，我总是贪恋乡村的宁静和松弛，想在自家院子里多待待，再去巷子口站一站，和我小说里那些人物搭搭话，享受他们热心的询问或者信任的诉苦。但是院子里荒草已经长满砖缝，奶奶的灵魂能够守护院落，却不再能打扫庭院。两岁多的娃娃要按时睡觉，家里却尘土遍布，父母心疼孙女，逼着我们抱上孩子驱车先回县城安顿。

  我心里一直痒痒着要回老院子里去拔草，却被朋友们圈住打了两天麻将，直到在电视新闻里获悉北方即将连续降雪，这才赶回村里去接老人和孩子，赶在寒流到来之前要回到太原。上车的时候才发现，两天时间，远亲近邻送给父母的玉米面、小米、花生、南瓜、红薯、老咸菜等土产已经堆成了山，我把越野车偌大的后备厢塞得满满的，还是装不下，心疼车，又不忍把乡亲们的热情和好意扔下，只好又往车轿子里塞，脚下的空当填得满满的，还占去了后排座很大的空间。隔壁的爷爷帮着我倒腾了个把小时，才把东西都塞进车里。我向老爸诉苦说："你们把我的车当卡车了，载重超出一吨了都。"父亲说："有些东西是给你的，你介绍帮村里那些没劳动能力的人办了残疾证，老百姓表个心意。"我失笑："没有我人家也能办了，现在是挨着村子普查，再说，那能有几个钱？"父亲说："你别小看，现在政策好了，残疾的、丧失劳动能力的，国家每年补贴的钱不算少。"

　　重新锁上了大门，上车前，母亲回头望望我们家的老房子说："人家谁家和谁家，国家每间房子补助五百块钱的危房款。"父亲打住话头说："走走，先走，人家都在车外面等着呢。"和左邻右舍的叔叔伯伯大娘婶子招手告别，拐上村里的大路，却被一大堆石子堵住了去路，只好从巷子里绕行出去。我抱怨："怎么能把几车石子倒在路当间。"母亲说："那是谁家动工，两三天就用了，现在他家日子好了，盖了一圈新房子。"于是接着说危房补助的事情，我问母亲什么条件的房子给补助，母亲说："只要是土坯房子，每间补五百块钱，那谁家五间房子补了两千五百块；还有那谁家，又有低保，又有残疾证，又有危房补助，可得了国家不少钱。"逗得我大笑，我去年才结束在县里的挂职，当时还没听说过这项补助，应该是才有的项目。父亲说："现在针对村里的补助挺多的，危房补助就是让你翻修房了，这事以前没有。"我说："中央财政有钱了，就往农民身上花，盖不起房子也管了，还有，粮食直补的政策就是好，种粮还给钱。"

这话题又勾起了母亲的操心事，她说这两年跟上我到太原带娃娃，把地都包给了谁家谁家去种，原本说种地也不赚钱，每亩象征性地收十块钱就行，可是现在国家不但夏粮每亩补助一百多，秋粮也补一百多，那天包种地的两家听说母亲回来了，就来说继续包地的事情，母亲是个认真的人，就对她们说："地你们可以白种，可是国家补的钱那是按户主给的，这个你们不能拿。"母亲种了一辈子的地，她那跟小姑娘一样认真的神情逗得我们哈哈大笑，父亲说："只有种麦子和玉米才给补贴。"粮食直补的事，我很清楚，我在挂职期间夏收下乡时深有体会这政策的好处，我对父亲说："要是村里人手里再有些钱，不发愁娃娃上学就更好了。"

父亲说："别的村我不知道，就咱村，日子比以前好得不行了，昨天你妈想在村里买点白皮鸡蛋带回太原……"母亲插话说："村里（每斤）三块二，太原四块三。"我说那还是便宜些。母亲说："我在十字路口买鸡蛋，那谁走过来说，嫂子，现在很多人家都买乌鸡蛋，你不买点乌鸡蛋回太原？"我问乌鸡蛋多少钱，母亲说八块多。我说那老百姓能吃起啊？父亲说："现在不稀奇，村里那谁家下的乌鸡蛋供不应求，买的人多了。"我确实惊奇了："好家伙，咱村有钱的人不少了。"父亲说那当然。

说话间上了高速路，我望着远处棋盘般的田地，由衷地对父母说："这些年我经常想到地里去干干活儿，我是受不下劳动的苦才拼命地要考学校的，可是十几二十年后每回看见土地都那么的亲，想去锄地、拔草，就像发了烟瘾。"我告诉父母，等将来赋闲了，我就把村里的老院子重新盖一下，把地要回来，一边种地一边写作，歇歇心，养养心。母亲又提起了给我们家看老院子的本家叔叔，说他命里有"土运"，在河滩里开了十几亩地的荒，这个秋天打下了几千斤玉米，还栽了好几排树。父亲也说叔叔日子过殷实了，然后父亲漫不经心地给我叔叔算了一笔账，说他这一年下来，夏粮、秋粮乱七八糟可以收入两万块。我联想到那些年求学时家里的困窘，不太相信地说："到不了吧？"父亲说："少说也有一万七八。"而母亲又说起了叔叔几个月大的孙子多么胖，多么聪明。

我只觉得胸中豁然开朗，压抑不住的兴奋，这次回乡真的觉得新鲜：乡亲们的日子真的好起来了。我愿意说一句很主旋律的话：现在国家的政策真是亲民，越来越好了。我唯一担忧的是，绝大多数的乡亲们会因为政策好而更加有心劲奔生活，但也会有那习惯了好吃懒做爱捡现成的人，会为了各种补贴保持他们的栖惶光景，出现以前的扶贫款那样的现象，——我的乡亲，谁家勤劳，谁家"泥腿"，我太了解了。还有，公粮虽然不交了，但农民的公民意识却要加强，日子过好了，更要爱国，热爱自己的祖国，是每个人基本的精神需求。

但愿是我多虑，愿我的家乡，乡亲们世代生活在那希望的田野上。

后 记
《母系氏家》艺术论

马 顿

李骏虎小说长、中、短篇都有，题材在大的方面于城、乡之间腾挪，纵览其作品，在早期的写作过程中风格变化甚多，在写城市体验的同时，李骏虎对乡村生活的关注，也在小说中表现得越来越成熟，并在这个方向上，形成了他目前为止最重要的作品——长篇小说《母系氏家》，由此完成了一次写作上的升华。

2006年，李骏虎发表了第一部真正形成风格的乡土小说——《炊烟散了》（《现代小说》2006年寒露卷），从单个人物的命运，走向了乡土风情。其后来获得鲁奖的中篇《前面就是麦季》沿承《炊烟散了》的人物、故事与风格，以一个农村家庭中的两代女性为切入点，进一步对乡土风情进行深入、细致的描画。他的笔调在这里变得轻松，你能从字里行间看到农村人对生活特有的热望，这样的热望渗透于风俗、人情之中，是风情推动着人物，而人物又延续了风情。这样的风情，是温暖的，虽然悲喜相掺，但是绵绵不绝。从这里你可以看到，每一个村庄，都是一个大家庭；村庄与村庄之间，就是兄弟，就是姐妹，就是亲家。与城市不同，这样的关系不是停留于口号上的，而是以感情相维系的，所有人之间的纠葛，不过是一大家子人之间的内部矛盾。风土人情，包裹着这里所有的人。

2008年，李骏虎将《炊烟散了》和《前面就是麦季》的故事进一步丰富，完成了长篇小说《母系氏家》（《十月》2008年第4期）；2009年，李骏虎对《母系氏家》进行补充修改，出版了单行本（陕西人民出版社2009年12月版）。他在题材重心挪移的同时，彻底回归了现实主义，而这种回归，并不只是一种简单的写法上的变化。秀娟这个人物，在《母系氏家》中渐渐站立起来，立于麦田，沐浴朝阳，李骏虎的作品终于成功地扬起了人性关怀的旗帜，透过生活，透过命运，向着光明飘扬起来。

《母系氏家》： 一部见微知著的家庭政治演义

读古典文学作品，许多时候我们会感慨，无论作品的题材是什么，内容涉猎多么宽泛，最后我们总能把所有故事的推动力归结到一个"家庭"的小范围之内。比如我们读《东周列国志》，列国争斗纷纷扬扬，其实最触目惊心的却是各国王室内部的争权夺利，父子拔刀，兄弟相残，甚至一国向另一国出兵，往往都会趁对方内乱的时候行事。与这些作品相比，《金瓶梅》干脆撇开了外部干扰，直接就拿一个家庭开刀，对其内部争斗进行了最细致的铺排描述。一个潘金莲，与东周时代各国王室的女人们相比，毫不逊色，甚至更加"威名远播"，将其与武则天和慈禧比肩，似乎也无不可。然后我们会发现，虽然我们现在已经不再"封建"，也已不再"一夫多妻"，然而，家庭政治心理，却顽固地流存在我们的血液里，数千年不曾改变。

李骏虎的长篇小说《母系氏家》写了一个现代潘金莲似的人物，其切入的角度也是家庭生活，读此书，有时候会发笑，因为一地的鸡毛蒜皮，竟然件件都能上升到"政治"问题；有时候却也惊心，因为在看似朴素的生活中，蕴含着人性深处的机谋与利益之争。由此我们可以发现，乡村家庭生态与历史上的宫廷生态是本质相通、一脉相承的。我们无须问，是政治渗入了人性还是人性渗入了政治，其实，无论贫富贵贱，人即是政治！不是谁把一地鸡毛蒜皮上升到了政治高度，而是鸡毛蒜皮本身就蕴含着政治。而乡村，即是中国，一个乡村家庭，可以照见整个中国的民族心理。

"母系氏家"从"母系氏族"演化而来，作为本书的书名，异常贴切。从历史上的母系到父系，再到本书所谓的"母系"，是一个主导权变换的过程，也是一个争夺的过程，书中故事具现了这样的主导权争夺。这是一个具体而微的人类史，人类史的演义。从大，到小；从宏观，到微观；从"氏族"，到"氏家"，是一个自然的传承和探微。

1. 人物的价值取向决定各自行为的截然不同

一个叫作兰英的好身材的女人，由父母做主嫁给了一个武大郎一般高低的男人，为了不被人看低与取笑，决定借种，生出"比别人都要高出一头、俊上三分"的儿女来，从而启动了母女、婆媳一家两代女人截然不同的人生故事。

兰英是个有心的人。她对命运有自己的主见。她认为："只要把生什么样的娃娃、生什么人的种把握在自己手里，就把握了后半生，就不愁扬眉吐气的那一天，不愁翻不过身来的那一天。"她要逆转自己的命运，因此，"她像一只色彩艳丽的蜘蛛，耐心地结着自己的网，等待那些不安分的蝴蝶撞上来，成为自己的猎物"。向来我们都把女人比作"蝴蝶"，在比喻中身份的逆转显示了兰英内心的强悍。原来野心是可以使男女的位置和角色互换的，野心是男女通用的。然而，这样的如意算盘，岂不也是自欺欺人、顾头不顾尾的？自己一心想让儿女来为自己撑门面，却未想到借来的种子在他人眼里遭到的只能是嘲笑。如此一来，那就是聪明反被聪明误了。或许兰英会想，只要自己做得隐秘，别人就不会知道。也有可能兰英根本就顾不上想这一层，因为在她的价值观里，"撑脸面"是最重要的，或者说，命运和性格把她推到这一步，她不服，她要赌，做了就有可能"扬眉吐气"，不做就一辈子"把脸装到裤子里"，面对这种情况，她就顾不上为将来的儿女的脸面作考虑了。那另一重的尴尬，兰英一时顾虑不到，也显示了她的"自私"。如此，她的有心，既包含了"野心"，也包含了"私心"，后来她两度借种成功，更显示了她的"机心"。

第一次借种，找的是个公社秘书，兰英眼里的"文才子"。"文才子"牌面好，然而胆子小，跟兰英生的又是个闺女，兰英就决定换人。第二次借种，找的是个外号"土匪"的倒插门女婿，该人身躯高大，状似"武生"，交合之后，兰英觉得，"跟长盛比，矮子根本就不是个男人，连那个秀气的公社秘书都只能算个二尾子"。如此，或许我们可以认为兰英已经满足了，然而没有，她对

"土匪"长盛说:"你要是个干部就更好了。"她又想到了公社秘书,她希望她遇到的是个文武全才。由此,我们看到了这个人物丰富的内心世界,她像现实世界里存在的许多人一样,在某一方面是个完美主义者,或者说,是个不知足的人。当她初次也是唯一的一次与公社秘书相交时,她觉得,"能活在这世上真美",——原本只是为了借种,却"意外"地收获了性爱的滋味。及至遇上长盛,她最初的动机变得复杂起来,我们已经无法确知她的"捕猎"行为,到底只是为了"借种",仅仅关乎生殖带来的尊严,还是关乎情欲,甚至关乎心灵上的快乐,抑或都有?对这种变化的捕捉与把握,使兰英这个形象真实地立了起来。

媳妇红芳是个无心的人。往往,头脑越简单的人,道德感越强,在红芳身上就充分地体现了这一点。这样一个媳妇,偏偏遇上了兰英这样一个婆婆,可以说是绝配。一方面,一个有心的人和一个无心的人,在言语交流上先会不对称,容易出现喜剧效果。比如兰英见媳妇怀不上娃娃,就想探听探听她的想法,却又不明说,而是东家长西家短地绕,想把红芳引到主题上去,红芳却偏偏听不出她话里有话,兰英的弦外之音就成了绝响,只好自己把意思明摆出来,没想到红芳还是不接招,话锋一转,说:"也不用太着急,还是先把光景过好,光景比不过别人,有了娃也是个累。"红芳的话说得实,软绵绵地一挥巴掌就把问题拂一边儿去了,兰英见此,依然能保持说话的艺术,然而,话的内容却已经像刀子一样尖刻了,她说:"看你说的,你不过门前我们还要不过日子了呢!"这话任谁听了都会往心里去,偏偏红芳不会,红芳不是个针尖对麦芒的人,她的反应让对手顿生英雄无用武之地之感,"红芳像个小女孩一样撒娇地说:'妈呀,你可不敢这么说,我哪里有那么大的本事!'"遇到这样的"对手",兰英再有心,说话再艺术,也不能不恼羞成怒、凶相毕露了，真个是图穷匕见。

另一方面，兰英会变通，红芳认死理儿；兰英是个自我满足胜过道德感的人，红芳是个道德感压过美感的人，二人相互反衬，对人物形象的树立起到了强化作用。当红芳得知"土匪"长盛是福元的生身父亲、自己真正的"公公"之后，她即刻产生了强烈的生理反应，"一想到自己是长盛的儿媳妇，红芳就像吃了一只活苍蝇，忍不住地干呕"。当然，这里面应该也有婆媳不和、恨屋及乌的因素在，然而其对长盛与婆婆的行为的厌恶仍然主要出于自己的道德感。其实，从形象上来说，长盛比公公矮子七星要强过许多，如若红芳与这两个人没有任何关系，并且不知道长盛在男女关系上有"见不得人的事"，她在好感上自然会倾向于长盛而不是七星，可是事实上长盛在道德上"亏"了，而七星又是个心善的人，在红芳的心里，两个人的分量与亲疏就有了非自然属性带来的差别。后来长盛到兰英家来串门，时过境迁，七星都接纳了他，红芳却不给好脸色，并且指桑骂槐，婆婆到底心虚，敢怒而不敢言。——红芳在生娃娃的问题上可以忍受喝十年汤药的苦，在道德问题上却一丝也不肯迁就，终于也站在另一个制高点上赢了一回。兰英也知道了生不了孩子的原因在儿子身上，而不是媳妇红芳，竟然有在媳妇身上复制一次自己的"成功案例"的心思，实在有些匪夷所思。一方面，由此我们可以看出兰英几十年下来一点变化、一点悔意都没有，仍然坚持着她的实用主义；另一方面，也不难看出，兰英极想借机让媳妇理解自己当年的作为，站到自己的立场上来，接纳自己，接纳长盛，接纳自己和长盛的关系。然而，这事何其难也，红芳终究不是兰英。

女儿秀娟是个静心的人。红芳的无心是天生的，上天生出红芳来似乎就是为了与兰英配成婆媳对。秀娟的静心则是后天形成的，是她年幼时撞见母亲和长盛偷情心灵受到刺激的结果，因此，可以说是兰英造就了秀娟寡淡的心性和她孤寂的一生。虽然，秀娟曾被知青程和平追求，程和平也间接地因为她的缘故耽误了后半生，然而，从秀娟在整个被追求的过程中的反应来看，程和平后来身陷囹圄的遭遇并不能导致她选择独守终身。无论是福元还是秀娟，本来都不应是属于兰英的，是兰英"借"来的种，既然是"借"来的，便不长久，因此福元不能生育，秀娟终生未嫁，算是命运给了兰英这个"厉害人"一个"合理"的交代。

无论是与媳妇红芳还是女儿秀娟的相处，都能体现出兰英的性格和心理特点。所谓是非人有是非心，什么人眼里出什么事，当秀娟在福元抱养的儿子满月那天酒醉由两个小年轻送回她独居的磨房之后，一家人都能真正把她当成一个"家人"来照看和关心，偏偏兰英敏感而多疑，以为两个小年轻强奸了秀娟——在闲话传开之前，做母亲的先自这样想了，可真怪不得他人嚼舌。而秀娟面对突如其来的谣言的袭击，不怒不争，依然故我，更加显示了她的心静得深。他人远避尘嚣，深入山林，也未必修炼得来这样的境界。但也不能说她真的就不食人间烟火了，她有她的欲望，比如说，她比谁都热切地希望福元有个孩子，哪怕是抱养的；她对希望得到她的帮助的人，以及日子不好过的人，也总能倾心相助，而不计自己的得失。她的"欲望"，与母亲兰英截然不同，她不是自私的、功利的、势利的，而是处处透露着温情。

七星是个有仁心的人。孔子曾言："仁者必有勇。"孟子也说："仁者爱人。"虽然，我们看见的七星是个比常人矮小、其貌不扬的老好人，是个明知老婆出轨却不敢言声的窝囊男人，但是如果我们抛开有色眼镜来看看他，不难看到他比常人强出许多的地方，事实上，他就是这样一个光环大于阴影的人。我们先看他对兰英的风流韵事的隐忍。兰英第一次"借种",一次成功,而后就生下了秀娟,在这个过程中,七星应该是不知道内情的,面对一个新生命,七星表现出了比一般的父亲更多的爱心,他对秀娟的珍视,在那个无节制生育的年代是罕见的,加上当时农村男女的婚龄普遍不高于20周岁,大部分人生孩子的时候自己就还是个孩子,七星的表现,更显突出。后来出现个"土匪"长盛,跟兰英长久厮缠,终于生下了男孩福元。这俩人的事七星是知道的,虽然在福元长成之前他并不肯定这个"儿子"到底是谁的种。我们看到,自始至终,七星对兰英都是又怕又恨的,怕,自然有他性格上的原因,但是我们也看到,不管兰英如何,也不管福元是不是自己的亲生,当天灾人祸来欺凌这个家庭时,七星总能表现出无比的勇气——先是在三年困难时期为一双儿女抓鱼,差点陷入泥坑毙命;后来闹"文革"红卫兵要批斗兰英,七星举瓦刀从屋顶跃下,吓退众人,这些作为,正可为"时穷节乃见"作一注脚,是七星胸怀"仁心"的体现。包括收留逃难来到南无村的那一家人,也是其"仁心"的表现,虽然后来这一家人无情无义、恩将仇报,但发生这些事情后七星只不过是"挺后悔留下这一家人",一个并不激烈的"挺"字,道出了七星的绵善。

我们再来看七星对于父权的行使。七星对于兰英的夫权受到了很大限制,他也并没有表现出多少"维权"的努力来,然而对于父权他一直不曾放弃。兰英嫌红芳不生孩子,指桑骂槐,惹得红芳要分家,福元就在当妈的撺掇下第一次打了媳妇,面对此情此景,七星一锹拍蒙了福元,救出了儿媳,也维护了自己的父权。虽然在后来的窝里斗中,兰英再一次撺掇儿子侵犯他人,甚至打了作为父亲的七星,打得老子怕了儿子,但是七星对于儿媳仍然还是敢于维护的。从这些事情中我们不难发现,七星怕兰英,那是真怕,而不是所谓的因爱生怕，那么他怕她什么呢？虽然兰英极有心机，但是，她常常表现得专横而毫无理性，说翻脸就翻脸，像七星这样一个唯恐天下不太平的人哪里敢捋她的虎须呢？除非是为了维护他人的正当权益。有意思的是，有时候对于权利的放弃，竟然也会成为反抗的有效手段，当兰英因与儿媳讨论"洗洗更健康"而唤起性需求，破天荒地主动向七星提出要求后，七星以一句"你以为你还年轻呀"作为回应，正所谓物极必反，如此竟意外地从另一方面维护了自己的夫权。——当一个人对于欲望不是那么俯首帖耳、卑躬屈膝，他是可以掌握更多的主动权的。

除了以上四个人物，书中还有两个小角色需要说一说。这两个人，一个叫宾宾，一个叫强，是两个小年轻。这两个人是在秀娟的故事中才出现的，虽然他俩并没有影响秀娟的命运走向，但正是他俩的出现为秀娟后来平淡的生活增添了一些曲折，在增强这一部分的故事性的同时反衬了秀娟的性格和心理特征。这两个人一出场，就是在为一些蝇头小利动心思——在福元儿子的满月礼上抢烟。这个小细节，暴露了他俩的价值取向，为他们后来犯下更大的事埋下了伏笔。后来秀娟受诬、福元担惊，全和他俩有关。因此，总的来说，这本书在人物设计上是充分考虑了人物心理和精神世界的代表性以及与其行为的一致性的，这样写出来的人物，丰富，立体，真实，人物一旦立起来，就产生了超出故事之外的意义，从而具有了长久流传的价值。

2. 鸡毛蒜皮都是政治

人物的价值取向，投射到现实中就是利益取舍，而对于利益的维护与争夺，就是政治了。自古及今，无论朝野，子嗣在权、利争夺中都占据关键位置，所谓的"狸猫换太子"就是最典型的案例。兰英是个天生具有极强的政治心理的人物，她的一生都纠缠于子嗣的优劣和有无，在她整个以此为主线的生命故事中，无论是对于自己的命运，对于自己在家里的位置，自家与别家的关系，她都表现出了特出的控制欲，于是，虽然一辈子生长于乡土弹丸之地（皇宫岂不也是弹丸之地？），她也能把生活搞得风生水起，一切鸡毛蒜皮，全都抖搂着政治含义。

在兰英"逆转"命运的努力中，邻居比她长一辈儿的金菊是个关键人物，这位支书夫人，在其中起到了《水浒传》中的王婆的作用，然而，从金菊与兰英、金菊与王婆的目的对比中我们可以发现，兰英和王婆都在"谋生"，金菊却在"谋死"，金菊的行为，实际代表了中国人更深一层的精神需求。从兰英和王婆的动机来看，一个是谋活着的风光，一个是谋活着的钱财，虽然在王婆的故事中，西门庆提到了要给她十两银子"做棺材本"，王婆设计潘金莲的关键道具，也是一套"送终衣料"，却也还是此番"轮回"的事，是所谓"善终"的一部分，而金菊则直接提到了对于来世的期盼，说："我到死都想戴个好首饰，活着没戴过死了戴上也行，盼望下辈子托生个好人家。"金菊图来世，因为她已此生无望；兰英谋今生，正好利用了金菊和她与金菊的关系，实现了各取所需，这是她的"政治智慧"的第一次闪现。这第一次闪现，也是她与人唯一的一次"合作"，而后，就以"斗争"为主了。

在家里，兰英争的是谁做主的地位和权力。

先看兰英怎样慑服丈夫七星。饥馑年代，七星以差点丢命的代价捞到两条鱼，拿回家准备给兰英和两个孩子吃，兰英初则喜，继而叱，再而骂，反复了多次，以其心中怨毒，直逼得七星近乎窒息。第一次变脸，作家写道："兰英经过短暂的惊愕，又恢复了瞧他不起的脸孔，叱道：'把你成了南无村的光棍了，大天白日谁家的烟囱敢冒烟？'矮子说：'有办法，就在这屋里立两块土坯，架上那个小铝锅烧水就行——大铁锅炼钢了，小铝锅你还藏着啊。'兰英说：'村里人看不见咱院子里冒烟？闻不着香味？人都是瞎子，没鼻子呀！'"这一段里兰英的表现，警惕，刻薄，只会发牢骚不会想办法，对人对事均持否定态度，正是这种态度把鸡毛蒜皮激化成了政治。而后七星想了个办法，点着几只烂布鞋作障眼法，一可以对外谎称烧烂布鞋熏蚊子，二可以以鞋臭盖住鱼香味。兰英"笑纳"了这个办法，七星就去杀鱼。然而，很快兰英第二次变了脸，"正忙活，兰英一掀门帘又出来了，端着一盆水浇到烂布鞋上，'哧——'一声灭了火，回头指着矮子低声骂：'你就是个没苦胆的，自己在河里滚了一身泥，不知怎么瞎猫碰上死老鼠抓了两条烂鱼，又不是偷他队里的，烧火冒烟怕他谁？！'"——一个字：刁。兰英不是头脑简单的"泼妇"，而是心毒嘴刁的"狠人"。以七星的性格，既不屑于与她对峙，也不敢，到老了，儿女都大了，肩上担子可以卸了，才稍稍跟兰英斗那么一斗，却仍然总是落败。

再看兰英怎样降伏儿媳红芳。红芳没在"设定"的时间怀上娃娃，还跟上福元去拉炭挣钱，这在兰英的眼里，是"罪上加罪"，因为她认为，红芳不是为着生计去的，而是为了占有她的儿子。她是这样说的："成天在一起叽叽咕咕还不够，非要绑到一块儿去！"红芳累了一天回来，秀娟要替她做饭，让兰英给挤兑走了。红芳把饭做好，兰英又故意刁难，把菜吐到地上，说："呸呸，不知道我不能吃太咸的吗？不想让我吃饭，明说！"说完回屋躺着去了。红芳去赔不是，兰英道："承受不起，反正要当绝户，早饿死早托生！"过了段日子，兰英逼着七星捉住一只老母鸡要杀，当着红芳的面骂道："叫你不下蛋，叫你不下蛋，吃得肥肥壮壮，光招公鸡踩，踩不出个屁来，我要是你啊，早飞进茅坑淹死了。"此话终于激得红芳要分家，兰英就此唆使儿子向媳妇动了武。言语、武力而外，对红芳最有力的撒手锏是把不能生孩子的事透过于她，使她内疚、心虚，欺瞒得她喝了十年的苦药。兰英为什么要这样做？当福元跟红芳稍稍有些亲密时，兰英便会恨道："真没出息，迟早要被媳妇子降住！"诸如此类的话，兰英常常挂在嘴边，显示了她对于当家做主的强烈欲望——做媳妇时降住了自己的男人，甚至公婆，做了婆婆又怕儿子被儿媳降住，这样的心理，矛盾而又统一，归结到一点，就是：任何时候都以她自己为核心，自己的权益是唯一的，他人不过都是附属品。虽然，兰英这个人物的表现有些极端，然而，她的心理，却是很有代表性和普遍性的，甚至可以说，婆媳关系是中国一切人际关系的集中体现，话语权、决定权等等权力，都凝聚于此。我们可以看到，兰英所有的作为，都是为了争得更好的生存权，虽然她的一些做法，确实会使人觉得可恨，然而同时，也难免令人由此而生可悲、可怜之叹，因为，在她的作为背后，我们同样看到了她内心的恐惧。

至于秀娟和福元，虽然兰英对女儿的不嫁心怀怨愤，对儿子在媳妇面前的温顺也有不满，但这二人毕竟是她的骨肉，对他们，兰英是有绝对权威的，既不需要言语威慑也不需要动武。反过来，秀娟和福元虽然对母亲的强势与刻薄也看不惯，但他俩对母亲的权威是绝对维护的。我们看到，血缘在他们三个人之间显示了强大的力量。不光母亲与一双儿女血浓于水，秀娟和福元之间也是姐弟情深。做姐姐的期待弟弟生育子女，早早就把婴儿衣服做了两大箱，当弟弟抱养了一个小孩后，她又把这个孩子视同己出；做弟弟的处处维护姐姐，甚至容不得媳妇在姐姐面前说一句有可能伤着她的话。他们三个人，是一个稳定的利益共同体，是一个稳固的三角形。这样一来,做父亲的七星和做媳妇的红芳就显得有些势单力薄了,偶尔,七星会为红芳出出头,但也是无济于事的。当然,虽然只是一个小家庭,其内部关系也不可能如此简单,在福元和红芳之间、秀娟和七星之间,也还有夫妻情、父女情在,这才维持了整个家庭关系的平衡。如果把这五个人的关系画个结构图出来的话,正好是一间屋子的模样:

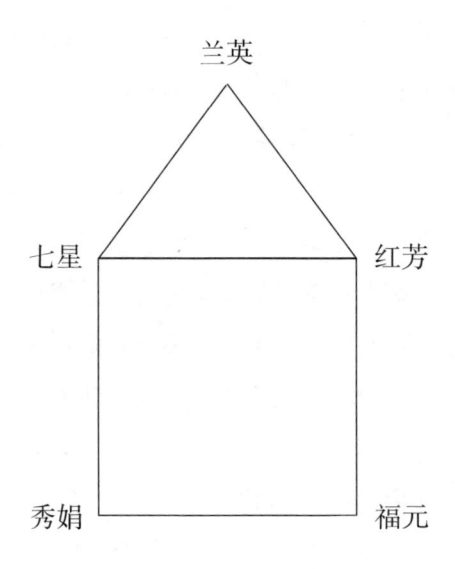

```
           兰英
         /    \
        /      \
       /        \
    七星--------红芳
      |          |
      |          |
      |          |
    秀娟--------福元
```

出了家门,兰英争的就是以她为核心的家庭的利益和自己的面子了。兰英好面子,除了借种一事外,最明显地表现在儿子媳妇不能生育和抱养孩子一事上,不能生育,不可声张;抱养孩子,虽然必须做,但也不能声张,在院子里说得声音高一点,均会被她喝止,这样的情景出现过多次。此外还可以可以举三个例子:

第一个例子和女儿秀娟有关。深爱着秀娟的知青程和平误伤人命,服刑前想见见秀娟,兰英一瞬间就划清了程和平与秀娟乃至整个家庭的界线,"翻了脸,冷生生地说:'他见我们女子干什么?我们和他有什么瓜葛?我见这娃恓惶,才让他经常上门,早知道他对秀娟安着心思，就不让他进门了！'"捎话的人问秀娟能不能写封信，"秀娟还没说话，兰英说：'不写，我女子不识字！'"一个前恭后倨、势利刻薄的模样跃然纸上。兰英心气极高，然而，这心气高得烫手，可以伤人。对于有损自家利益的人、事，兰英一贯是这样决绝的态度。

  第二个例子还和秀娟有关。大家怀疑村里的小年轻宾宾强奸了秀娟，畏罪潜逃了，宾宾妈巧香一方面害怕、着急，另一方面又希望错在秀娟，儿子无辜，就来找兰英探口风。兰英是个厉害人，时刻都对利害关系一清二楚，面对巧香，把她的心理把握得准准的，先说："我也不相信有真事情，可人嘴里带毒啊，还有那不要脸的婆娘自己站在街上宣传，也不怕她儿将来说不下媳妇。"可巧宾宾刚订婚，如果他不能自证清白，亲家那边真就要退婚呢。这一说，巧香害怕了，兰英乘胜追击，又道："不行就报案，让派出所去找。"吓得巧香要下跪，兰英顺势又拿她一把："不报案也行，你去跟那个烂婆娘玉翠说，她要再敢到处煽风，说我女子的坏话，就是逼我去报告派出所哩。"我们说，兰英心气高，但光有心气是不管用的，心气需要能力来支撑，兰英就有这样的能力，不过，我们也可以看到，这样的能力很多时候是把双刃剑。

  第三个例子有一点复杂。一家人决定抱养一个小孩，这个小孩，是兰英的哥哥的孙子。到了医院，福元去替产妇结住院费，兰英在病房里接收孩子，"把娃娃从头到脚摸了一遍，又提起两只小脚看看脊背和小屁股，确信没什么毛病，才笑不拢嘴地把那小心肝捧起来放到新被褥上"，这一举动，可以说是对自家利益的维护。而后，表弟要让福元再出两千块钱营养费，福元钱不够，就去借，这时候舅舅也不明说，只说手续还没办完，让兰英她们几个女人抱上娃娃先走。对于这件事，红芳不情愿，却又无奈；秀娟心寒，而且少见地生了气；兰英在红芳说过一句"不多，两千块，要不是亲戚还不知道要多少呢"之后，"拉下脸来说：'要不是亲戚，给多少钱人家舍得把个男娃娃给你？'"这个表现，看似与她一贯地强势维护自家利益相悖，其实并不矛盾，因为，很明显，她是在维护娘家的脸面了，另一层血缘关系发挥了作用。这里面有一个血缘的长幼序列的问题，兰英对下要维护子女利益，对上要维护娘家利益，当二者产生矛盾时，什么该认真，什么该妥协，她的意识很清楚。我们可以假设，要是那句话不是红芳而是秀娟或福元说的，兰英会怎么反应呢？态度可能不同，但话可能还是一样的话吧。

红芳作为一个自始至终都处于家庭血缘关系之外的人，不管在家里挨多少打、受多少委屈，对于家庭荣誉的维护，却也是强势的，值得一说。比如，长盛来家里串门，最反感的竟然是红芳，她认为，"他这是欺负咱呢"，并表示，长盛"要敢再来我就给他难看"，最终，在她的讥刺之下，长盛再也不敢来了。再比如，红芳撞见强妈在宾宾妈面前编排秀娟勾引强和宾宾的故事，并捎带把一家人都骂了，红芳二话不说，上手就打。这两件事，都显示了她是一个对家庭具有强烈的认同感的人，而这种心理，也是具有普遍性和代表性的，在这种情况下，家庭，无疑已经化作了一个微小的政治单位，其共同利益，也就是每个成员的切身利益。

此外，福元的一个变化也值得一说。当福元得知自己没有生育能力后，"第一次发现自己跟别人不一样，这个文化水平不太高的人，居然有了跟世界的距离感，产生了对生命和活着的不曾有过的全新的思考，并且几乎就在那个时候，从此改变了他对于别人的一贯的态度" "命运的不公，不但加深了他的善良，暴露了他的软弱，还逼他显示出了不曾示人的温柔和体贴"，这个曾经多次动手打媳妇的人，竟少见地买了些吃的，去犒劳他的媳妇。对于这个变化的描写，有两个优胜之处：一是对其心理的分析和对善的赞扬，显示了作家悲天悯人的情怀，从而使得这一部分超越了"政治"，具有了哲学意义上的拔高，具有了大作品的气象；二是对福元和红芳的夫妻情的温情摹画，感人至深。后者，是容易做到的，然而前者，就是国产小说之所缺了。

李骏虎是山西作家，曾有论者将他的作品列入"后赵树理写作"之列，我认为，从其《母系氏家》等农村题材的作品来看，确有对赵树理的继承，然而，我们更应该理一理二者之间的区别，因为在新的时代，文学需要有新的发展。仅以《母系氏家》来进行对照，我们可以发现，赵树理的作品是与其所处的时代紧紧合拍的，写的是外界新事物对乡村的影响，以及乡村人物在被动地接受改造的过程中的各种不同表现；《母系氏家》写的则是乡村内部的繁衍生息，其变化全是内因使然，没有大起大落的故事，全是日常生活，是生活的内在需求在推动人物行为和故事发展。

细节与方言是乡土文学的优胜点

自古以来，文学就有地域的差别，不同的风俗、风物、风情反映到文学中，形成了文学多元化的局面，而方言作为一个地域最为显著的文化标志之一，融入文学中，既起到了将地域风俗、风物、风情带入文学从而广泛传播的作用，其本身也为文学语言的丰富引来了活水。多年以来，我们一直在推广普通话，随着经济、社会的发展，人口的流动也对普通话的普及提出了现实要求并起到了巨大的推动作用，然而，我们并不能因此而忽略了方言，忽略了方言对语言和文学的作用，就像在世界日益国际化的今天，我们不能泯灭了汉语一样。

　　同时，我们看到，在城市化的过程中，各地城市的面貌越来越相似，逐渐在失去地域个性，生活在城市的人们的经验和记忆也逐渐地趋同，城市像普通话一样，似乎有了一个统一的标准。虽然，乡村被裹挟进了城市化进程，但是相比较而言，乡村之间的差别还是大于城市的，所谓"十里不同风，百里不同俗"，乡村的丰富性仍可为我们提供放松心灵的绿色空间。所谓的差异和"不同"，主要体现在细节上，体现在不是统一的"壁立千仞"和车水马龙，也体现在不是一致的朝九晚五。当然，城市生活也是由细节组成的，但城市的细节只有在纵向的回忆上才能体现出差别来，而乡村生活的细节，是纵横交错的，既是历史的，也是地理的。

　　乡村，是主要的方言流通区，在乡土题材的文学创作中以方言俗语来表现它的细节，来贴近它的生活，可使作品更加鲜活，更加有味道，也更加有特色。当然，这样的方言运用不是照搬原话，以致造成阅读障碍，而且有许多方言也无法直接落实成文字，它必须与普通话交相融合，这样的语言落实到文本上，不体现为发音的不同，而是以其独有的语言逻辑、思维方式，以其独特的语气、习惯、修辞来承载地域风俗与特色文化。在这种创作实践方面，"山药蛋派"是一个典范。山西的作家，从赵树理到马烽、西戎、束为、孙谦、胡正，再到目前活跃着的一批年轻的作家，发扬和流传了这样的写作方式，取得了实绩，产生了影响。当然，在世界文学广泛交流的现状下，他们也尝试着更多的方式，并且形成了多元化的创作局面，然而最能显示成绩的，还是这样的乡土文学。作为兼有本土生活体验和多味文学滋养的李骏虎，在"城市"多年、"现代"多年之后，逐渐将写作重心转向乡村，以方言书写细节，打开了一个更加开阔的创作局面。

最生动的语言在农村，它是自然流淌的，充满想象力的，是讲普通话的人捉摸不定的。李骏虎在其乡土题材的长篇小说《母系氏家》中如此准确地捕捉到了那些乡土人物的心理和偶尔冒出来的怪想法。它们带着天生的幽默，是生活烦恼的反方向升华，以小说的形式把它们呈现给更多的人，把它们留存到将来，不只具有文学上的意义。而且，对那些乡土生活细节的描摹，也如风情绘画一般，直观且具有还原般的年代气息。在不可逆转的城市化进程中，这样的小说，便也具有了乡村生活史的附加价值。

1. 方言俗语是流动的讯息

方言和俗语是分不开的。许多俗语都是在某个特定的方言文化背景之下产生的，离开了这样的土壤，就没有这样的说法与效果，正如网络催生了许多新词、新话一样。同时，方言俗语不是赵树理笔下李有才的板话，它们是没有版权归属的，其原创者是共同地域文化背景下的所有人，而且它们不是刻板的、一成不变的，而是一直在使用中创造、在创造中流传的。其一大特色是运用修辞，这些修辞有的是已经命名的，有的依然无法归类。最显见的修辞是比喻。比如给兰英拉皮条的老金菊表述自己出身的不好，说："我出嫁时我娘给了我一对银镯子，轻得跟麦秸编的一样"。这话一看，就知道这个故事一定不是发生在江南。人们总是习惯于拿最熟悉、最普遍、最亲近也最易想到的事物来作比，因此，作物，是可以为人物定位的，也因此，仅凭一句话，就反映了一部书的地域特征。后面的故事中有一句俗语与此形成了对照。红芳决定要贩苹果，跑到邻居家去借秤，邻居婶子说："红芳呀，不收秋不打夏的，你戴这么个大草帽子干啥，我都没认出来。"——"不收秋不打夏"，透露的还是一年收割两季的北方地域特征，所谓"打夏"，意即收麦子，与"麦秸"正相呼应。

有些话是俗得不能再俗，几乎俗到了不为人注意的地步，可是却有着深层的、根本性的意义。爹娘把兰英嫁给了一个"武大郎"，兰英对爹娘有气，对金菊述委屈道："我就是恨他们，不想见他们，他们就别来，来了我也不让吃饭。"此话乍一看，很平常，甚至透露着孩子气，然而稍微想一下，就品咂出了味道。首先，在中国，自古而来的传统，有客来，是要敬茶点烟留饭的，何况父母呢？这是一个基本的礼数，即所谓的"礼遇"，这礼数背后包含着伦理意义与个人尊严，那是无法用一餐饭的实际价值来衡量的。其次，它反映了这个故事的时代特征，俗话说，"民以食为天"，尤其是在生活并不富裕的年代，当填饱肚子殊为不易之时，说出这样的话，最能直接表现人物的心态。

俗语又因表达需要与作用的不同而有不同的表现方式，《母系氏家》中最惯用的一种是"隐语"，一种"话中话"的说话方式。比如兰英和长盛第一次偷欢，兰英"先放下枕头，再铺好被子，最后把自己脱光，钻进被子里去。长盛呆呆地看着，不解其意。兰英睡好了才说：'要做夫妻就正儿八经做，别急急火火像做贼。'长盛笑了，心说这媳妇子就是和别人不一样。兰英呵斥道：'你还不脱，等着过年啊？'"——"等着过年啊？"这样的话，有意义？还是无意义？反正她就是不直说，她就是要遮着，而她又不是故意遮着，这不过是大家在面对"慢人"的时候所习惯的一种修辞而已。后来兰英做了婆婆，与儿媳妇不和，儿媳妇红芳对别人说："我跟上人去河西贩苹果，闲着也是闲着，省得在家里让别人的眼窝不好受。"虽然未指名未道姓，也没有讲一件让她不开心的具体事，但是听者一听便能够明白，这也是一种"隐语"的效果，这种简洁的沟通，是大的文化背景在人们心理上产生投射作用的结果。

　　对于浸淫于一个大的地域文化语境之中的人来说，许多话是不用明说、直说的，对话人之间由此产生了一种可以"意会"的本领，虽然外人听来跳跃性极大，同一环境里的人却是可以听懂的。当兰英一家决定抱养兰英哥哥的孙子之后，女儿"秀娟问她妈：'我舅舅那里说定了吗？'兰英说：'那是我哥，又不是外人，他还要咱的钱啊？'"——正是由于对方是娘舅，所以秀娟不好直说。不想后来舅家还真要钱了，却也因是亲戚而没明说。兰英领着儿子、儿媳、女儿一块儿到了医院，兰英见外甥媳妇不舍得孩子，就对嫂子说，别急着出院，养好了再回去。"嫂子说：'不了不了，这就回啊，就等你们把娃抱走呢。等下就办出院手续。'兰英看她一眼说：'福元装着钱哩。'嫂子就吩咐她儿子：'你去和福元把住院费算了。'"——一方含蓄着说，一方就挑明了表示自己有准备、很坦荡，互相都照顾了面子，给了个台阶下。然而这个事情还没结束，背着兰英，舅家又让福元出两千块钱"营养费"，福元一时没带那么多钱，只好出去借。舅舅回到病房，依然用了心机，不说福元借钱去了，只说住院费福元已经交了，手续还没办完。——住院费都交了，那还有什么手续没办完呢？如果说前面的"隐语"是为了提醒对方，这里这样说就是欺瞒了，可是，这也是生活中时常会发生的事情，是一种说话的艺术，只是，此时的动机不再有给对方台阶下的成分，而纯粹是为了给自己遮脸了。

　　这样的例子还有，同村的寡妇莲去表弟家借钱，弟媳妇说把钱都贴到了养鸡的生意上，等秋后新买的小鸡产了蛋才有富余钱。弟媳妇给了莲一网兜鸡蛋，"说：'眼下鸡蛋卖不上价钱，养鸡的又多，鸡蛋成了狗粪，姐你要愿意，我给你一卡车！'莲'咯咯'

地笑着,把那一网兜鸡蛋系在车龙头上说:'过两天我给你还网兜来。'弟媳妇赶紧说:'不要了不要了,也不值个钱,网兜不要了!'"——呵呵,这话的意思隐然是:别来了别来了,来了也还是没钱!

有时候"隐语"又是和别的修辞一块使用的。儿媳妇红芳怀不上娃娃,医院让注意个人卫生,电视广告里又常常宣传说"洗洗更健康",那天,婆婆兰英就有了心,"破天荒地没睡,坐在那里嗑瓜子",见老汉七星进来了,"低声说:'你也端盆水洗洗。'老汉愕然道:'我洗过了。'兰英不耐烦地说:'你洗过什么了?'老汉问:'你让我洗什么?'兰英吐出两片瓜子皮,突然斜睨着他笑道:'洗你的老鼠尾巴!'"——"洗你的老鼠尾巴!"这首先是一个比喻,这个比喻里带着娇嗔,也透露出了兰英对老汉的一贯看法——老汉是个小个子,在她眼里他"根本就不是个男人"。同时,这又是一句隐语,是中国女性羞涩的心理表达,还是老夫妻心理上一贯龃龉的表现——不龃龉,第一句话一出口就该"一点通"了,也用不着绕这么多弯子了。也正因为这样,才有了老汉"你以为你还年轻呀"的教训,和兰英恼羞后拔剪相追的进一步的喜剧效果。"我把你那个老鼠尾巴剪了!"兰英恨恨地说。这第二次的比喻不再有娇嗔,无疑更明显地暴露了、强调了兰英对七星的鄙薄。

"隐语"而外,还有说反话的时候。红芳煎药治不孕,兰英对药味过敏,可又渴盼着抱孙子,只好"难过地躺在床上骂自己:'把我死了吧,快把我呛死吧,呛死我你们就都舒坦啦。'"骂自己,并未说明她的软弱,恰恰由此反话、狠话可以看出她的强势来。换个场景,又该别人对兰英说反话了。兰英在路上遇上了长盛的婆娘桂香,桂香"在哼哼唧唧的孙子头上打了一巴掌,提高嗓门说:'哎呀,我的好孙子哩,我叫你爷爷行吗?把人累死了！什么时候我能熬出头来，学学人家那些没儿没孙子的，也享几天清福。'"桂香指桑骂槐，图了一时嘴上爽快，不想兰英偏不生气，反而像模特走猫步一般在她面前卖弄起身材来，着实戳中了这个干了一辈子粗活的女人的软肋。受此刺激，便有了桂香这样的心理活动："可是桂香不能认输，人活一口气，跟兰英明争暗斗了大半辈子，纵然明知自己已经落败，也不能耷拉下翅膀让人家踩到背上拉屎，越是落败，越要高姿态，宁让你恶心死，不能把自己窝心死。"——这样的语言，土得掉渣，却又形象、准确，不是文明语境里的"普通话"所能比拟的。

女儿秀娟要从家里搬出去一个人住，兰英"大骂她女子：'你着了鬼了，你不得活了，你让我把脸往裤裆里装着活下半辈子啊！'"兰英嫌村里婆娘玉翠胡说八道，就骂："那嘴上也不安个栅栏！"玉翠儿子犯了事坐火车跑了，玉翠让福元拉她去火车站，"福元笑了：'迟了五百年了，火车这会儿到上海了！'"寡妇莲入了个教，常跟别人聚在一起唱经，秀娟问她，你不信它还跟着唱什么歌呢？"莲重重地叹口气：'我日他先人的，这不是日子不好过，跟上她们瞎胡唱一唱，心里轻快么。'"等等。在《母系氏家》中，像这样鲜活、夸张、个性的语言俯首皆是，烟火味儿极浓郁，氤氲着生活的热气。这就是方言俗语的作用。小说人物的语言不能太规矩，不规矩，才有"人气"。

2. 层层细节敷衍全部生活

李骏虎出道至今，其所有的小说都胜在细节上，每部作品都由细节推演构成整个故事，那样一种抽丝剥茧的叙述方式，既密实，又韵味十足。《母系氏家》依然如此，故事梗概一下，并不复杂，然而如果只保留这样的梗概，就像吃鱼只吃了骨头而把肉和汤一并舍弃一般，没有了味道。因为人物的表现不是只体现在从一点到另一点的位移上的，其言其行，其思其情，是一个有机的整体，把这个有机的整体融入具体的生活语境中，才能成就一篇好小说。

　　细节对故事的方向性推动是毋庸置疑的。儿媳红芳借了邻居的秤去贩苹果，出村时碰上了老长盛，她刚刚得知长盛与婆婆年轻时闹过"绯闻"，因此心里发慌，不小心就给摔倒了，把秤落在了长盛手里也不知道。而后就给了长盛借口。几十年未进兰英家的大门，长盛提着杆秤"大摇大摆"地就又去了，从此，兰英和长盛这一代人的故事就"一笑泯恩仇"，翻了过去，又一茬年轻人走到了前台。因此可以说，"丢秤"这一细节，带来了"还秤"这一"划时代"的标志性事件。你说这是偶然它也必然，你说这是必然它也偶然，细节与方向，在现实中就是这样锯齿般差互的。

　　老长盛第一次上门见了兰英，第二次上门见了七星，与这老两口相见的情景，是截然不同的。先是兰英，她一个人坐在院子里，正在挑米里的石子儿，看见长盛"吓得脸都白了""慌慌地张望被长盛高大的身躯遮住的大门，手在簸箕里抖"。她如今也是有儿有女的人了，怕丢人。可是，毕竟二人不是平常交情，稍一定神，兰英在长盛面前又摆起了她的万种风情。再是见七星。长盛无聊，本想找兰英的，兰英却不在，只有七星坐在树荫下喝茶。"看到院子里不是红芳和秀娟，长盛悬着的心放了下来，略微想了想，就走了进去，步幅明显比刚才快些，有力道些。"媳妇、闺女都不在，只有自己欺负过的"矮子"七星，长盛的心理优势就来了。而七星呢？"看看长盛身上的短袖汗衫，尽量控制着自己的情绪，不冷不热地说：'坐下吧，喝茶吗？'"——看衣不看脸，更不与之对视，二人心理状态显然。长盛的心理无须探究，七星这样的眼神，是出于胆怯还是厌恶呢？这一细节是值得咀嚼的。虽然，七星"再次感到了这个土匪对自己的压迫，好像做了亏心事的不是对方而是自己"，可是，我们仍然不能就据此认定是七星怕长盛，因为他虽然善良，却一直敢于担当，此时，或许他更多的是怕面对一个事实，不想由此人想到彼事。——在这样的细节里，人物形象就得到了加强。在很大程度上，能否成功把握这样的细节，决定着一部作品的文学性和文学水平的高低。

因此，细节的作用是双方面的。这一点贯穿着《母系氏家》全书。又比如写土匪长盛的出场。土匪长盛是兰英的第二个相好，是从外乡流浪过来的手艺人，他到南无村来修盆补锅，被熟读《三国》的桂香爹给看中了。书中交代："土匪长盛身躯长大，面相活像戏里的武生"。桂香爹初见长盛，马上想起了"人中吕布，马中赤兔"，就想让长盛做他女婿。老汉把长盛邀到家里，长盛把脸一洗，露出了个红脸膛，"这下又像了关云长了，老汉越发喜欢"。而后老汉请长盛喝酒，长盛"喝好了抡着比刘备还长的胳膊像张飞一样大嗓门说话，老汉看在眼里喜在心头，恨不能当下就让闺女和长盛拜了堂"。《三国》人物在老汉心里的轮番出场，道出了桂香爹对《三国》的痴迷，对长盛的喜欢，同时也将老汉和长盛的人物形象清晰地呈现了出来，更为故事将来的发展埋下了伏笔——这样"英雄"的一个汉子，岂能不被别的女人惦记？于是就有了兰英向长盛借种以及由此而起的一系列故事。——刚说了长盛像刘备，紧接着他就表演了起来，当老汉试探着问他是否想安稳下来时，他"早察觉了老汉那点心思，借酒遮脸，眼泪就下来了……"长盛与刘备，在此取得了"精神上的统一"，其形象很是传神。

而且许多对逝去时代的生活细节的描写，可以唤醒我们对过去鲜活而丰满的记忆。比如在写喜欢秀娟的知青误伤人命后，人们如何协调善后的事时，似乎不经意地安排了这样一个场景："进了门，金娃妈正和银娃家的女子在院子里听广播，听的是刘兰芳播讲的评书《岳飞传》。婆婆子坐在屋门口的广播下，还是听不见，见金娃进了门，就说：'金娃，你到水瓮里舀碗水，浇到喇叭的地线上。'金娃不耐烦地说：'浇了水你也听不见！'"短短的一节描写，似乎是个闲笔，却将当时的时代特征涵盖了进去，经历过那样一个时代的农村生活的人，一定可以由此而触发更多的东西。

七星心里恨兰英，却又不敢直接表露，只是偶尔忍不住了在儿女面前说一声"你妈就不是个人"。这样的"背后骂人"是对七星性格最准确的写照，也是七星和兰英的关系的最简要概括。福元感叹同村的海峰和彩霞两口子比自己日子过得好，媳妇红芳马上说："你别提彩霞啊，我俩一年嫁过来的，我没人家好看，人家会生娃，我也不会，你妈老拿我和她比；现在你又拿我和她比，嫌我没人家会过日子，——你看见她好，干什么没有娶她？现在后悔也晚了！"很显然，这样的话很无理，严重跑题，可是这又是非常真实的，生活中，许多误会就是这种惯性的自我保护性思维造成的。等等细节，全是生活，也全是味道。

事实上细节与方言俗语是相互渗透、相互作用着的，二者并不孤立。作品第三卷的主体部分，曾以《前面就是麦季》为名作为一个中篇发表，并获得了第五届鲁迅文学奖。这一部分的故事是从小孩过满月这样一个风俗庆典开始的，对这样一个家庭庆典的细部描写，既展现了地域风物、风情，也推动了故事的进一步展开，人物出言即是风俗，出手即是伏笔，细节与方言俗语得到了完美的组合。

创作年表（要目）
（1995-2019）

▲ 1995 年

1月，短篇小说处女作《清早的阳光》，发表在《山西文学》1995年第1期。

1月，短篇小说《不惑之年》发表于《太原日报》双塔文学周刊头版。

▲ 2000 年

1月，诗歌《迟到的乌鸦（外一首）》发表于《诗刊》2000年第1期。

5月，诗话《仰视诗人》发表于《诗刊》2000年第5期。

10月，《大家》（时任主编李巍）2000年第5期推出中短篇小说辑，发表《局外人》《一位小姐的心灵史之谜》《女儿国》《小叔的艺术生涯》四篇。

10月，随笔集《比南方更南》由作家出版社出版，收入"青藤丛书"。

11月，短篇小说《局外人》由《短篇小说选刊版》2000年第11期转载。

12月，散文《对乡村的两种怀念》发表于《人民文学》2000年第12期。

▲ 2001 年

2月~4月，在《山西文学》开设"名著篇名短篇小说"专栏，发表《一个青年艺术家的画像》《存在与虚无》两个短篇。

6月，长篇小说《奋斗期的爱恋》发表于《黄河》2001年第3期头题。

7月，诗歌《黑与亮（二首）》发表于《诗刊》2001年第7期。

9月，《奋斗期的爱情》由长江文艺出版社出版，收入"九头鸟长篇小说文库"。

▲ 2002 年

5月，诗歌《纪念（外一首）》发表于《诗刊》2002年第5期下半月号。

6月，短篇小说《解决》发表于《山西文学》2002年第6期。

8月，《解决》由《小说精选》2002年第7期转载。

9月，短篇小说《师傅越来越温柔》发表于《鸭绿江》2002年第9期。

12月，《师傅越来越温柔》由《小说选刊》2002年第12期转载。

12月，获得2002年度山西新世纪文学奖。

▲ 2003 年

1月，短篇小说《流氓兔》发表于《广州文艺》2003年第1期。

3月，《流氓兔》分别由《小说月报》2003年第3期、《短篇小说选刊版》2003年第3期转载；短篇小说《把游戏进行到底》发表于《人民文学》2003年第3期。

4月，短篇小说《解决》收入人民文学杂志社选编、李敬泽主编《2002年文学精品·短篇小说卷》，敦煌文艺出版社出版。

▲ 2004 年

1月，短篇小说《流氓兔》收入人民文学出版社《21世纪年度小说选·2003短篇小说》。

5月，长篇小说《公司春秋》由中国社会出版社出版。

7月，短篇小说《后福》发表于《中国作家》2004年第7期。

7月，短篇小说《最近比较烦》发表于《北京文学》2004年第7期。

10月，长篇小说《公司春秋》由《长篇小说选刊》2004年试刊号"小说故事"选介。

▲ 2005 年

3月，短篇小说《后福》收入谢冕、朝全选编，华艺出版社出版《好看短篇小说精选》。

5月，长篇小说《婚姻之痒》由朝华出版社出版。

▲ 2006 年

10月，中篇小说《炊烟散了》发表于《现代小说》寒露卷头题。

▲ 2007 年

9月,《李骏虎小说选》中篇卷、短篇卷由山西古籍出版社、山西人民出版社联合出版,收入《炊烟散了》《爱》《梦谭》三个中篇,《解决》《后福》等短篇。

9月,由省作协选送鲁迅文学院第七届中青年作家高级研讨班学习。

▲ 2008 年

1月,短篇小说《奔跑的保姆》发表于《鸭绿江》2008年第1期。

2月,中篇小说《心跳如鼓》发表于《飞天》2008年第2期。

2月,应《山西文学》副主编鲁顺民之约,推出小说作品专辑,发表中篇小说《玫瑰》、短篇小说《漏网之鱼》、创作谈《享受写书的过程》。配发评论家杨品同期评论。

3月,应邀在刘醒龙主编《芳草》文学杂志开设"年度精锐"专栏,陆续发表中篇小说《前面就是麦季》,短篇小说《七年》《焰火》,分别由评论家王春林、刘川鄂、韩春燕配发同期评论。

4月,《前面就是麦季》由《小说选刊》2009年第4期转载。

5月,《前面就是麦季》由《中篇小说选刊》2009年第3期转载。

5月,短篇小说《退潮后发生的事》发表于《绿洲》2008年第5期。

8月,长篇小说《母系氏家》发表于《十月》长篇小说2008年第4期头题。

▲ 2009 年

2月，短篇小说《七年》收入人民文学出版社《21世纪年度小说选·2008短篇小说》。

4月，长篇小说《婚姻之痒》由中国友谊出版公司重新出版。

6月，中篇小说《逆流而上》发表于《小说界》2009年第3期。

7月，中篇小说《五福临门》发表于《山西文学》2009年第7期头题。

10月，中篇小说《五福临门》由《小说月报》2009年增刊中篇小说专号第4期转载。

10月，获得第十二届庄重文文学奖。

11月，《山西日报》黄河文化周刊"黄河关注"刊发记者朱慧访谈《用小说探索人的精神世界——专访第十二届"庄重文文学奖"获得者李骏虎》。

12月，长篇小说《母系氏家》由陕西人民出版社出版发行。

▲ 2010 年

4月，中篇小说《五福临门》入选中国小说学会2009年度中国小说排行榜。

4月，长篇小说《母系氏家》修订本发表于《黄河》双月刊2010年第2期，配发创作谈《我为什么要重写〈母系氏家〉》，以及评论家杨占平文章《成功的跨越——由〈母系氏家〉谈李骏虎小说创作的转型》。

4月，散文《属于"晋南虎"》发表于《天津日报》文艺周刊。

6月，短篇小说《牛郎》发表于《黄河文学》2010年第6期。

6月,《山西日报》黄河文化周刊"黄河关注"刊发长篇小说《母系氏家》评论专辑,发表评论家傅书华《现实主义的力量极其现实意义——读李骏虎的长篇小说〈母系氏家〉》、宁志荣《乡村生活的艺术呈现》、王晓瑜《芸芸众生的生命轨迹》三篇文章。

7月,长篇小说《母系氏家》由《长篇小说选刊》2010年第4期"小说视点"选介。

9月,长篇小说《小社会——铅华与骚动》被立项为2010年度中国作协重点作品扶持选题。

10月,中篇小说《前面就是麦季》获得第五届鲁迅文学奖全国优秀中篇小说奖。

11月,长篇小说《母系氏家》获得2007—2009年度赵树理文学奖长篇小说奖。

11月,因第十二届庄重文文学奖和第五届鲁迅文学奖,获得两项赵树理文学奖荣誉奖。

12月,中篇小说《前面就是麦季》转载刊发《北京文学中篇小说月月报》第五届鲁迅文学奖获奖小说专号。

24日,散文《手不释卷的李存葆》发表于《中国艺术报》九州副刊。

▲ 2011年

2月,短篇小说《割草的男孩》发表于《芒种》2011年第2期。

3月,短篇小说《还乡》发表于《红岩》2011年第2期。

3月,评论《看刘心武魔幻手法续红楼》发表于《中国艺术报》文艺评论版。

5月,中短篇小说集《前面就是麦季》由北岳文艺出版社出版。

6月，散文《老鼠旅馆》发表于《今晚报》今晚副刊。

11月，描写山西抗日民族统一战线选题《中国战场之共赴国难》，入选中国作家协会2011年作家定点深入生活名单。

▲ 2012年

1月，定点深入生活选题中篇小说《弃城》发表于《当代》2012年第1期。

1月，《文艺争鸣》2012年第1期发表评论家傅书华文章《〈母系氏家〉对现实主义的真实书写》。

2月，短篇小说《科比来了》发表于《青年文学》（上旬刊）2012年第2期。

2月，中篇小说《弃城》由《作品与争鸣》2012年第2期转载。

3月，散文《景老师消失在地平线》发表于《文艺报》文学院专刊。

4月，中篇小说《弃城》由《中篇小说选刊》增刊2012年第1期转载。

8月，《文艺报》文学院专刊头版刊发作家李骏虎专版，发表创作谈《慢慢地，学会了怀疑》，配发鲁迅文学院教研室赵兴红评论《精神向度决定作品高度》、《芳草》编辑郭海燕文章《南人北相小虎子》。

9月，《中国战场之共赴国难》入选2012年中国作家协会重点作品扶持选题定点深入生活专项选题。

12月，《创作与评论》"文艺现场"专栏发表中篇小说《此岸》、创作谈《命运才是捉刀人》；配发山西大学文学院教授王春林访谈《让作品跟身处的时代发生关系——李骏虎访谈录》，山西省社科院文学所所长陈坪评论《向着大地的回归——李骏虎中短篇小说创作论》，以及马顿《细节与方言是乡土文学的优胜点——以李骏虎长篇小说〈母系氏家〉为例》。

12月，《人民日报·海外版》刊发中华读书报记者舒晋瑜文章《李骏虎：现实主义才是最先锋的》。

▲ 2013年

1月，中篇小说《庆有》发表于《山西文学》2013年第1期。

1月，《芳草》杂志2013年第一期刊发山东师范大学教授张丽军访谈《李骏虎：于传统束缚中开疆辟域——七〇后作家访谈录之五》。

1月，《映像》杂志2013年第1期刊发诗人阎扶访谈《"现实主义是最先锋的"——青年作家李骏虎访谈》。

3月，《莽原》双月刊"当代名篇聚焦"发表李骏虎点评毕飞宇《家事》，评论家张丽军评介。

5月，短篇小说《亲密爱人》发表于《山花》2013年第5期。

5月，电视连续剧《婚姻之痒》由吉林电视台都市频道播出。

7月，《山西日报》文化周刊刊发记者杨东杰访谈《书写我们身处的时代》。

7月，散文《大风到来之前》发表于《散文》2013年第7期。

8月，散文《河北三思》发表于《文艺报》新作品版头条。

8月，中篇小说《大雪之前》发表于《清明》2013年第4期。

8月，长篇小说《婚姻之痒》由北岳文艺出版社出版第三个版本。

8月，散文《北地树》发表于《光明日报》光明文化周末"大观"版。

9月，中篇小说《此案无关风月》发表于《长江文艺》2013年第9期。

9月，散文《大风到来之前》转载于《散文选刊》2013年第9期。

10月，散文《那年花好月圆时》发表于《山西日报》黄河文化周刊。

11月，长篇小说《浮云》发表于《芳草》文学杂志双月刊。

11月，散文《广武怀古》发表于《山西日报》河文化周刊。

12月，散文《河北三思》收入河北美术出版社《品鉴河北》。

▲ 2014年

1月，短篇小说《刀客前传》发表于《大家》2013年第1期。

2月，散文《行走广西》发表于《光明日报》光明文化周末作品版。

3月，散文《大风到来之前》收入北岳文艺出版社《2013年散文随笔选粹》

3月，文论《寻尧记》发表于《深圳特区报》人文天地首发版。

4月，散文《不安的"出逃"》发表于《人民日报》大地副刊。

5月，长篇小说《奋斗期的爱情》由北岳文艺出版社再版。

5月，短篇小说《一日长于百年》，发表于《福建文学》2014年第5期。

5月，散文《在乡亲和大师之间》发表于《山西日报》黄河文化周刊笔会版。

5月，短篇小说《来自星星的电话》发表于《光明日报》光明文化周末作品版。

6月，长篇小说《奋斗期的爱情》修订本附记《我与〈奋斗期的爱情〉》发表于《中华读书报》书评周刊文学版。

7月，点评陈忠实散文《原下的日子》发表于《散文选刊》2014年第7期上半月刊。

8月，《小说评论》推出小说家档案–李骏虎专辑，刊发栏目主持人於可训《主持人的话》，傅书华、李骏虎对话《现实是文学的起飞点和落脚点》，李骏虎自述《用心灵思考和创作》，李骏虎主要作品目录，傅书华《论李骏虎的小说创作》等一组文章。

8月，散文《不安的"出逃"》转载于《散文选刊》2014年第8期。

8月，中篇小说《爱无能兮》发表于《芳草》2014年第4期。

9月，中国新文学学会会刊《新文学评论》"文学新势力"栏目推出李骏虎专辑，发表"作家语录"《谈我的创作转型》《〈奋斗期的爱情〉修订本附记》，以及王莹、张艳梅评论《李骏虎小说创作论》，张丽军、乔宏智《从都市情感到重返乡土——李骏虎中短篇小说漫谈》，马顿《〈母系氏家〉：一部见微知著的家庭政治演义》，李佳贤、王春林《人性倾斜与社会批评——评李骏虎长篇小说〈浮云〉》等研究文章。

9月，文化散文集《受伤的文明》由山西人民出版社版。

9月，散文《不安的"出逃"》由《发展导报》"阅读"版转载。

10月，散文《雨中去吕梁》发表于《山西日报》黄河文化周刊笔会版。

11月，散文《汉的长安》发表于《光明日报》光明文化周末文荟版头条。

11月，短篇小说《云中归来》发表于《深圳特区报》人文天地"首发"版。

12月，长篇小说《中国战场之共赴国难》发表于《芳草》文学杂志2014年第6期。同时单行本由北岳文艺出版社出版。

12月，长篇小说《中国战场之共赴国难》获得第四届汉语文学女评委奖最佳叙事奖。

12月，创作谈《人民是文学的生命力》发表于《文艺报》。

▲ 2015 年

1月，创作谈《人民是文学的生命力》发表于《作家通讯》2015年第1期。

1月，在《小说选刊》开设"小说课堂"专栏，文学评论《经典的背景》发表于《小说选刊》2015年第1期。

1月，小说集《此案无关风月》由北岳文艺出版社出版。

1月，长篇小说《众生之路》发表于《莽原》杂志2015年第一期。

1月，散文《不安的"出逃"》收入漓江出版社《2014中国年度精短散文》。

1月，文学评论《化身：大师的"壶中妙法"》发表于《文学报》论坛专版。

1月，《山西晚报》开始连载长篇小说《中国战场之共赴国难》。

1月，《山西晚报》文化访谈版刊登专版：《李骏虎：〈共赴国难〉中，我写了段比文学更有价值的历史》。

2月，《中华读书报》发表评论家何亦聪文章《〈受伤的文明〉：笔墨从胸襟中来》。

3月，《黄河》杂志"黄河对话"刊发中国小说学会副会长、著名评论家王春林教授和小说家杨东杰对话《启示：李骏虎〈中国战场之共赴国难〉的新历史叙事价值》。

3月，《文艺报》发表著名评论家山西省作家协会主席杜学文评论《历史观、方法论与艺术表达——读长篇小说〈中国战场之共赴国难〉》。

4月，《山西日报》黄河文化周刊刊发《中国战场之共赴国难》创作谈《红色题材的求真魅力》。

4月，《太原晚报》天龙文苑刊发《中国战场之共赴国难》创作谈《三年走出的三十万言》。

4月，《都市》杂志2015年第4期头题刊登长篇散文《橘子洲头畅想》、长篇小说《中国战场之共赴国难》节选《决战兑九峪》。

4月，《太原日报》双塔文学周刊刊发徐大为、李骏虎对话《历史丰厚了文学，文学更应对历史负责》。

4月，中国作家协会《作家通讯》刊发《中国战场之共赴国难》创作谈《文学怎样为历史负责？》。

5月，《中国战场之共赴国难》精装典藏版由北岳文艺出版社出版。

5月，《名作欣赏》杂志2015年第5期刊登著名评论家、山西省作家协会主席杜学文评论《历史观、方法论与艺术表达——读长篇小说〈中国战场之共赴国难〉》。

5月，山西卫视新闻午报播出《长篇小说〈中国战场之共赴国难〉首发式举行》。

5月，山西新闻联播报道《我省新作——首部展现抗日民族统一战线形成过程的长篇小说》。

5月，新华网电《中国作家历时三载完成反法西斯战争纪实新作》。

5月，《中国新闻出版报》发布2015年4月优秀畅销书榜，《中国战场之共赴国难》进入文学类前十名。

5月，《山西青年报》新闻专题专版报道《首部描写红军东征的历史小说》。

5月，《发展导报》"聚焦"专版《山西作家书写红色救亡史——李骏虎新著〈中国战场之共赴国难〉讲述抗日民族统一战线形成过程》，并专版发表《长篇小说〈中国战场之共赴国难〉故事梗概》。

5月，光明网讯《长篇抗战历史小说〈中国战场之共赴国难〉引起反响》。

5月，散文《生命因为阅读而丰盈》发表于《群言》杂志2015年第5期。

6月，《文艺报》新作品专版发表《中国战场之共赴国难》创作谈《今天怎样写"救亡史"》。

6月，《文艺报》公布中国作家协会重点作品办公室2015年重点作品扶持项目篇目，长篇小说《巨树》列入"中国梦"主题专项。

7月，长篇小说《众生之路》由山西出版传媒集团山西人民出版社出版。

7月，散文《不安的"出逃"》，收入人民日报出版社《人民日报2014年散文精选》。

8月，《中华读书报》发表记者夏琪访谈《李骏虎：战争题材让我重拾宏大叙事》。

10月，评论集《经典的背景》由山西出版传媒集团北岳文艺出版社出版。

10月,《文艺报》发表刘慈欣、李骏虎对话《科幻文学与现实主义密不可分》。

▲ 2016年

1月,短篇小说《六十万个动作》发表于《飞天》2016年第1期。

3月,短篇小说《皮卡的乡下生活》发表于《星火》2016年第3期。

5月,中篇小说《银元》发表于《解放军文艺》2016年第5期。

5月,长篇小说《中国战场之共赴国难》获得山西省第十一届精神文明建设"五个一工程"奖优秀作品奖。

5月,散文《他与高原互为表里》发表于《山西日报》黄河文化周刊,纪念陈忠实。

6月,长篇小说《母系氏家》由北岳文艺出版社再版。

9月,《时代文学》2016年第9期"名家侧影"刊发小辑,发表短篇小说《在世纪末的夏天》,配发梁鸿鹰评论《论李骏虎乡村小说里的女性形象》,马顿、康志宏评论《矛盾密布,终织成幅》,以及五篇印象记:胡平《我眼中的李骏虎》,任林举《鲁28的"骏虎"》,曾剑《牵手的兄弟》,李燕蓉《有分寸的人》,孙峰《我的邻居和文友》;附李骏虎重要作品目录。封二、封三、封四刊发"李骏虎书法作品"。

9月,散文《雨城遐思》发表于《中国艺术报》副刊。

11月,《光明日报》光明文化周末文荟版发表《地球的这一边》(组诗)。

11月,《文艺报》第九次全国作代会专刊发表《期待中国文学大繁荣》。

12月，散文《赐生我们的巨树永青》发表于《文艺报》原上草副刊。

▲ 2017 年

1月，随笔《赐生我们的巨树永青》发表于《文艺报》原上草副刊。

1月，理论文章《在中国写作的优势和障碍》发表于《文艺报》。

4月，长篇小说《浮云》由江苏凤凰文艺出版社出版。创作谈《那是救亡的先声和前奏》发表于2017年4月19日《解放军报》"长征"副刊。

8月，诗集《冰河纪》由北岳文艺出版社出版。

8月，散文《铜鼓笔记》发表于《文艺报》。

8月，中篇小说《忌口》发表于《作品》2017年第8期。

9月，中篇小说《忌口》转载于《中篇小说选刊》2017年第5期。配发创作谈《没有贺涵，也没有尹先生》。

12月，散文《梅溪上的"西客"》发表于《山西日报》黄河副刊。

▲ 2018 年

1月，评论《我们全部的尊严就在于思想》发表于《安徽文学》2018年第1期。

1月，散文《在乡愁里徜徉的新时代》发表于《群言》2018年第1期。

1月，评论《讲政治 谈文学 搞创作》发表于山西日报《文化周刊》。

2月，散文《梅溪晋韵》发表于《人民文学》2018年第2期。

2月，评论《如何创造山西文学新"高峰"》发表于山西日报《文化周刊》。

3月，短篇小说《飞鸟》发表于《大家》2018年第2期。

4月，评论《国之光采，通达纵横》发表于《群言》2018年第4期。

5月，评论《两翼齐飞振兴山西文学》发表于山西日报5月16日《文化周刊》。

6月，评论《这些书影响了青年习近平的成长》发表于《支部建设》2018年第16期。

6日，评论《山西文学创作如何再攀高峰》发表于山西日报《文化周刊》头条。

8月，评论《文学要有社会功能和现实意义》发表于山西日报《文化周刊》。

8月，散文集《纸上阳光》由中国言实出版社出版，收入全民阅读精品文库，王巨才主编"当代最具实力作家散文选"。

8月，评论《文学创作关乎现实人生》发表于《文艺报》。

10月，散文《铜鼓笔记》收入中国作家协会编《遥望那片星群——中国作协"迎接党的十九大暨纪念建军九十周年"主题采访活动作品集》，作家出版社2018年10月第一版。

10月，随笔《那是救亡的先声和前奏》获得第六届长征文艺奖。

11月，自述《记录山西的神韵和荣光是我的责任和光荣》发表于《山西日报》文化周刊。

▲ 2019年

1月，中篇小说《献给艾米的玫瑰》发表于《芙蓉》2019年第1期。

2月，中篇小说《献给艾米的玫瑰》被《北京文学中篇小说月报》2019年第2期转载。

4月，诗歌《家书》发表于《山西日报》文化周刊。

5月，散文《一个小镇的故事》发表于《山西日报》文化周刊。

9月，中篇小说《太原劫》发表于《红豆》2019年第9期。

10月，中篇小说《太原劫》被《小说选刊》2019年第10期转载。

10月，中篇小说《太原劫》被《小说月报》2019年中长篇专号第四期转载。

11月，散文《延安时间》发表于《光明日报》光明文化周末作品版。